Viktoria Schwenger

Die Schönen vom Lande

Viktoria Schwenger

Die Schönen vom Lande

Ein moderner Heimatroman

rosenheimer

www.rosenheimer.com

Titelfoto: © Peter Atkins – fotolia.com (oben) und
Marco Wydmuch – fotolia.com (unten)
Lektorat: Iris Erber, Aistersheim
Satz: Satzpunkt Ursula Ewert GmbH, Bayreuth
Druck und Bindung: GGP Media GmbH, Pößneck
Printed in Germany

ISBN 978-3-475-54145-2

1

Noch vor wenigen Tagen war es fast frühlingshaft warm gewesen, nach einem langen, kalten, schneereichen Winter. Doch an diesem Tag schien es, als wolle er noch einmal zurückkehren, so kalt, trüb und windig war es. Sogar einige verspätete Schneeflocken waren vom Himmel gestoben. Dabei war es schon Ende März, und jedermann hatte vom Winter die Nase voll, sehnte sich nach Frühling und Sonne.

Über Gernkofen hatte sich die Dunkelheit gesenkt, und die wenigen Straßenlaternen erhellten nur spärlich den kleinen Ort. In seinem Zentrum, dem Dorfplatz, streckte eine über hundertjährige Linde ihre jetzt noch unbelaubten Äste weit aus und überwölbte den im Sommer fröhlich dahinplätschernden Brunnen mit der Bank dabei. Nicht weit entfernt stand die alte, ehrwürdige Kirche mit dem spitzen Turm und gleich daneben, wie es sich für ein bayrisches Dorf gehört, das Wirtshaus mit der dazugehörigen Metzgerei, der »Alte Wirt«.

Darum herum gruppierten sich die behäbigen Häuser der Einheimischen, darunter eine Bäckerei, die auch eine kleine Auswahl von Lebensmitteln führte, damit man nicht wegen jeder Kleinigkeit in den nächsten größeren Ort fahren musste. Doch das war es auch schon mit den Einkaufsmöglichkeiten im Ort.

Früher einmal, vor Jahrzehnten noch, hatten die Häuser des Ortes meist landwirtschaftliche Betriebe beherbergt, mit Stallungen für Kühe und Schweine und einem stattlichen Misthaufen vor der Tür; doch heute waren die meisten Bauern aus dem Ort gezogen und hatten sich im Außenbezirk Aussiedlerhöfe gebaut.

Selbst in Gernkofen ging man mit der Zeit, niemand mehr wollte mitten im Ort Kuhgebrüll und Jauchegestank haben, schon gar nicht die neu hinzugezogenen Bürger von Gernkofen.

In den letzten zehn bis zwanzig Jahren war am östlichen Dorfrand eine Neubausiedlung entstanden. Der Baugrund hier war viel billiger als in der nahegelegenen Kreisstadt, die eine Zugverbindung hatte. Hier, in Gernkofen, war man auf das eigene Auto angewiesen oder auf den Bus, der drei Mal am Tag, morgens, mittags und abends, zum nächsten Bahnhof verkehrte. Zudem gab es den Schulbus, der die Kinder aus Gernkofen in die Schule im nächsten Ort oder in das Gymnasium der Kreisstadt brachte.

Die Neubürger hatten sich bestens eingefügt in das dörfliche Leben, es herrschte allgemein eine gute Nachbarschaft, von einigen wenigen Ausnahmen einmal abgesehen. Doch Streitereien und Unstimmigkeiten kommen überall vor, nicht nur in Gernkofen.

Der stämmige Mann mit der Wollmütze auf dem Kopf, in einer dunklen Wetterjacke, den Mantelkragen hochgeschlagen, stapfte im Nieselregen am »Alten Wirt« vorbei. Aus der Gaststube hörte man raue Männerstimmen. Dort trafen sich die männlichen Dorfbewohner regelmäßig zum Stammtisch und besprachen die Neuigkeiten aus dem Dorf und der näheren Umgebung.

Allzu viel gab es allerdings meist nicht zu berichten, es passierte nicht viel in dieser ländlichen Idylle.

So wurde alsbald »politisiert«, und gelegentlich gingen die Wogen hoch, bis sich endlich, meist so gegen Mitternacht, der Stammtisch auflöste und die Männer, manche mehr, manche weniger angeheitert, nach Hause gingen. Manche setzten sich sogar, trotz des reichlichen Alkoholgenusses ins Auto, um ihre außerhalb des Dorfes stehenden Bauernhöfe zu erreichen.

An anderen Tagen wäre der Mann auch beim Wirt eingekehrt, doch am Donnerstag war daheim traditionell »Pizza-Tag«, worauf sich seine Kinder die ganze Woche freuten.

Gegenüber vom »Alten Wirt«, im ehemaligen Postgebäude – die Poststelle war längst, wie in anderen Orten auch, aufgegeben worden –, hatte vor etwa fünfzehn Jahren ein Italiener, Antonio, ein Restaurant eröffnet, das »Il Girasole« – »Die Sonnenblume«.

Das Lokal war gut angenommen worden, sogar aus anderen, umliegenden Orten kamen gerne Gäste hierher.

Vor allem die jüngeren Dorfbewohner schätzten das Lokal, denn Schweinsbraten mit Knödel oder Leberkäs mit Spiegelei und Kartoffelsalat wie beim »Alten Wirt« bekam man auch zu Hause von der Mutter vorgesetzt.

Vor allem Antonios Pizzen waren sehr beliebt. Man konnte sie auch im Karton mit nach Hause nehmen, was den heimatlichen Speiseplan trefflich erweiterte und was vor allem die kleineren Kinder schätzten, die noch nicht, oder nur zu besonderen Anlässen, ins Restaurant mitgehen durften.

Der Mann öffnete die schwere Tür des Restaurants, klopfte sich im Flur die Nässe von der Jacke und betrat die Gaststube.

»Grüß dich, Antonio!« Er hievte sich schwerfällig auf den Barhocker vor der Theke.

Antonio, der kleine, flinke, dunkelhaarige Besitzer des »Il Girasole«, sah von seiner Arbeit auf; er bestückte gerade die Glasvitrine mit verschiedenen Antipasti und begrüßte den Gast freundlich.

»Ah, buongiorno, Franz, möchte du holen eine Pizza?«

»Ja, freilich, wie jeden Donnerstag. Heut kannst mir gleich drei Pizzas machen, wie immer mit allem drauf, das heißt, eine nur mit Tomaten und Käse, für die zwei Kleinen.«

»Si, due pizze con tutto e una Margherita!« Er nahm die Teigkugel, die vor dem großen Pizzaofen lag, und riss drei kleine Stücke davon ab, dann schwang er den Teig fast artistisch in der Luft zu einem dünnen Fladen.

»Weißt du, Franz, eine Pizza heiße Pizza, aber mehrere davon heiße Pizze, mit e hinten!« Er grinste vergnügt.

»Ja, du! Du musst mir grad was beibringen! Kannst immer noch ned richtig Deutsch. Wie lang bist jetzt eigentlich schon da bei uns im Dorf?«

»Sinne bald fünfzehn Jahre!«

»Na also! Und da kannst immer noch ned gscheid daher reden!«

Antonio lachte. »Vielleicht du haste recht. Aber meine Deutsch isse immer noch besser als deine Italienisch, oder?«

»Ja, da kannst schon recht haben. Aber da, wo ich hinfahr in Italien, da reden's sowieso alle Deutsch.«

»Si, verstehe, Jesolo oder Caorle oder vielleicht an die Gardasee.«

»Genau, da g'fallt's mir am besten, da, wo man auch was versteht, verstehst mi?« Er sah Antonio herausfordernd an.

»Ja, an die Teutonengrill, ist ja auch keine Wunder bei die schlechte Wetter hier in Deutschland.« Er sah missmutig zum Fenster, vor dem der Regen tropftc.

»Ein Sauwetter ist des wieder«, stimmte ihm Franz zu. »Drum ist's heut so leer bei dir, was?«

»Ah, geht schon, isse noch früh am Abend.« Er sah zur Tür. »Heute Donnerstag, isse Frauentag! Die ragazze werden bald hier sein.«

»Welche Ragazze? Red Deutsch mit mir, wenn ich dich verstehn soll, verstehst mi!«

»Ragazze heiße bei uns junge Mädchen oder auch junge Frauen.«

Kaum hatte Antonio ausgesprochen, schon ging die Tür des Lokals auf und ein Pulk junger Frauen strömte unter Gelächter und Geplapper herein.

»Bitte, lasse Schirm draußen in Gang«, rief Antonio entsetzt. »Sonst alles hier nass!«

»Ja, ja! Mädels, lasst's eure Schirme draußen!« Eine kleine Dunkelhaarige rief es den anderen zu. »Hast für uns das Nebenzimmer reserviert, Antonio?«, fragte sie den Wirt.

»Si, si! Habe ich gemacht, wie immer, Andrea!«

»Also, dann kommt's rein.« Die jungen Frauen drängten sich ins Lokal, zogen ihre nassen Mäntel aus und hängten sie an die Garderobe gleich neben dem Eingang. Dann gingen sie unter Gelächter und »Hallo«-Grüßen zu Antonio in den hinteren Teil des Lokals und schoben die Tür zum Nebenzimmer auf.

»Antonio, zwei Flaschen Prosecco, fünf Flaschen Acqua minerale und dreizehn Gläser!«, rief die dunkelhaarige Andrea dem Wirt zu. »Und später sechs Pizzen, du weißt schon, wie immer!« Sie schob die Schiebetür hinter sich zu.

Franz sah neugierig nach hinten. »Was wollen denn die bei dir? Gleich ein ganzes Rudel junger Weiber! Und zwei Flaschen Prosecco!«

»Ah, kommen jede erste Donnerstag im Monat zu ihre Stammtisch, haben viel Gaudi, glaube ich! Auf jeden Fall viel lachen, die Ragazze!«

»So was! War da ned auch die vom Höher Schorsch aus Einöd dabei und die andere, die kleine Dicke, war die ned vom Bäcker Eggl?«

»Sì! Die sind alle vom Dorf oder drum herum!«

»Na, so was! Des hätt's ja früher ned geben! Dass d' Weiber alloan in d' Wirtschaft gehn.« Der Franz schüttelte den Kopf.

»Ah, Franz! Früher war früher, war anders. Lasse doch die Mädchen ihre Spaß habe!«

»Ja mei! Mir soll's egal sei. Wann is denn mei Pizza fertig?«

»Brauche noch zehn Minute! Da, trink eine Glas Wein solange.« Er schob Franz ein Glas Rotwein hin. »Eine vino della casa!«

Während Antonio am Pizzaofen beschäftigt war, äugte Franz neugierig nach hinten, zu der verschlossenen Tür des Nebenzimmers. Gedämpftes Gelächter drang aus dem Raum.

»Da muss ich doch mal schaun, was die da treiben!« Er rutschte vom Stuhl und ging mit schweren Schritten nach hinten, horchte erst neugierig an der Tür, dann schob er sie einen Spalt auf und steckte den Kopf hinein.

Lautes Protestgeschrei war die Reaktion.

»Ja, ja, ich tu euch schon nix!«, brummte Franz kopfschüttelnd, zog die Tür wieder zu und ging zurück zur Theke. Gerade packte Antonio die Pizzen in Kartons.

»Koste achtzehn Euro, Franz – buon appetito!«

Umständlich zog Franz seinen Geldbeutel aus der Hosentasche, zählte achtzehn Euro ab und trank den Rest des Weines aus.

Dann schaute er verärgert zum Nebenzimmer, schüttelte den Kopf und meinte: »Gspinnerte Weiber! Also, pfiat di, Antonio!«

»Arrivederci Franz!«

»Der tät uns grad noch abgehn, der Spiegler-Franz! Wenn der was weiß, dann weiß es morgen das ganze Dorf!« Eine mollige Blondine sah die anderen empört an.

»Um Gottes Willen, ausgerechnet der Spiegler-Franz, der zurzeit mit meinem Mann auf der Baustelle arbeitet! Da wär die ganze G'schicht gleich am Platzen!«

»Jetzt macht's euch ned in d' Hosen, es ist ja nix passiert.« Die dunkelhaarige Andrea schien die Wortführerin der Gruppe zu sein. Sie blickte in die Runde. »Wo ist denn eigentlich die Semra?«

»Keine Ahnung, die wird schon noch kommen. Vielleicht hat s'wieder Schwierigkeiten daheim wegen abends weggehen. Wahrscheinlich meckert der Mehmet, ihr Bruder, wieder rum.« Die, die es sagte, verdrehte die Augen.

»Der Mehmet! Was der sich alles erlaubt! Und dass sich die Semra des gefallen lässt?«

»Ich versteh's auch ned. Aber mei, was verstehen wir schon, wie das bei den Türken ist!«

Andrea, die zierliche junge Frau mit den raspelkurz geschnittenen schwarzen Haaren, in einer ausgebleichten Jeans und einem schwarzen Schlabberpulli, klopfte auf den Tisch. »Egal jetzt! Sie wird schon noch kommen. Wir müssen weitermachen!« Sie schaute aufmunternd in die Runde. »Ihr seid doch alle dabei, oder? Macht alle mit – oder nicht? Wenn nicht, dann sagt es gleich, dann brauch ich meine Zeit nicht verschwenden!«

Die Mädchen sahen Andrea an, manche nickten zustimmend, andere blickten eher unsicher drein, zweifelnd.

»Also, ich brauch es nicht!«, fuhr Andrea fort und betonte das »ich«. »Ich will nur etwas Schwung in euer langweiliges Dorfleben bringen.«

»Na ja, soo langweilig ist es auch wieder nicht bei uns, und außerdem, du hast doch g'sagt, du brauchst es für dein Studium, als Abschlussarbeit, oder ned?«, schnappte eines der Mädchen zurück. Es war Barbara, eine schlanke Brünette, die Sekretärin in der Polizeistation von Rosenheim, der nächsten großen Stadt, war. »Du glaubst, nur weil du jetzt in München studierst, sind wir alle Deppen, oder was?«

»Geh, Barbara! Hör doch auf! Ich halt euch überhaupt ned für Deppen, aber ein bisserl Abwechslung könntet ihr schon brauchen! Und wegen der Abschlussarbeit, das stimmt schon. Aber ich kann auch etwas anderes machen!«, gab Andrea gereizt zurück.

»Jetzt sei ned gleich eing'schnappt. Ich finde die Idee super!« Das war Gerti, die in der Raiffeisen-Volksbank in der Kreisstadt arbeitete.

»Ich find, die Andrea hat recht! Echt hinterwälderisch ist es bei uns! Also, wenn ich mit der Schule fertig bin, zieh ich auf alle Fälle weg aus diesem Kaff! Mindestens nach München, wenn nicht gleich noch weiter weg, vielleicht sogar nach Berlin!« Ein noch sehr junges Mädchen, vielleicht siebzehn Jahre alt, mischte sich ein.

Schrilles Gelächter war die Antwort.

»Sie schau an, des kleine Tschapperl!« prustete Sylvia, eine Wasserstoffblonde mit wild aufgebauschter Mähne, heraus.

Ein anderes der Mädchen wandte sich an sie. »Jetzt schau erst mal, Viola, dass du mit der Schule fertig wirst. Aber recht hast schon, wenn wir endlich das Abi haben, dann wollen wir auch weg und studieren, vielleicht in Passau. Jura oder so was!«

Alle wandten sich der Sprecherin zu, einem hübschen Mädchen mit dunklen Krissellocken und leuchtend blauen Augen. Neben ihr saß ihr exaktes Ebenbild. Es waren die Zwillinge Anna und Maria, die Töchter des Direktors des Gymnasiums der benachbarten Kreisstadt.

»Na klar, dass ihr alle weggeht! Und ich verkauf weiterhin Brezen in unserer Bäckerei! Wahrscheinlich für den Rest meines Lebens.« Ursula, mit molliger Figur und einer etwas biederen, mausbraunen Muttchen-Frisur, schmollte. »Eigentlich mag ich gar nicht mitmachen, so fett wie ich bin. Ihr könnt's leicht reden, eine dünner als die andere!«, fügte sie mit einem neidischen Blick auf die anderen hinzu.

»Wennst ned so viel Kuchen essen tätst in eurem Laden, wärst auch dünner!« Sylvia, die Superblonde, warf sich in Positur. »Ich pass halt auf mit dem Essen und mach Sport, sonst hätt ich auch ned die Figur, die ich hab!«

Andrea atmete tief durch und verdrehte die Augen. »Also, das macht keinen Sinn, dass ihr euch so angiftet. Jede ist so, wie sie ist, und jede schaut auf ihre Art gut aus! Und manche Männer stehen auf Kurven und auf Busen und auf einen Hintern!

Ehrlich, Ursula, du musst einfach zu deiner Figur stehen. Du bist ganz okay, so wie du bist!« Sie hatte inzwischen den Prosecco, den Antonio gebracht hatte, eingeschenkt, für jedes der Mädchen ein Glas. »Also, stoßen wir auf unsere Überraschung an!«

»Hoffentlich wird's eine gute Überraschung! Ein bisserl Angst hab ich schon davor, was mein Markus sagen wird, wenn er den Kalender sieht!«

»Ach was, Lena, der wird stolz sein auf dich! Wir machen doch keine Pornografie!«, beruhigte Andrea sie. »Lauter anständige Fotos. Ich hab auch schon einen Namen für unseren Kalender: Die Schönen vom Lande. Von jeder von uns wird ein nettes Foto drin sein. Ein Supergeschenk für Weihnachten! Das garantier ich euch!«

»Die Schönen vom Lande? Meinst ned, das ist etwas übertrieben?«, zweifelte Sylvia mit spöttischem Blick auf Ursula.

Gerti, ihre Freundin, die neben ihr saß, puffte sie in die Seite. »Hör auf mit deiner Stichelei«, zischte sie ihr leise zu, dann meinte sie laut: »Ich finde den Titel gut. Da wird der Tommi schaun! Der hat eh nichts anderes als Fußball im Sinn! Dreimal in der Woche Training und jedes Wochenende ein Spiel und anschließend noch Sauferei im Sportlerheim! Von mir aus kann mein Foto schon sexy sein, damit er sieht, was er alles verpasst! Dass ich auch noch andere Chancen hätt, wenn ich mögen tät!«, brach es trotzig aus ihr heraus. Dass sich Tommi vor einer Woche von ihr getrennt hatte, das sagte sie den anderen lieber nicht, zu weh tat das noch, und sie wollte auf keinen Fall neugierige Fragen beantworten müssen.

»Recht hast, Gerti! Und überhaupt – wie ihr euch darstellen wollt, also wie euer Foto ausschauen soll, das liegt an jeder selbst. Das müsst ihr mit dem Benny besprechen. Der macht das dann schon!«

»Wann lernen wir den sagenhaften Benny denn endlich kennen? Bis jetzt hast immer nur erzählt von ihm!«, warf Daniela anzüglich ein. Sie war die Tochter der reichen Kirmaiers, die nicht weit von Gernkofen eine kleine, aber angesehene Brauerei und einen kleinen Landhandel betrieben, in deren Büro Daniela arbeitete.

»Die arrogante Kuh«, lästerte Sylvia leise zu Gerti. »Kommt wieder daher, als wenn sie was Besseres wär.« Tatsächlich war Daniela wie immer perfekt angezogen und frisiert, sie trug einen eleganten dunkelblauen Hosenanzug, die langen blonden Haare zu einer »Banane« hochgesteckt.

»Geh, lass sie doch, wenn es ihr Spaß macht«, wisperte Gerti friedfertig zurück. »Das hat sie halt von ihrer Mutter, die will auch immer perfekt ausschauen.«

Sylvia verzog verächtlich das Gesicht.

»Wie wärs mit nächstem Donnerstag? Dann kannst du alles mit ihm besprechen, Daniela! Und ihr anderen auch! Also, ganz wichtig, dass ihr nächsten Donnerstag alle da seid! So langsam eilt es, wenn der Kalender rechtzeitig fertig werden soll!«

Die Tür des Nebenzimmers öffnete sich, ein junges Mädchen mit Kopftuch huschte herein und schob die Tür hinter sich zu.

»Hey, Semra, wie schaust du denn aus! Mit Kopftuch!« Überrascht schauten die Freundinnen auf die Angekommene.

»Ach, bei diesem Wetter ist so ein Kopftuch ganz praktisch!«

Sie nahm das Tuch ab, schüttelte ihre pechschwarzen, langen Haare und schaute in die Runde. »Mehmet war da«, sie zog ein Gesicht, »und da ziehe ich immer, wenn ich weggehe, das Kopftuch auf, will mich einfach nicht streiten mit ihm. Aber an der nächsten Straßenecke nehme ich es meistens wieder ab.«

»Der Mehmet! Führt sich auf wie ein Macho, und bei dir macht er auf Tugendwächter!«

Semra zuckte mit den Schultern. »So sind sie halt, die türkischen Männer, aber es ist mir egal!«

»Und deine Eltern? Was sagen die?«

»Die sind schon ziemlich angepasst. Meine Mama trägt natürlich ein Kopftuch, klar, und außer Haus ihren langen dunklen Mantel. Aber sie versteht auch, dass ich keines tragen will.«

»Und dein Vater?«

»Dem täte ein Kopftuch auch gefallen, aber er muss akzeptieren, dass ich emanzipiert bin.« Stolz warf sie den Kopf zurück.

»Also, setz dich her, Semra! Jetzt fehlt nur noch die schöne Paulina, weiß jemand wo die ist?«

»Die muss sicher auf die Helmbrecht-Kinder aufpassen. Aber ich treff sie morgen bei der Gymnastik, dann erzähl ich ihr, was wir ausgemacht haben!« Semra griff nach einem Glas Prosecco. »Na, dann Prost – und auf ein gutes Gelingen unseres Kalenders!«

»Genau!« Alle prosteten der jungen Türkin zu.

»Also, dann«, die resolute Andrea meldete sich wieder zu Wort, »freu ich mich auf das nächste Mal! Da bring ich den Ben mit, dann könnt ihr ihn kennenlernen und eure Fototermine mit ihm ausmachen.«

Endlich servierte Antonio die Pizzen und brachte eine große Platte voll Antipasti mit. »Isse eine Geschenk von die Haus«, meinte er, als er einige Teller dazu auf den Tisch stellte.

»Super! Toll! Danke, Antonio!«, klang es durcheinander, und alle machten sich begeistert über das Essen her.

Zwei Stunden später verließen die Freundinnen das Lokal und verabschiedeten sich unter lautem »Servus«, »Tschüss« und »Pfiat euch!« voneinander.

»Also, dann bis nächsten Donnerstag und …«, Andrea legte vielsagend einen Finger auf ihren Mund, »… Stillschweigen! Kein Wort zu niemandem! Verstanden?«

»Klar! Wir halten dicht!« Sie verschwanden nach und nach in der Dunkelheit. Manche gingen zusammen zu Fuß nach Hause, der Ort war ja nicht groß, andere, die etwas weiter draußen oder im nächsten Ort wohnten, gingen zum Parkplatz des »Il Girasole«. Knallen von Autotüren, Motorengeräusch, dann war alles ruhig. Gerade schlug die nahe Kirchturmuhr zehn Mal.

Der alte Gruber, der vom Fenster seines Hauses neben dem Restaurant den Abzug der jungen Frauen beobachtet hatte, schimpfte: »Jetzt hätt ich bald das Fenster aufg'rissen und runterg'schrien bei dem Radau, den die wieder machen, die Bluatsweiber, die!«

»Ach geh! Jetzt sei doch ned so, Girgl! Warst a amal jung, oder ned?« versuchte seine Frau ihn zu besänftigen.

»Jung schon, aber ned so laut!«, murrte er und setzte sich wieder vor den Fernseher.

Andrea und eine der jungen Frauen, in einem abgewetzten, alten Anorak, blieben, geschützt vor dem Regen unter Andreas Schirm, vor dem Restaurant stehen.

»Bist du mit dem Auto da, Elisabeth?«

Die schüttelte stumm den Kopf. »Nein, das hat der Schorsch, der ist in Abersdorf beim Wirt. Wie immer!« Es klang bitter.

»Wie kommst dann heim? Das sind ja mindestens zwei Kilometer oder mehr zu eurem Hof!«

»Das macht nix! Ich hab ja Zeit, und die frische Luft tut mir ganz gut!«

»Aber geh, es regnet doch!« Das Nieselwetter hatte sich inzwischen zu einem kräftigen Regen ausgewachsen.

Elisabeth sah missmutig in den schwarzen Himmel und schob sich die Kapuze des Anoraks über den Kopf. »Das geht schon! Ich bin ja ned aus Zuckerguss!«

»Nein, das nicht, aber ein Spaß ist es auch nicht, bei dem Wetter eine gute halbe Stunde laufen bis da raus zu euch! Bist hergekommen auch zu Fuß?«

»Der Schorsch hat mich bracht!«

»Tja, und abholen tut er dich nicht?«

»Nein! Der kommt irgendwann heim, irgendwann in der Nacht!«

Andrea packte Elisabeth am Arm. »Also, komm! Dann bring ich dich heim. Der spinnt doch, dich ganz allein in der Nacht heimgehen zu lassen, noch dazu bei dem Wetter.«

Die zwei gingen zum Parkplatz, setzten sich in Andreas kleinen Fiat Punto und fuhren hinaus aus dem Dorf.

»Wo geht's gleich wieder ab zu eurem Hof?« Andrea starrte durch die Windschutzscheibe angestrengt in die Dunkelheit.

»Noch ein Stück geradeaus, dann links. Schau, da kommt schon das Schild ›Einöd‹«.

»Einöd! Das ist grad der richtige Name! Da sagen sich ja Fuchs und Has' gute Nacht!« Andrea lachte leise, Elisabeth schwieg. In der Ferne leuchtete ein schwaches Licht.

»Eine Lampe hab ich doch brennen lassen, auch wenn der Schorsch immer schimpft wegen der Verschwendung. Aber so ganz im Dunkeln mag ich ned heimkommen. Magst noch mit reinkommen, Andrea?«

Sie waren inzwischen vor dem Einödhof angekommen, und Andrea stellte den Motor ab.

»Nein, ich muss ja noch nach München rein und morgen früh in eine Vorlesung an der Uni, weißt!«

Elisabeth seufzte tief. »Mei, du hast es gut!«

Andrea sah sie nachdenklich an. »Du hast heut gar nix g'sagt, Elisabeth! Ganz stad warst. Geht's dir ned gut?«

Sie verfiel, wie selbstverständlich, in ihren von früher gewohnten bayrischen Dialekt, den sie sich an der Uni ganz abgewöhnt hatte.

Elisabeth sah hinaus in den Regen, der auf die Windschutzscheibe prasselte, und schwieg.

»Geh, Elisabeth! Mir kannst es doch sagen! Wir waren doch mal beste Freundinnen. Jetzt wohn ich halt in München und hab nimmer so viel Zeit«, fügte sie, wie entschuldigend, hinzu. »Und bei dir hat sich ja auch viel verändert.«

»Das kann man sagen!« Es klang sarkastisch. »Ja, früher! Da war noch alles anders! Wenn's auch schwer war, schöner war's doch!«

»Bist denn ned glücklich mit dem Schorsch?«

»Glücklich!? Was ist denn des?«

»Na hör mal! Ihr seids noch ned mal zwei Jahre verheiratet. Du wolltest doch immer gern Bäuerin werden, und jetzt bist es! Ich hab's ja nie ganz verstanden, ehrlich g'sagt. Du warst so ein g'scheites Mädl in der Schul'!«

»Ja, blöd darf man als Bäuerin eh ned sein«, fuhr Elisabeth auf.

»So hab ich's ja ned g'meint«, beschwichtigte Andrea. »Aber ich hab immer geglaubt, aus dir könnt was Besonderes werden. Ich hätt's gern g'sehn, wenn du mit mir nach München gegangen wärst. Da hätten wir sicher einen interessanten Job für dich g'funden! Aber dann hast du plötzlich den

Schorsch geheiratet. Verstanden hab ich das nie, ausgerechnet den Schorsch!« Sie schüttelte den Kopf.

Elisabeth schwieg, dann fing sie plötzlich zu weinen an.

Andrea legte bestürzt den Arm um sie. »Was ist denn los, Elisabeth? Magst es mir ned sagen? Ich erzähl's auch niemandem, ehrlich.«

Jetzt brach es wie eine Sturzflut aus Elisabeth heraus. Das ganze Unglück ihrer misslungenen Ehe schilderte sie, dass der Schorsch nur noch im Wirtshaus hocke und trinke, die Arbeit auf dem Hof vernachlässige. Schulden hatten sie, und Elisabeth sah keinen Ausweg aus der Misere.

Endlich beruhigte sie sich wieder und schneuzte sich in ein Taschentuch. »Entschuldige, jetzt hab ich dich mit meinem Schmarrn auch noch aufg'halten. Schau, dass du weiterkommst«, schluchzte sie.

Andrea wusste nicht, was sie sagen sollte. Nie hätte sie gedacht, dass Elisabeth so unglücklich war.

Sie sah auf die Uhr am Armaturenbrett. »Ja, du hast recht, ich muss los, es nutzt nix! Aber zum nächsten Stammtisch, da kommst schon, und beim Kalender, da machst auch mit, oder?«

»Ja, ja, ich bin schon dabei! Da kann ich auch mal wieder lachen, wie früher. Aber gell, sagst nix den anderen, ich will ned, dass im Dorf rumgetrascht wird.«

»Da kannst dich drauf verlassen, Lieserl!« Spontan hatte sie den Kindernamen der Freundin benutzt und ganz vergessen, dass diese jetzt als Elisabeth angesprochen werden wollte. Aber die lächelte nur darüber.

»Also, pfiat di! Bis zum nächsten Mal.« Elisabeth umarmte die Freundin und drückte ihr, fast verschämt, ein Bussl auf die Wange, etwas, das bei ihr nicht üblich war. Dann stieg sie aus, ging zum Haus, drehte sich noch einmal um und winkte Andrea zu.

Andrea fuhr zurück ins Dorf und weiter nach München. Sie war erschrocken darüber, was ihr Elisabeth erzählt hatte. Dass sie diesen Schorsch geheiratet hatte, das hatte Andrea, obwohl sie zu der Zeit bereits in München wohnte, zwar erfahren, doch kaum glauben können. Den Höher-Schorsch aus Einöd, diesen ungehobelten Klotz! Den hätte sie, Andrea, nicht einmal mit der Beißzange angefasst!

Wie der wohl mit der Elisabeth zusammengekommen war?

Spät in der Nacht kam sie in München in ihrer kleinen Wohnung in Haidhausen an, doch als sie im Bett lag, ging ihr das Gespräch mit der Freundin nicht aus dem Kopf. Irgendwie hatte sie ein ungutes Gefühl. Sie spürte, Elisabeth brauchte ihre Hilfe, oder zumindest jemanden, der ihr zuhörte.

Ich werde sie in den nächsten Tagen anrufen, beschloss sie, bevor sie einschlief. An den Kalender, den sie zusammen mit den anderen Mädchen machen lassen wollte, verschwendete sie an diesem Abend keinen Gedanken mehr.

***

Die Turnhalle der Schule des Nachbarortes von Gernkofen dröhnte vom heißen Beat der Musik, die die Trainerin von der CD laufen ließ, und ihre laute, schrille Stimme brüllte die Kommandos. Früher nannte man das mal Aerobic, aber inzwischen war eine neue Welle über die Fitnessstudios geschwappt. Jetzt hieß das »Work-out für Bauch, Beine und Po«.

Gerti, die Bankangestellte, machte eifrig mit. Sie wollte unbedingt, bevor die Fotoaufnahmen begannen, noch ein paar Kilo abnehmen, eine richtig gute Figur machen! Als sie ihrem Freund Tommi erzählt hatte, dass sie jetzt zu »Bauch-Beine-Po« gehe, hatte der unverschämt gegrinst und gemeint: »Das brauchst du doch ned, das hast doch schon alles!« Dabei hatte er ihr auf den Hintern geklopft. So ein Idiot! Aber jetzt war es eh egal. Seit letzter Woche war es aus! Er fühle sich noch nicht reif für so eine enge Beziehung, hatte er gemeint. Dabei hatte sie seine Fussballerei akzeptiert, war jedes Wochenende brav zu den Spielen gegangen. Natürlich hatte sie gelegentlich gemault, wenn er mit seinen Freunden im Stadionstüberl versumpft war, aber eingeengt hatte sie ihn sicher nicht!

Na, dem würde sie es zeigen! Den Kalender würde sie ihm auf alle Fälle schicken, den könnte er sich dann in seiner Bude aufhängen und täglich sehen, was ihm entgangen ist!

Trotz ihrer Wut litt sie wie ein Hund, und wenn sie an Thomas dachte, fühlte sie, wie ihr die Tränen kamen. Aber da schrie die Trainerin schon wieder weitere Kommandos: »Und eins und zwei und drei,

Bauch anspannen und den Hintern fest!« Es ging flott weiter, keine Zeit für Sentimentalitäten.

Auch Semra und Paulina waren im Training. Als sich die Mädchen nach der Stunde außer Atem und schwitzend in der Umkleide drängten und an den wenigen Duschen anstanden, hielt Semra Paulina zurück.

»Wo warst du denn gestern? Du willst doch nicht etwa kneifen, oder?«, fragte sie misstrauisch.

»Oh nein! Auf keinen Fall! Aber die Helmbrechts sind gestern Abend ausgegangen, und da musste ich auf die Buben aufpassen. Nächstes Mal komme ich ganz bestimmt, ich habe es Frau Helmbrecht schon gesagt, dass ich am Donnerstag frei haben muss.«

»Okay! Beim nächsten Treffen kommt nämlich der Fotograf, der den Kalender machen soll. Da wird dann alles genau besprochen, auch die Fototermine und so. Bis Ende November soll alles fertig sein, als Weihnachtsgeschenk sozusagen.« Semra gluckste vor Vergnügen.

»Wem schenkst du den Kalender, Semra?«, fragte Paulina neugierig. »Deinen Eltern?«

»Ja, vielleicht. Erst mal schauen, wie mein Bild wird!« Sie zog Paulina abseits in eine ruhige Ecke und sah sie verschwörerisch an. »Ich verrate dir ein Geheimnis!«, flüsterte sie der Freundin ins Ohr. »Ich habe einen Freund – und dem will ich den Kalender schenken.«

»Was?« Paulina riss den Mund auf vor Überraschung. »Einen Freund? Das habe ich nicht gewusst!«

»Ich habe es bisher noch niemandem erzählt, soo lange kennen wir uns noch nicht.« Semra machte eine bedeutungsvolle Pause. »Vorerst darf es niemand wissen, du bist die Erste, der ich es sage!«

»Und warum darf es niemand wissen?«

»Er ist ein Deutscher«, flüsterte Semra, »und wenn Mehmet das erfährt, dann gibt es Zoff.«

»Was geht das deinen Bruder an? Wenn es deinen Eltern recht ist, dann ist es doch in Ordnung! Oder glaubst du, die mögen ihn nicht?«

»Na ja, denen wäre ein Türke natürlich lieber, so wie meine brave Schwester Hayat einen geheiratet hat. Aber ich will auf gar keinen Fall einen Türken.«

»Aber da gibt es sicher auch ganz nette – oder nicht?«

»Kann schon sein, aber ich habe mich eben in einen Deutschen verliebt«, gab Semra störrisch zurück. »Aber halt deinen Mund, Paulina! Vorerst wenigstens, bis ich alles in trockenen Tüchern habe!«

»In was?!« Paulina sah Semra irritiert an.

»In trockenen Tüchern. Das sagt man so im Deutschen, und das heißt, bis ich mir ganz sicher bin … und er auch. Verstehst du?«

Die beiden hatten sich angezogen und waren jetzt zum Parkplatz vor dem Schulgebäude gegangen.

»Hast du noch ein bisschen Zeit, Paulina, oder musst du gleich heim?«

»Nein, nein! Heute habe ich frei!«

»Super! Weißt du was? Wir gehen hinüber in das kleine Café auf eine Cola, dann erzähle ich dir, was wir gestern alles besprochen haben.«

In dem Café war es fast leer, das war den beiden gerade recht, sie wollten auf keinen Fall bei ihrem Gespräch gestört werden.

»Sag mal, wie findest denn du die Idee mit dem Kalender?«, fragte Semra.

»Oh, ich finde das ganz witzig! Ich hoffe nur, dass es nicht zu teuer wird. Ich habe nicht viel Geld, weißt du, ich muss sparen.«

»Was zahlen denn die Helmbrechts für die Sklavenarbeit?«

»Das ist keine Sklavenarbeit, Semra! Die Helmbrechts sind echt nette Leute! Und die zwei kleinen Buben, der Flori und der Fabian, die sind absolut süß!«

»Ja, aber Haushalt und Kinderhüten, das ist doch keine Arbeit für dich, noch dazu so, wie du aussiehst. Du könntest echt als Model arbeiten.«

Paulina wehrte verlegen ab. »Blödsinn! Das wäre das Letzte, was ich machen würde. Nein, ich will studieren! Aber meine Mama in Polen kann mich nicht unterstützen, die kommt selbst gerade so über die Runden. Du hast keine Ahnung, wie das in Polen ist. Und da habe ich gedacht, ich gehe ein Jahr nach Deutschland und spare, und dann kann ich zu Hause studieren. Aber jetzt gefällt es mir so gut bei den Helmbrechts, jetzt werde ich noch ein Jahr hier bleiben.«

»Na ja, wenn es befristet ist ... Aber für dauernd ist das nichts!«

»Nein, das soll es auch nicht sein«, verteidigte sich Paulina. »Aber Deutsch lernen, das schadet auch nicht! Ich gehe jede Woche zu einem Deutschkurs an der Volkshochschule, um besser zu werden.«

»Du sprichst schon echt gut! So ein bisschen einen östlichen Akzent hast du halt, aber ich finde das klingt ganz süß!«

»Danke!« Paulina zeigte ihr nettestes Lächeln. »Übrigens habe ich neulich deinen Bruder getroffen. Was spricht er denn für ein Deutsch? Ihr seid doch hier aufgewachsen und in die Schule gegangen. Aber er spricht so komisch, ich konnte ihn kaum verstehen! Fast musste ich lachen!«

»Ach, der kann so gut Deutsch wie ich. Aber er ist seit Neuestem mit so einer komischen Clique beisammen, die sprechen absichtlich so ein verqueres Türken-Deutsch, das halten sie für obercool. ›Hey, du bin isch sicher, Alte‹, sagt der manchmal zu mir.« Mit betont tiefer Stimme äffte sie ihren Bruder nach und deutete dann auf ihren kleinen Busen: »›Du, Flachland‹, hat er neulich gesagt, der freche Kerl! Nimm dich ja vor Mehmet in acht, bandle bloß nicht mit ihm an!«

»Was ist anbandeln?«

»Na ja, halt etwas mit ihm anfangen, sich verlieben oder so!«

»Nein, das mache ich sicher nicht! Ich will ja wieder zurück nach Polen und ganz gewiss keinen türkischen Freund hier!«

»Ich sag's dir nur, vorsichtshalber!«

»Okay, aber jetzt erzähl mal von deinem Freund!«, wechselte Paulina neugierig das Thema.

Semra beugte sich über den Tisch. »Du, der ist absolut nett! Und er schaut toll aus. Ein Riese! Ich glaube, er ist an die 1,90 Meter groß, ich gehe ihm gerade so bis zur Schulter.« Semra war aufgestanden um Paulina das Größenverhältnis zwischen ihr und ihrem Freund anzuzeigen. »Ich habe ihn im Reisebüro kennengelernt. Er wollte eine Reise in die Türkei buchen und da hat ihm der Chef mich als ›Spezialistin für Türkeireisen‹ empfohlen.« Semra lachte hell auf. »Dabei kenne ich von der Türkei nur das Dorf im wildesten Anatolien, wo uns Papa früher in den Ferien immer hingeschleppt hat. Puh, das waren Touren, sage ich dir! Im Auto, tagelang, mit Riesengepäck, bei der ärgsten Hitze und hinten drin wir drei Kinder, Hayat, der kleine Mehmet und ich!« Semra verdrehte die Augen in gespielter Verzweiflung, als sie an diese strapaziösen Reisen ihrer Kindheit dachte. »Gott sei Dank muss ich da nicht mehr hin. Mama und Papa besuchen immer noch jedes Jahr unsere alten Verwandten dort. Sie sagen, irgendwann würden sie dorthin zurückkehren, in dieses vorsintflutliche Nest!« Semra schüttelte ungläubig den Kopf. »Immerhin fliegen sie jetzt! Sie buchen einen Flug nach Ankara und nehmen dann ein Leihauto. Das leisten sie sich immerhin.«

»Ah ja! Aber erzähl mal weiter von deinem Freund?« Paulina ließ nicht locker.

»Er heißt Mario, aber er ist kein Italiener«, fügte sie schnell hinzu. »Und er arbeitet als Autoverkäufer bei Mercedes, ein Superjob, sage ich dir, und er ist fünfundzwanzig Jahre alt.«

»Oh! Und da hat er noch keine Freundin?«

»Nein!« Semra blitzte sie empört aus ihren dunklen Augen an. »Zumindest sagt er das«, fügte sie etwas kleinlaut hinzu. »Und ich glaube ihm auch! Außerdem ist er sehr sportlich, hat sogar einen schwarzen Gürtel in Karate oder so etwas Ähnlichem!«

Paulina riss die Augen auf. »Das ist ja toll! Und?«, sie beugte sich vor und wisperte: »Habt ihr euch schon einmal geküsst?«

Semra wurde verlegen. »Also, was du so fragst! Natürlich haben wir uns schon geküsst!«

»Wirklich? So richtig geküsst?«

»Na ja, also ... kein Zungenkuss, wenn du das meinst. Schließlich bin ich ein anständiges Mädchen!« Sie gab Paulina einen Stups.

»Und? Wann stellst du ihn deinen Eltern vor?«

»Bist du verrückt? Erstens kennen wir uns noch nicht lange genug und außerdem ... du weißt doch, wie das bei uns Türken ist. Einen deutschen Schwiegersohn!? Da muss ich sie erst schonend drauf vorbereiten!«

»Und Mehmet? Warum darf er das nicht wissen?«

Semra verzog das Gesicht. »Weißt du, die jungen Türken der zweiten Generation, die sind oft schlimmer als die Alten! Aber von dem lasse ich mir gar nichts sagen! Der kann mich mal!«

»Ich habe einmal etwas gelesen von Ehrenmord!«, meinte Paulina ängstlich.

»Ach was! Soo schlimm ist er auch wieder nicht. Er macht sich nur wichtig. Im Grunde ist er ein ganz netter Kerl und mag mich. Früher, als er noch klein war, da hab ich ihn oft verhauen. Wenn der mal eine feste Freundin hat, dann wird er ganz zahm werden, das garantiere ich dir. Wenn es die Richtige ist! Die türkischen Frauen, die tun nur außer Haus so unterwürfig, weißt du! Zu Hause, da haben die meist die Hosen an. Aber jetzt mal zum Kalender. Wie stellst du dir denn das vor, ich meine, dein Bild?«

»Ich habe keine Ahnung, Andrea wird das schon machen. Aber es muss ein netter Kalender werden, nicht mit so nackigen Bildern! Ich will ihn meiner Mama schenken und vielleicht den Helmbrechts. Ich hab schon daran gedacht, mich mit Flori und Fabian fotografieren zu lassen, das würde sie sicher freuen.«

»Mhm, das wäre nett. Ich frage mich auch, wie ich mich fotografieren lassen soll. Ich habe mir überlegt, ob ich mir nicht ein Kopftuch aufsetzen soll.«

»Mit Kopftuch!?«, rief Paulina erstaunt.

»Pst! Nicht so laut!« Sie sah um sich.»Warum denn nicht? Meine Eltern würden sich sicher freuen und Mehmet würde dann auf jeden Fall nicht ausflippen.«

»Also hast du doch Angst vor ihm!«

»Nein, keine Angst, aber ich will auch keinen Ärger!«

In dem Moment klingelte ein Handy und Semra nestelte nervös an ihrer Tasche. Endlich förderte sie es zutage.

»Oh, Mario!«, zwitscherte sie in das Mobiltelefon und gab Paulina aufgeregt Zeichen. »Ja, das geht! Treffen wir uns um sieben vor dem Büro? Super, ich freu mich! Also dann bis morgen, tschüüss!«, trällerte sie. Sie strahlte Paulina an. »Das war Mario! Wir treffen uns morgen!« Sie sprang auf, dass der Stuhl fast umkippte, packte ihre Jacke, die über der Lehne hing. »Ich muss heim, muss unbedingt noch Haare waschen! Schließlich will ich gut aussehen!« Sprach's und warf ihre langen, schwarzen Haare mit Schwung zurück.

»Komm, wir zahlen! Ich nehme dich mit nach Gernkofen.«

Diese Semra! Hat heimlich einen Freund!, dachte Paulina bei sich, als sie durch die Nacht zu den Helmbrechts nach Hause ging.

Sie freute sich für Semra und war froh, dass sie ihre Freundin war. Semra hatte verstanden, wie Paulina sich gefühlt hatte, als sie vor einem Jahr in das fremde Land, zu fremden Menschen gekommen war und noch nicht so gut Deutsch gesprochen hatte.

Semra hatte ihr einmal gestanden, dass sie sich, trotz aller Freundschaften mit den anderen Mädchen oft fremd gefühlt habe, irgendwie anders. Zu Hause, in der Familie, sprach man nur Türkisch, und die islamischen Bräuche wurden, wenn auch nur innerhalb der eigenen vier Wände, strikt eingehalten. Gelegentlich fühle sie sich heute noch als Außenseiterin, obwohl sie voll integriert sei, hatte sie gemeint. Ein Unterschied zu den anderen blieb doch! Paulina konnte das gut verstehen, es ging ihr ähnlich.

Sie hatte inzwischen ihr Zuhause erreicht. Die Familie Helmbrecht wohnte am Dorfrand in einem hübschen Haus mit Garten. Paulina fühlte sich wohl dort, die Helmbrechts waren freundliche Leute, und mit den beiden kleinen Jungs, die Paulina zu betreuen hatte, kam sie gut zurecht.

Der blonde Florian würde im Herbst in die Schule kommen und war schon sehr aufgeregt, freute sich vor allem auf seine große Schultüte. Sein Bruder Fabian war vier Jahre alt, hatte einen witzigen roten Haarschopf, war klein und knuffig. Er sah süß aus mit seinem pfiffigen Gesicht und den Sommersprossen auf der Nase. Irgendwie erinnerte er Paulina an Pumuckl, den kleinen Kobold, von dem sie manchmal DVDs mit den Kindern ansah.

Beide Buben gingen in den Kindergarten, der nicht weit von Helmbrechts Haus am Rande des Dorfes gebaut worden war, und eine der Aufgaben Paulinas war es, die zwei Kinder täglich dorthin zu bringen und abzuholen und sich am Nachmittag um sie zu kümmern. Es machte ihr Freude.

Frau Helmbrecht war Jugendrichterin am Amtsgericht in der Stadt und Herr Helmbrecht arbeitete, zusammen mit zwei anderen Anwälten, in seiner eigenen Kanzlei im selben Ort. Die Helmbrechts waren für Paulina wie eine Familie geworden im letzten Jahr, und nur deshalb hatte sie das ursprünglich geplante eine Jahr um ein weiteres verlängert.

Gelegentlich traf sie in dem Sprachkurs, den sie regelmäßig besuchte, andere junge Ausländerinnen, die als Haushalts- oder Pflegehilfen hier in Deutschland arbeiteten. Die erzählten manchmal haarsträubende Dinge von Ausbeutung und schlechter Behandlung. Da hatte sie mit den Helmbrechts Riesenglück gehabt.

Frau Helmbrecht saß im Wohnzimmer und blickte von ihrem Buch auf, als Paulina ins Zimmer kam.

»Guten Abend, Frau Helmbrecht, ich bin zurück. Störe ich?«

»Nein, nein, Paulina. Komm rein!«

»Schlafen die Kinder?«

»Ja, die schlafen beide. Komm, setz dich ein bisschen zu mir. Tut mir leid, dass es gestern nicht geklappt hat mit deinem freien Abend. Ich weiß, dass der Mädelstammtisch im ›Il Girasole‹ war und es ist wichtig, dass du Kontakte hast. Hier im Dorf ist ja leider nicht viel los für ein junges Mädchen wie dich, aber ich musste dringend meinen Mann begleiten.«

»Klar, Frau Helmbrecht, kein Problem. Ich fahre ja manchmal mit einem der Mädchen in die Stadt zum Bummeln oder so, und dann habe ich auch noch den Sprachkurs und Monika. Da habe ich schon genug Kontakte.«

Monika war Paulinas Vorgängerin bei den Helmbrechts gewesen, auch eine junge Polin. Sie war inzwischen mit einem Deutschen verheiratet, wohnte in einem Nachbardorf und hatte vor Kurzem ein Baby bekommen. Sie kam gelegentlich zu den Helmbrechts zu Besuch, und so hatten sich Paulina und Monika angefreundet.

»Heute war ich im Fitnesstraining und dann noch mit Semra im Café.« Kurz überlegte sie, ob sie Frau Helmbrecht vom geplanten Fotokalender erzählen sollte, aber dann unterließ sie es. Sie hatten Stillschweigen vereinbart, und daran wollte sie sich halten.

»Wie ist denn diese Semra? Sie stammt aus der türkischen Familie hier im Ort, nicht wahr? Ich sehe manchmal ihre Mutter in einem langen, schwarzen Mantel und Kopftuch, ganz traditionell.«

»Ja, die Mutter ist ganz türkisch, spricht kaum Deutsch. Aber Semra ist modern und sehr nett!«

»Kennst du auch ihren Bruder, den Mehmet?«

»Nur flüchtig.« Paulina lachte kurz auf. »Der ist ein bisschen ein Angeber, spricht alle Mädchen an und glaubt, er ist der Größte.«

»Mhm …« Frau Helmrecht zögerte erst, dann meinte sie: »Halt dich lieber von dem und seiner Clique fern, Paulina. Das ist kein Umgang für dich.« Wieder zögerte sie etwas. »Im Grunde sind sie harmlos, aber schnell kann im Gruppenzwang bei diesen jungen Männern auch mal etwas, sagen wir, entgleisen.«

»Entgleisen?«

»Ja! Ich meine, manchmal machen sie Dummheiten, kleine kriminelle Sachen oder so.«

»Keine Angst, Frau Helmbrecht, die sind absolut nicht mein Fall.« Sie stand auf und gähnte hinter vorgehaltener Hand. »Ich geh ins Bett! Gute Nacht, Frau Helmbrecht.«

»Gute Nacht, Paulina, und schlaf gut. Morgen kannst du ausschlafen, wenn du willst. Ich bin zu Hause, da mache ich das Frühstück selbst.«

»Ja, danke! Also, bis morgen! Gute Nacht!«

Frau Helmbrecht legte das Buch zur Seite und blickte nachdenklich vor sich hin. Irgendwie fühlte sie sich verantwortlich für das junge polnische Mädchen, das sie zu sich ins Haus geholt hatten und das sie inzwischen lieb gewonnen hatte.

»Auf jeden Fall haben wir die schönste Haushaltshilfe weit und breit«, hatte ihr Mann schmunzelnd gesagt, als Paulina zu ihnen gekommen war.

Nun hatten sie vereinbart, dass sie ein weiteres Jahr bei ihnen bleiben sollte. Doch dann, so fand Frau Helmbrecht, sollte das Mädchen etwas anderes machen, vielleicht ihren Traum von einem Studium verwirklichen. Dann würden sie sich aber nach einer anderen Betreuung für die Jungs umsehen müssen.

Frau Helmbrecht klappte seufzend ihr Buch zu und gähnte. Höchste Zeit ins Bett zu gehen, auf ihren Mann zu warten hatte wenig Sinn. Wie so oft arbeitete er bis spät in die Nacht in der Kanzlei. Da hatte sie es als Richterin besser, sie konnte sich ihre Arbeitszeit weitgehend einteilen, auch wenn ihre Arbeit nicht immer leicht war. Die Jugendkriminalität nahm zu, auch hier. Sie hoffte, dass sie nicht bald mit dieser Clique um Mehmet zu tun haben würde.

2

Andrea stand mit einigen Freundinnen vor der Uni und diskutierte mit ihnen über die Arbeiten, die für die Abschlussprüfung des Studiums fällig wurden.

Für Andrea war es der Kalender »Die Schönen vom Lande«. Das war ihre Idee gewesen, und es machte ihr Riesenspaß, die Mädels zu animieren und alles zu organisieren, da war sie ganz in ihrem Element.

Leider war das Thema Vermarktung bei diesem Projekt nicht ideal, denn vermarktet werden sollte der Kalender nicht, nur in kleiner Auflage gedruckt erscheinen, als Geschenk für Freunde und Familie. Aber was soll's, sie würde noch Gelegenheiten genug haben, ihr Verkaufstalent zu beweisen.

Andrea jobbte neben dem Studium in einer Event-Agentur, die Feste und Partys von Firmen oder Prominenten und auch Messen organisierte. Da lernte sie eine Menge an praktischem Management, kam mit vielen interessanten Leuten zusammen und besserte zudem das Taschengeld auf, das ihr die Eltern monatlich überwiesen.

Als Tom, der Inhaber der Event-Agentur, ihr neulich angeboten hatte, nach ihrem Studium als seine Assistentin anzufangen, war Andrea schlichtweg aus dem Häuschen gewesen vor Begeisterung. Das war einfach genial! Das war ihr Traumjob!

Sie stellte sich etwas abseits von den anderen und holte ihr Handy aus der Tasche, um Ben eine SMS zu schicken. Sicher steckte er noch in irgendeiner Vorlesung. Auch er studierte Kommunikationswissenschaften.

Andrea wusste, dass Ben alles andere als glücklich mit der Wahl seines Studiums war, und irgendwie, so fand auch Andrea, passte es nicht zu ihm. Er war eher ein Künstlertyp und leidenschaftlicher Fotograf, vorerst nur als Hobby.

Ben war begeistert gewesen, als sie ihn gefragt hatte, ob er den kreativen Teil ihres Projektes übernehmen würde. Sie wusste zum einen, dass Ben gut war, zum anderen durfte der Kalender nicht viel kosten; einen professionellen Fotografen konnten sie sich nicht leisten.

Jetzt wollte sie mit ihm das nächste Mädelstreffen besprechen, denn es wurde höchste Zeit, mit den Fotoshootings zu beginnen!

Schnell tippte sie eine Nachricht: »Benny, melde dich! Eilt! Andrea.«

Es dauerte nicht lange, und ihr Handy klingelte. Es war Ben. »Was ist los, Andrea? Wo brennt's?«

»Benny! Gut, dass du dich gleich meldest. Können wir uns heute noch irgendwo sehen? Ich muss die Termine mit dir koordinieren!«

»Mhm! Sagen wir um zwei, am Fischbrunnen am Marienplatz?«

»Okay! Ich bin da!«

Bei frühlingshaft schönem Wetter spazierte Andrea langsam zum Marienplatz, schaute sich nebenbei die neueste Mode in den Schaufenstern an. Sie trödelte noch ein bisschen in der Innenstadt herum, schlenderte durch den Kaufhof, bis es endlich zwei Uhr war. Von Weitem schon sah sie Ben am Fischbrunnen stehen.

»Grüß Dich, Benny!«, sie gab dem großen, schlaksigen jungen Mann einen Kuss auf die Wange.

Er drückte sie kurz und liebevoll an sich. »Hallo, Andrea! Bist ja ausnahmsweise mal pünktlich!«, feixte er.

»Na hör mal«, protestierte Andrea, doch sie wusste, dass Ben recht hatte. Pünktlichkeit war nicht gerade ihre Stärke, das musste sich grundlegend ändern, wenn sie in der Agentur arbeiten würde. »Hast du schon etwas gegessen?«

»Nein, aber ich habe keinen großen Hunger. Gehen wir doch nach unten und trinken einen Kaffee, wenn du magst.«

Andrea nickte und sie fuhren mit der Rolltreppe ins Untergeschoß des Münchner Marienplatzes.

»Ich trink nur einen Cappuccino und esse ein Hörnchen dazu. Und du?«

»Mir reicht das auch. Ich geh heute Abend mit Thilo zum Chinesen.« Sie stellten sich beim Café Rischart an einen der Bistrotische.

»Also, was ist los?«, fragte Ben, an seinem Hörnchen kauend.

»Wir müssen unbedingt die Termine fürs Fotoshooting mit den Mädchen ausmachen, langsam brennt es! Ich habe den Mädels gesagt, dass du am

Donnerstagabend mit raus kommst aufs Dorf, damit sie dich endlich kennenlernen. Sie sind alle ganz heiß drauf. Du, ich glaube, das wird eine Supersache!« Andrea redete sich in Begeisterung.

Ben nahm seinen Terminkalender aus der Tasche und blätterte darin. »Eh, nein, am Donnerstag, das geht leider nicht. Außerdem … ich wollte mich vorher noch mit Thilo besprechen. Er hat mir angeboten, dass ich die Fotos auf seinem Computer bearbeiten kann. Da habe ich viel mehr Möglichkeiten als mit meinem Fotoprogramm.«

»Thilo?« Andrea rümpfte die Nase. »Was hat denn der mit unserem Projekt zu tun?«

»Nichts! Ich kann nur seinen Mac in der Agentur benutzen, da ist alles ein bisschen einfacher als auf meinem PC.«

»Okay, das musst du wissen, da kenn ich mich nicht aus. Aber ehrlich, irgendwie mag ich den Thilo nicht.«

»Ach was, der ist ganz okay. Aus Bremen halt! Die sind eben ein bisserl anders in ihrer Art als wir.«

»Ich finde, er ist ein aufgeblasener Schnösel! Aber mir soll's egal sein, das ist dein Teil an der Arbeit.«

»Die sind alle so ein bisschen verrückt in der Szene«, versuchte Ben Thilo in Schutz zu nehmen. »Der Thilo, der hat einen super Start hingelegt mit seiner Agentur. Der wird bald richtig erfolgreich sein. Ehrlich gesagt, ich hoffe, dass ich bei ihm, also bei ›Open up‹ einsteigen kann.«

»Was? Und was ist mit deinem Studium? Du hast doch nur noch zwei Semester, die wirst du doch wohl durchziehen, oder wie?«

Ben sah unschlüssig drein und zuckte mit den Schultern.

»Ich weiß es nicht, ehrlich gesagt. Bin grad am Überlegen, ob ich nicht ein Semester aussetze und ein Schnupperpraktikum mache bei Thilo in der Agentur.«

»Bei dem?« Andrea sah ihn zweifelnd an.

»Ja, bei dem«, gab Ben leicht verärgert zurück. »Du, das wäre vielleicht die Chance für mich.«

»Ich weiß nicht ... Also, das würde ich mir gut überlegen!«

»Ach komm, Andrea! Du weißt nicht, wie schwierig es ist, in der Branche Fuß zu fassen, wenn man nix kann so wie ich.«

»Na hör mal, ich finde, du kannst eine ganze Menge! Du bist ein toller Fotograf! Die besten Aufnahmen habe ich von dir gesehen. Sonst hätte ich dich gar nicht genommen für mein Projekt«, sie lächelte ihm schelmisch zu.

»Ja, ja und wegen dem Honorar, gell? Weil's nix kosten darf!« Dann fügte er schnell hinzu: »Nein, Andrea, das ist voll in Ordnung. Das mach ich gern, ist ja auch eine Erfahrung, die ich später mal vorweisen kann für eine Bewerbung.«

»Eben! Aber lass mal schauen, am übernächsten Donnerstag, geht's da mit den Mädels?«

»Ja, da fahr ich raus mit dir in dein Kuhdorf.«

»Hey, hey! Ein Kuhdorf ist es auch wieder nicht, aber ein langweiliges Nest schon, das stimmt!«

»Also, dann am übernächsten Donnerstag. Aber bis dahin sehen wir uns doch noch, oder?« Ben sah sie erwartungsvoll an. Er war verliebt in Andrea, aber sie schien ihn nur als guten Freund zu sehen.

»Mal schauen, ob ich Zeit hab«, meinte sie leichthin und sah nicht, wie enttäuscht Ben war. »Aber jetzt muss ich los!« Wie immer war Andrea in Eile. »Ich melde mich dann bei dir!« Sie drückte ihm einen flüchtigen Kuss auf die Wange. »Also, servus dann!«

Sie winkte ihm zu, bevor sie in der Menschenmenge, die der S-Bahn zuströmte, verschwand.

Das war ärgerlich, dass sie den Mädels den Termin mit Ben absagen musste. Sie beschloss, sich trotzdem mit ihnen zu treffen. War vielleicht gar nicht so schlecht, nochmals mit ihnen über das Fotoshooting zu reden. Sie schienen noch keine rechte Vorstellung zu haben, wie so etwas ablief, diese Landeier!

Auf jeden Fall würde sie heute Elisabeth anrufen. Das Gespräch mit der Freundin ging ihr nicht aus dem Sinn. Andrea hatte das starke Gefühl, dass Elisabeth sie brauchte.

Zu Hause angekommen, wählte Andrea Elisabeths Nummer.

»Höher«, meldete sich eine leise Stimme.

»Elisabeth? Bist du es?«

»Ja!«, und nach kurzem Schweigen: »Ach, Andrea, du bist es! Dass du mich anrufst?« Andrea konnte nicht erkennen, ob die Stimme erfreut war oder nicht.

»Aber, Elisabeth! Ich hab dir doch gesagt, dass ich mich melde und wir uns mal treffen. So zum ratschen, wie in alten Tagen«, fügte sie hinzu.

»Ach, ja! Stimmt! Also, ich weiß ned!« Die Stimme klang unsicher.

»Aber hör mal, Lieserl! Das haben wir fest verabredet neulich. Weißt was, ich komm morgen so gegen fünf am Nachmittag raus zu dir.«

»Nein, nein, das passt gar ned!«, fast ängstlich klang Elisabeth. »Da müssen wir in den Stall zum Melken. Da geht's auf keinen Fall«.

»Also, dann später oder früher! Sag halt du, wann es dir passt.«

Schweigen am anderen Ende der Leitung, dann endlich: »Wenn, dann erst später, wenn der Schorsch im Wirtshaus ist. Er mag's ned, wenn ich Besuch krieg!«

»Was!? Der spinnt wohl! Also, ich hab keine Angst vor dem! Jetzt sag, wann ich kommen kann!« Andrea wurde ungeduldig.

»Kommst halt so um'ra acht, da ist er bestimmt weg und vor ein Uhr, zwei Uhr kommt er ned heim!«

»Dann morgen um acht. Ich freu mich auf dich, Lieserl!«

»Ja, dann kommst halt raus!« Elisabeth legte auf.

Andrea sah verdutzt auf ihr Handy. Was war denn das? Sie erkannte die Freundin nicht mehr, fast unfreundlich war sie gewesen, als wäre ihr Andreas Besuch lästig! Irgendwie verschreckt und ängstlich hatte sie geklungen! Da ist doch was nicht in Ordnung, dem würde sie auf den Grund gehen. Der

Höher-Schorsch! Ausgerechnet der tät seiner Frau Vorschriften machen! Der ungehobelte Klotz.

Als Andrea am nächsten Tag nach Gernkofen fuhr, dachte sie an die Schulzeit mit Elisabeth zurück.

Während sie, Andrea, schon damals ein Anführertyp gewesen war – ihr Vater hatte sie einmal scherzhaft »Gschaftlhuberpräsidentin« genannt, was so viel wie Wichtigtuerin bedeutet, war Elisabeth die Stillere von beiden gewesen. Fast zu vernünftig für ihr junges Alter, kein Wunder bei den ärmlichen und schwierigen Verhältnissen daheim.

Die Familie hatte in einem kleinen Sacherl am Dorfrand gewohnt, Elisabeth war das einzige Kind ihrer Eltern gewesen. Der Vater arbeitete im Kieswerk bei Gernkofen und hatte zusammen mit seiner Frau eine kleine Nebenerwerbslandwirtschaft betrieben. Gerade mal drei Kühe und zwei Schweine sowie etliche Hühner hatten sie gehabt, doch als Elisabeths Mutter krank und bettlägerig geworden war, mussten auch diese verkauft werden.

Trotz ihrer unterschiedlichen Herkunft, Andrea war geborgen und umsorgt in einem gutbürgerlichen Elternhaus aufgewachsen, waren die zwei kleinen Mädchen vom ersten Schultag an dicke Freundinnen gewesen. Sie hatten Freuden und Sorgen der Kinder- und Jugendzeit geteilt, waren sogar weiter befreundet geblieben, als Andrea aufs Gymnasium gewechselt war und Elisabeth auf der Hauptschule bleiben musste. Dabei war Elisabeth ein intelligentes Kind gewesen, mit besten Schulnoten. Ein Jammer, dass sie nichts daraus machen konnte, denn die

Eltern hatten ihr, trotz Intervention des Lehrers, nicht erlaubt, aufs Gymnasium zu gehen. »Des brauchts ned, die Elisabeth heiratet ja doch einmal«, war ihre Ansicht gewesen, die früher landläufig üblich gewesen war.
Es war bereits dunkel, als sich Andrea Einöd näherte. Vor dem Hof brannte eine Lampe. Kein Auto war zu sehen, der Schorsch schien bereits weggefahren zu sein.

Gut so, sie war nicht darauf erpicht, ihn zu treffen.

Sie öffnete die Haustür und trat in den Flur, der das Wohnhaus vom Stall trennte. Warm war es hier drin, und es roch nach Kuhstall. Linkerhand war eine Tür, Andrea wusste, dass dort die Stube war. So war das in allen traditionellen bayrischen Bauernhäusern. Sie klopfte an, wartete, doch als sie nichts hörte, drückte sie kurzerhand auf die Klinke und öffnete die Tür.

Elisabeth saß auf dem Kanapee und hatte Kopfhörer auf; deshalb also hatte sie Andrea nicht kommen hören.

Andrea ging ins Zimmer und auf Elisabeth zu, die wie versunken, mit geschlossenen Augen, dasaß.

»Elisabeth?« Sie ging auf die Freundin zu, die erschrocken aufschaute. Dann nahm sie den Kopfhörer ab.

»Ach, du bist es!« Es klang erleichtert. »Ich hab dich noch gar ned erwartet.« Sie sah auf die Uhr an der Wand.

»Ich bin ein bisserl früher dran, es war nicht viel Verkehr hier raus. Ist der Schorsch schon weg?«

»Ja, ja, der ist weg. Drum hab ich noch ein bisserl Musik g'hört, weißt! Das mach' ich immer zur Entspannung, wenn er fort ist. Verstehst?« Sie stand auf. »Magst noch was essen, Andrea? Ein bisserl Wurst und Käs' hätt ich schon da!«

»Nein, nein. Ich hab daheim gegessen, nur was zum Trinken, ein Wasser oder einen Tee.«

Endlich saßen die beiden jungen Frauen bei einer Kanne Tee am Tisch der geräumigen Küche.

Andrea sah sich um, bemerkte die alten, schäbigen Möbel. »Gemütlich hast es!«

Elisabeth sah sie spöttisch an. »Hör auf, ich weiß genau, dass dir die Bruchbude ned g'fällt.«

»Also …«, begann Andrea, aber Elisabeth fiel ihr ins Wort. »Brauchst ned heucheln, ich weiß selber, wie es ausschaut bei uns. Ich tät ja gern was ändern, aber der Schorsch findet des ned nötig, und Geld haben wir eh keines dafür.« Es klang resigniert.

Ganz wie es Andreas resolute Art war, packte sie den Stier an den Hörnern. »Jetzt erzähl mal, Lieserl, wie du mit dem Schorsch zusammengekommen bist. Das tät mich schon interessieren! Ihr passt's doch überhaupt ned zusammen!«

Elisabeth zögerte. »Mei, wie das halt so geht!« Sie schenkte sich eine weitere Tasse Tee ein. »Du weißt doch, dass ich nach dem Tod von der Mama beim Vater daheim war. Ihm ist es so schlecht gegangen und wegen seinem Rheuma hat er das Arbeiten im Kieswerk aufhören müssen. Ich bin putzen gegangen, wir haben Geld gebraucht, dem Vater seine Rente hat nicht gereicht. Ich hab ja nix g'lernt nach der Schul, wegen der Mama, weißt schon. Bin halt putzen gegangen.«

Andrea wusste, dass Elisabeth, nachdem ihre Schulzeit beendet gewesen war, die kranke Mutter bis zu deren Tod gepflegt hatte, da war für eine Ausbildung keine Zeit gewesen, das wurde auf später verschoben. Ein »später«, das nie kam, denn nach dem Tod der Mutter war der Vater krank geworden.

»Tja, mit dem Vater ist's immer mehr bergab gegangen, die Pflege war für mich allein zu schwer, ich hab das nicht mehr g'schafft. Stell dir vor, dann hätte der Vater ins Heim müssen! Furchtbar wär das gewesen!« Beim Gedanken daran schüttelte sich Elisabeth.

»Da hab ich den Schorsch kenneng'lernt. Er war ganz nett, am Anfang, und er hat g'meint, wenn ich zu ihm ziehen tät, dann könnt ich den Vater mitnehmen und daheim pflegen. Zu zweit würden wir das schon schaffen.« Sie sah Andrea, wie um Verständnis heischend, an.

»Und dann?«

»Na ja, dann ist's halt passiert! Wie das so geht. ›Der goldene Schuss‹, hat der Schorsch überall geprahlt.« Sie schüttelte angewidert den Kopf.

Andrea verstand, was das heißen sollte, nämlich, dass Elisabeth schwanger geworden war. »Aber ihr habt doch kein Kind!?«

»Nein! Ich hab im fünften Monat eine Fehlgeburt g'habt, die viele Arbeit halt. Denn von seinem Versprechen, mir mit dem Vater zu helfen, ist nicht viel übrig geblieben, nachdem wir verheiratet waren. Aber da haben der Vater und ich schon hier g'wohnt, da hab ich nimmer auskönnen!« Sie nahm einen Schluck Tee.

»Und weiter?«

»Seither bin ich nimmer schwanger g'worden. Manchmal bin ich fast froh drüber, aber der Schorsch ... der ist so was von sauer! Ich bin nämlich dran schuld, weißt! Wie der Vater dann g'storben ist, da hab ich schon mit dem Gedanken g'spielt, wegzugehen. Aber wohin?« Sie zuckte ratlos mit den Schultern.

»Hast denn nicht euer altes Haus noch?«

»Nein! Da hat der Schorsch drauf bestanden, dass das verkauft wird. Das Häusl war ja ned viel wert, der Grund halt. Da steht heut ein neues Haus«, meinte sie wehmütig. »Er hat halt auf das Geld spekuliert, aber da hat er sich g'schnitten«, sie lachte bitter auf. »So hell war der Vater schon noch, dass er das Geld mir allein vermacht hat und sogar auf ein Sperrkonto g'legt hat. Er hat g'sehen, wie das hier so läuft. Ich kann erst in drei Jahren an das Geld, außer es kommt vorher ein Kind. Das ist alles notarisch g'macht. Drum ist der Schorsch auch so wütend, weil es ned klappt. Da wär er auf ein Mal alle seine Geldsorgen los! Aber vermutlich ned lang, wahrscheinlich hätt er mein Erbe bald versoffen und ich hätt wieder nix!«

»So ein Mistkerl!«, entfuhr es Andrea.

»Also, des mit der Erbschaft, des ist meine einzige Trumpfkarte, die ich noch hab gegen den Schorsch, verstehst?«

»Das versteh ich schon, Lieserl! Aber das ist doch keine Grundlage für eine Ehe! Wie soll denn das weitergehen? Ihr seid's doch noch jung! Und du, du hast noch dein ganzes Leben vor dir, Lieserl! Da musst doch was draus machen!«, beschwor Andrea sie.

»Was draus machen?«, äffte Elisabeth sie böse nach. »Was denn!? Wennst nix bist und nix kannst! Du hast leicht reden!«

Andrea schwieg betreten.

Elisabeth hatte sich wieder beruhigt. »Der Stammtisch mit euch, das ist meine einzige Freud, da komm ich wenigstens mal raus. Das lass ich mir vom Schorsch ned verbieten. Ich freu mich auf den Donnerstag. Aber gell, sag ja den anderen nix von meiner Misere!« Sie sah Andrea streng an.

»Nein! Natürlich sag ich nix, das geht ja auch niemanden etwas an.«

»Da täten sich im Dorf alle das Maul zerreißen!« Elisabeth klang bitter.

»Ich weiß ned, da gäbe es sicher viele, die dich bedauern täten!«

»Ach hör mir doch auf! Die Leut kenn ich besser als du! Da hast du keine Ahnung!«

Andrea sah auf die Uhr und stand auf. »Ich muss los! Das tut mir so leid, Elisabeth. Wenn ich nur was machen könnt!« Sie sah die Freundin hilflos an.

»Da kann mir keiner helfen. Kommt Zeit, kommt Rat, sag ich mir immer. Aber es war nett, dass d' herkommen bist. Das hat gut getan, mal mit jemandem reden können.«

Andrea umarmte die Freundin, drückte sie fest. »Ich bin immer für dich da, wennst mich brauchst, wennst dich mal wieder ausreden willst oder sonst was. Gell, das weißt?«

Elisabeths Augen schimmerten feucht. »Ja, ja, das weiß ich!« Doch es klang nicht überzeugt, eher mutlos.

»Also, dann bis Donnerstag!«

Verdammt! Das war ja schlimmer, als sie gedacht hatte! Die arme Elisabeth! Trotzdem – irgendwie verstand sie die Freundin nicht. Der Vater war tot, was hielt sie da noch auf dem Hof? Sie, Andrea, würde nie bei diesem Ekel von Mann bleiben, und wenn sie sich die Finger blutig putzen müsste. Irgendetwas würde sie schon finden, um Geld zu verdienen. Ein paar Jahre noch, dann hätte Elisabeth immerhin das Geld von ihrem Vater! Aber Elisabeth war nicht wie Andrea. Sie war schon immer duldsam gewesen, so erzogen worden.

Trotzdem – irgendwie musste ihr doch zu helfen sein!

***

Andrea war wieder einmal spät dran am nächsten Donnerstag, zum Stammtisch bei Antonio. Die anderen würden bestimmt schon ungeduldig auf sie warten und mehr noch auf Ben. Zu dumm, dass er nicht mitkommen konnte, aber was soll's, sie konnte es nicht ändern. Sie würde heute Abend nochmals in Ruhe mit den Mädels reden, vor allem darüber, wie sich die einzelnen ihren Kalenderauftritt vorstellten.

»Sind alle schon da, Andrea«, Antonio deutete mit der Hand nach hinten zum Nebenzimmer. »Haben schon gefragt, wo du bist!«

»Ja, ja, ich bin schon da!« Sie schob die Tür zum Nebenraum auf und wurde mit großem Hallo begrüßt.

»Wo bleibst denn so lang?«

»Wir haben schon gedacht, du kneifst!«

»Wo hast denn den Benny?« So klang es ihr in lautem Durcheinander entgegen.

»Der Benny hat heute leider keine Zeit, aber er könnte nächsten Donnerstag mit rauskommen«, Andrea sah bedauernd in die Runde.

»Oh je, und wir waren schon so gespannt auf deinen Freund!«, kicherte Anna, und Maria, ihre Zwillingsschwester, pflichtete ihr bei: »Richtig neugierig waren wir schon!«

»Das ist nicht mein Freund, nur ein Freund«, berichtigte Andrea. Sie sah in die Runde. Alle waren da:

Viola, die Jüngste, die von Anna und Maria zum Stammtisch mitgebracht worden war und einfach nur Spaß an der Aktion hatte.

Die sportliche Gerti saß neben ihrer besten Freundin Sylvia.

Die immer stark geschminkte und sexy gekleidete Blondine, die in einem Friseursalon in der Kreisstadt arbeitete, feilte angelegentlich an ihren Fingernägeln.

»Magst das ned sein lassen, hier am Tisch«, raunzte sie die mollige Ursula aus der Bäckerei Eggl an. »Das ist echt unappetitlich, das kannst daheim machen, aber ned da!«

Die immer vergnügten Zwillinge Anna und Maria saßen neben Paulina, die heute blonde Haare hatte.

Es war ein Tick von Paulina, sich die Haare immer wieder anders zu färben und zu verändern. Mal lockig, dann glatt, mal kürzer, dann länger, mal Zöpfchen, dann offen.

Sie und Semra, ihre Freundin, tuschelten miteinander. Was die wohl wieder für Geheimnisse hatten?

Elisabeth war auch da. Andrea zwinkerte ihr aufmunternd zu und Elisabeth verzog den Mund zu einem schmalen Lächeln.

Neben ihr saß Barbara und daneben Daniela, wie immer gut angezogen, elegant frisiert und ein bisschen hochnäsig.

Auch Lena hatte sich eingefunden, sie hatte erst vor Kurzem geheiratet, ihre Jugendliebe Markus, der in der hiesigen Schreinerei Hofbauer arbeitete. So waren sie komplett!

»Also«, begann Andrea, »der Benny kommt nächste Woche mit! Ganz bestimmt! Aber bis dahin müsst ihr euch klar werden, wie ihr in dem Kalender rauskommen wollt. Da müsst ihr schon selber eine Idee haben, dann könnt ihr es mit dem Benny besprechen. Auch wo die Aufnahmen gemacht werden sollen.«

Die jungen Frauen schauten sie erwartungsvoll an.

»Jetzt schaut mich ned an, wie die Schwalberl, wenn's blitzt! Habt ihr euch da noch gar keine Gedanken g'macht?«

»Wir haben gemeint, das macht alles der Benny.«

Andrea schaute genervt zur Decke. »Klar! Der Benny ist der Fotograf, aber denkt doch einmal selber nach! Schließlich seid ihr auf den Fotos drauf und ned der Benny! Außerdem, er macht eh so viel für uns. Er muss die Fotos am Computer bearbeiten und den Kalender drucken lassen. Das ist eine Menge Arbeit, die er da für uns macht.«

»Was verlangt er denn dafür?« Viola schaute ängstlich drein. »Ich hab nicht viel Taschengeld und es soll eine Überraschung für meine Oma und meinen Opa werden, da kann ich die nicht anpumpen.«

»Der Benny macht das umsonst.«

»Umsonst? Warum denn das?« Alle riefen durcheinander, einige schauten skeptisch.

»Für ihn ist es auch so eine Art Projektarbeit, er will nämlich mal in einer Grafikdesign-Agentur arbeiten und da ist es ganz gut, wenn er etwas vorweisen kann. Für uns ist es ein Riesenvorteil, denn es ist sonst sauteuer, einen guten Fotografen zu engagieren, das kann ich euch sagen! Wir müssen nur die Druckkosten zahlen, je nachdem, wie viele Exemplare ihr haben wollt, und das ist nicht so dramatisch.«

Tiefes, befreites Durchatmen bei den meisten.

»Also ich«, begann die blonde Sylvia, »ich will schon sexy drauf sein. Und übrigens, wer schminkt uns denn für die Aufnahmen?« Sie sah Andrea herausfordernd an.

»Also, du bestimmt nicht, du mit deinem grellen Make-up«, schnauzte Daniela sie an. »Ich will zwar gut ausschauen, aber so angemalt wie du auch wieder nicht!«

Sylvia zog beleidigt einen Schmollmund.

»Der Benny bringt eine Visagistin mit, der könnt ihr dann sagen, wie ihr geschminkt sein wollt.«

»Ich will gar nicht geschminkt sein! Das hab ich nicht nötig, und der Markus mag das auch nicht!« warf Lena ein.

»Also, das kann jede halten, wie sie will, aber eines kann ich euch sagen: Ganz ohne Make-up wird das nix, da kommt ihr viel zu blass rüber. Aber das wird euch die Ramona, die Visagistin, schon verklickern.« Andrea redete eindringlich auf die Freundinnen ein. Mein Gott, das kann ja lustig werden! Hab ich mir das wirklich antun müssen?, dachte Andrea wieder einmal bei sich, als die Mädchen wie die Hühner durcheinander gackerten.

Es wurde noch viel debattiert und gelacht an diesem Abend, erst spät verließen die jungen Frauen das Lokal, und selbst dann dauerte es noch eine geraume Zeit, bis es endlich still wurde. Erst als der alte Gruber-Girgl aus dem Fenster schimpfte, ob denn nicht »endlich a Ruah ist mit dem Krach da drunten« machten sie sich auf den Heimweg.

Andrea war absichtlich zurückgeblieben, sie wollte mit Elisabeth sprechen, die den ganzen Abend sehr still gewesen war.

»Kann ich dich heimbringen, Elisabeth, oder holt dich der Schorsch ab?«

Die schüttelte den Kopf. »Nein! Ich kann schon mit dir fahren.«

»Und? Wie geht's so, Lieserl?«, fragte Andrea, als sie im Auto saßen und nach Einöd hinausfuhren.

»Mei, wie's halt so geht«, gab Elisabeth ausweichend zur Antwort, und Andrea hatte das Gefühl, sie wolle nicht weiter über ihre Ehe sprechen. Vielleicht war es ihr sogar unangenehm, dass sie sich der Freundin anvertraut hatte.

Andrea beließ es dabei, sagte nur zum Abschied:

»Lieserl, gell, das weißt, dass ich immer für dich da bin, wenn du mich brauchst. Ein Anruf genügt, und ich bin da! Egal, ob bei Tag oder bei Nacht!«

***

Gerti und Sylvia hatten sich gemeinsam auf den Heimweg gemacht. Sie waren Nachbarskinder, Freundinnen, kannten sich schon aus Kindergartenzeiten.

»Jetzt sag mal ehrlich, Sylvia. Wir findest du das mit dem Kalender?«

Sylvia blieb stehen und sah Gerti erstaunt an. »Da fragst noch? Super find ich das! Echt geil! Endlich kann ich mal zeigen, was ich hab!

Gerti lachte. »Und? Was hast denn?«

»Ja mei, eine super Figur halt und Sex-Appeal! Eines sag ich dir gleich: So bieder wie vielleicht manche andere will ich auf gar keinen Fall rüberkommen. Weil – fürs Marketing ist das gar ned gut! Wer kauft denn so was?«

Sie waren unter einer der wenigen Straßenlaternen stehen geblieben, die die Dorfstraßen in der Nacht matt erhellten. Gerti sah verdutzt in das Gesicht der Freundin.

»Was meinst du mit Marketing, und wer soll denn den Kalender kaufen? Der ist doch nur für uns privat, als Geschenk für die Familie oder Freunde oder so. Ich zum Beispiel schenk ihn dem Thomas, dem Idioten. Da wird er schaun! Und wenn er dann daherkommt und wieder was anfangen will mit mir«, sie atmete tief durch und sagte dann voll Genugtuung, »dann lass ich ihn zappeln.«

Sylvia lachte. »Ach, der kommt so auch wieder!«

»Meinst?«, fragte Sylvia zweifelnd.

»Klar! Was Besseres findet er ned als dich, tust doch alles, was er will! Aber was mich angeht, ich hab ganz andere Pläne.«

»Jetzt sag! Was denn?«

»Ich hab dir doch erzählt, dass ich einen Kosmetikkurs machen will. Und wenn ich den hab und die Prüfung, dann will ich einen eigenen Kosmetiksalon aufmachen! Gell, da schaust!«, sagte sie, als sie das erstaunte Gesicht der Freundin sah. »Mir langt es, den trutschigen Hausfrauen bei uns den Kopf waschen und spießige Dauerwellen legen.«

»Ja, aber ... das kostet doch Geld! Woher willst das denn haben? Hast denn was g'spart?«

»G'spart? Von dem bisserl Lohn, den ich krieg? Und mit dem Trinkgeld, da sind's auch so knausrig!« Sylvia schüttelte verächtlich den Kopf. »Nein! Vom Kalenderverkauf eben! Ich muss euch nur noch einreden, dass ihr ned gar so bieder rüberkommt, zumindest ein paar von euch. Bei den anderen ist eh Hopfen und Malz verloren. Bei der Ursula zum Beispiel.«

»Also, des find ich jetzt gemein von dir! Die ist vielleicht ein bisserl ein Trutscherl und ein bisserl dick, aber recht liab!«

»Liab! Liab!«, höhnte Sylvia. »Davon kannst dir nix kaufen. Aber des hat sie auch ned nötig, die erbt ja mal die Bäckerei, und irgendeinen Bäcker zum

Heiraten wird s' dann schon finden. Dann kann s' weiterhin ihre Brezen verkaufen. Dass die überhaupt mitmacht?«

»Sie wird schon wissen, warum. Aber das, was du vorhast, das ist so ned ausg'macht.«

»Wieso? Ich kann doch so viele Kalender kaufen beim Benny, wie ich will, und dann muss ich sie nur noch an den Mann bringen!«

»Aber wir anderen werden dann quasi so mit verkauft!«, empörte sich Gerti.

»Seids froh! Dann werdets auch ein bisserl bekannt. Macht doch nix, oder?«

»Doch! Das macht schon was! Hast schon mal dran dacht, dass manche gar ned wollen, dass sie in irgendeiner Werkstatt oder einem Büro an der Wand hängen? Also, Sylvia, das müssen wir unbedingt das nächste Mal bereden! So kannst die anderen ned hintergehen.«

Sylvia zog beleidigt ihren Schmollmund.

»Wenn du das machst, ohne dass die anderen einverstanden sind, dann sind wir Freundinnen gewesen!« fauchte Gerti Sylvia an und stapfte davon.

»Was bist denn so wütend?«, fragte Gertis Mutter ihre Tochter, als die mit verärgertem Gesicht, die Haustür hinter sich zuknallend, nach Hause kam.

»Ach, ich hab mich mit der Sylvia gestritten!«

»Mit der Sylvia? Gestritten? Ja, wegen was denn?«

»Ach, wegen nix! Manchmal nervt sie einen halt!«

»Na ja, das wird schon wieder, das kommt in den besten Familien vor«, meinte die Mutter begütigend. »Du, ich hab noch ein Stück Kuchen für dich, magst den?«

»Nein, Mama! So spät ess ich keinen Kuchen mehr!«

»Dann bring ich dir noch ein Glas warme Milch mit Honig aufs Zimmer, das wird dir gut tun!«

Gerti hob genervt die Augenbrauen. »Ich mag auch keine warme Milch!«

Die Mutter schaute enttäuscht. »Ja, was kann ich denn sonst für dich tun?«

»Gar nix, Mama, ich geh jetzt ins Bett!«

Als sie in ihr Zimmer im ersten Stock ging, hatte sie ein schlechtes Gewissen. Die Mama meinte es ja gut, aber diese ewige Fürsorge und Bemutterung ging ihr gelegentlich ganz schön auf den Keks.

Als sie im Bett lag, dachte sie über das Gespräch mit Sylvia nach. Den Kalender verkaufen! Das durfte auf keinen Fall sein, das musste sie verhindern. Aber wie? Sollte sie es Andrea sagen? Nein, petzen wollte sie nicht. Sie würde in den nächsten Tagen Sylvia nochmals ins Gewissen reden. Gerti ärgerte sich über die Freundin.

Dumme Kuh, dachte sie, die hat doch einen Schlag weg! Hatte dauernd irgendwelche Flausen im Kopf, wie jetzt die Idee mit dem Kosmetiksalon. Andererseits, das musste Gerti sich eingestehen, hatte Sylvia im Grunde ein Herz aus Gold, war immer für einen da, wenn man sie brauchte. Wenn sie nur nicht manchmal so gewöhnlich wäre, so einen Hang zum Ordinären hätte!

Irgendwie passten sie nicht mehr so zusammen wie früher, die Sylvia und sie. Das spürte Gerti seit einiger Zeit. Vielleicht hatte es auch etwas damit zu tun, dass Thomas ihr den Laufpass gegeben hatte. Seither hatte Gerti über vieles nachgedacht.

Die Enge des Dorfes, wo jeder jeden kannte, störte sie zunehmend. Sollte sie sich in eine andere Filiale der Raiffeisen-Volksbank Ebershausen versetzen lassen, weiter weg? Vielleicht sogar wegziehen aus Gernkofen? Sie konnte sich nicht vorstellen, wie das wäre. Zwar genoss sie die Bequemlichkeit, die sie bei den Eltern hatte, andererseits fühlte sie sich von der übertriebenen Fürsorge der Mutter immer mehr eingeengt.

Sie drehte sich auf die Seite, rollte sich ein wie ein Igel. Erst mal schlafen, morgen würde sie weiter über alles nachdenken. Aber mit der Sylvia würde sie auf alle Fälle reden, bevor die irgendwelchen Blödsinn machte.

***

»Ich bin schon neugierig auf die Truppe da draußen«, meinte Ben, als er mit Andrea am nächsten Donnerstag nach Gernkofen fuhr.

»Eigentlich sind alle ganz nett! Recht unterschiedlich, das kann ich dir sagen! Da ist alles dabei – von der Schülerin bis zur Bäuerin, von der Friseurin bis zur Sägewerks-Erbin. Alles, was in einem kleinen Dorf so vorkommt.«

»Wie bist du denn eigentlich auf die Idee mit dem Kalender gekommen?«

»Das weiß ich selbst nicht mehr genau. Das ist aus irgendeiner Schnapslaune heraus entstanden. Ich brauch ein Projekt fürs Studium, und da hab ich das mal vorgeschlagen, und zu meiner Überraschung haben alle mitgemacht. Na ja, ein paar mussten überredet werden, aber bisher sind alle bei der Stange geblieben.«

»Hoffentlich bleibt es so!«

»Ich glaub schon. Wir sind sogar dreizehn! Die Anna und die Maria sind Zwillinge, eineiige! Aber da sie unbedingt zusammen auf ein Bild wollen, bleibt es doch bei zwölf!«

»Na, hoffentlich ist die Dreizehn keine Unglückszahl!«

»Aber geh! Ich bin nicht abergläubisch. Du vielleicht?«

Ben zuckte nur vielsagend mit den Schultern.

»Und übrigens – wenn eine abspringen sollte, dann muss halt eine andere dafür einspringen. Zum Beispiel ich, mit blonder Perücke!« Sie lachte und sah Benny vergnügt an. »Da sind wir schon!« Andrea bog auf den Parkplatz des »Il Girasole«.

»Die sind schon sehr gespannt auf dich, Benny!«

»Das bin ich auch!«

»Also, das ist der Ben. Unser Fotograf!« Andrea stand neben dem großen, schlaksigen jungen Mann mit der ungebändigten Künstlermähne.

»Hallo!« Ben begrüßte die Mädchen mit einem Winken.

»Da, setz dich zu mir, Benny!« Andrea zog ihn zu einem Stuhl am Tisch.

»Jetzt, Mädels, jetzt wird's ernst. Habt ihr euch etwas überlegt?«

Erst war es noch ruhig in der Runde, die meisten rutschten verlegen auf ihrem Platz hin und her.

Endlich meldete sich Daniela zu Wort, die mit dem Sohn des reichen Sägewerkbesitzers Gollinger in Tal verlobt war.

»Benny? Kann ich Du sagen?«, fragte sie höflich.

Sylvia verdrehte die Augen. »Vielleicht sagen wir jetzt alle Sie zueinander?«, ätzte sie, und Daniela streckte ihr, gar nicht damenhaft, die Zunge heraus.

»Klar, wir sagen alle Du zueinander«, beschwichtigte Ben.

»Du weißt, Ben, es soll ein seriöser Kalender werden. Hübsche Bilder von uns, vielleicht, so habe ich mir das gedacht, in unserem persönlichen Umfeld. Ich zum Beispiel, ich würde mich gerne in der Sägemühle fotografieren lassen. Heimlich natürlich, es soll ein Geschenk für meinen Verlobten, den Sebastian, werden und für meine zukünftigen Schwiegereltern.«

»Jetzt redet s' auf einmal Hochdeutsch«, tuschelte Sylvia Gerti zu. »Ich sag's dir, wenn die mal mit dem Gollinger verheiratet ist, dann ist die nicht mehr zum Aushalten, so eingebildet vor lauter Geld!«

»Das hat's gar ned nötig, die Kirmaiers haben selber genug Zaster!«, gab Gerti leise zurück.

»Der Teufel scheißt eben immer auf den gleichen Haufen«, murrte Sylvia.

»Geld zu Geld, so war das schon immer«, wisperte Gerti zurück.

»Ja, das finde ich eine gute Idee!«, hörten sie Benny sagen. »Ich kann zwar auch ein paar Fotos in einem Studio machen, wenn jemand das will, aber draußen in der freien Natur, das fände ich viel besser. Das Wetter muss halt stimmen.«

»Oder drinnen, im Stall?«, fragte Elisabeth unsicher.

»Das fände ich auch schön! Der Kalender soll ja ›Die Schönen vom Lande‹ heißen, soviel ich weiß, oder?« Er sah Andrea fragend an.

»Genau! Wir wollen zeigen, dass die jungen Frauen auf dem Land mindestens genauso attraktiv sind wie die in der Stadt.«

»Wenn nicht sogar attraktiver!«, trumpfte Lena auf. Übrigens«, sie wurde ein bisschen rot, »ich brauch ziemlich schnell einen Termin.«

»Warum denn das?«

»Das werd ich schon wissen, seid's mal ned so neugierig!«

Benny zog seinen Terminkalender aus der Jackentasche. »Dann wollen wir doch gleich mal den ersten Termin mit dir ausmachen. Hast du denn eine Vorstellung, wie und wo?«

»Ich hab mir gedacht, bei uns im Schlafzimmer.« Lena wurde rot bis unter die Haare. Lautes Gejohle bei den anderen.

Benny lachte. »Ja, warum nicht?«

»Wenn der Markus nicht da ist, meine ich.« Wieder erntete sie lautes Gelächter. »Ach, hört's auf!«, entrüstete sich Lena. »Ich hab mir gedacht, ganz seriös beim Bettenmachen.« Jetzt lachte auch sie.

»Ich will auf jeden Fall sexy rüberkommen«, fing jetzt Sylvia an.

»Das wissen wir schon«, riefen die anderen im Kreis.

Sylvia stand auf. »Etwa so!« Sie reckte sich, hielt die Arme hinter den Kopf, drückte den Busen raus und zog ihren berühmten Schmollmund, ganz à la Brigitte Bardot seinerzeit.

Ben schmunzelte. »Klar, das kommt gut rüber! Ich finde es gut, wenn es unterschiedliche Aufnahmen sind, eben so, wie ihr seid!«

»Dann mich im Kuhstall, beim Melken!«, sagte Elisabeth sarkastisch.

Ben stutzte kurz und lächelte dann. »Ich finde, das ist ein besonders schönes Motiv. Das kommt ganz darauf an, wie man das in Szene setzt. Das solltest du machen, wenn du auf einem Bauernhof lebst!«

So allmählich tauten auch die anderen auf, und es dauerte nicht lange, da hatte Ben seinen Kalender voll mit Terminen.

»Wie geht es denn weiter?«, fragte Andrea.

»Ich mache mehrere Fotos von jeder, dann suchen wir gemeinsam eines aus, das euch am besten gefällt. Natürlich muss ich das dann mit einem Bildprogramm bearbeiten, es soll ja professionell sein. Wenn alle fertig sind, lasse ich sie in einem Verlag drucken. Das kostet natürlich etwas, aber ich werde versuchen, einen guten Preis auszuhandeln.«

»Ja, allzu teuer darf es nicht werden«, Viola sah Ben ängstlich an.

»Nein, so schlimm wird es schon nicht werden. Die Ramona, die Visagistin, macht das Make-up auch kostenlos. Ihr müsst mir dann nur noch sagen, wie viele Kalender jede von euch will. Ja, und noch etwas: Andrea, Ramona und ich werden natürlich auch einige Kalender bekommen. Ihr wisst ja, dass wir die brauchen für unsere Projekte. Aber wir versprechen euch, dass die Kalender nicht vermarktet werden. Ihr braucht also keine Angst zu haben, dass ihr plötzlich irgendwo in einem Kiosk ausliegt.«

»Um Gottes Willen, das wär ja furchtbar«, rief Daniela erschrocken, und Elisabeth wurde blass. Gerti warf Sylvia einen warnenden Blick zu.

Andrea sah in die Runde, winkte ab. »Nein! Das passiert garantiert nicht! Das ist unser ganz privates Projekt. Nur für uns! Deshalb nochmals: Stillschweigen bis alles fertig ist!« »Und wann ist alles fertig? Ich möchte den Kalender zu Weihnachten verschenken.« Das war Barbara von der Polizei, die erst zum Mitmachen überredet werden musste, aber seit Kurzem Feuer und Flamme war.

»Ende November, Anfang Dezember, denke ich, könntet ihr die Kalender haben. Wenn ihr euch an die Fototermine haltet und keine abspringt. Das passt, oder?«

»Ja, das wär prima!«

»Und noch ein Wort zu Ramona, der Visagistin. Ihr solltet euch unbedingt von ihr schminken lassen! Das heißt nicht, dass ihr deswegen knallig aussehen werdet. Die kann das! Auch die Ramona braucht Fotos für ihre Mappe, mit der sie sich bei verschiedenen Theatern als Maskenbildnerin vorstellen will. Ich kann euch jetzt schon sagen: Ihr werdet überrascht sein, was die aus euch macht, wenn ihr das wollt!«

Sylvia hing buchstäblich an Bens Lippen und sah sich bereits als kommende Star-Visagistin.

»Also, Mädels, jetzt wird's ernst!« Andrea war sehr zufrieden mit dem Verlauf des Abends, jetzt konnte es losgehen!

3

»Lena! Wie war's? Und bei dir, Sylvia? Erzählt mal, wie das war mit den Aufnahmen!«

Die Mädels hatten sich wieder zum Stammtisch bei Antonio eingefunden, und alle waren begierig zu erfahren, wie so ein Foto-Shooting abläuft.

»Das war echt toll!« Lena schaute gut gelaunt in die Runde. »Also, der Benny ist mit der Ramona – die ist übrigens sehr nett – zu uns heimgekommen. Der Markus war in der Arbeit, der hat also gar nix mitgekriegt. Wir haben dann im Schlafzimmer die Aufnahmen gemacht, so wie ich es mir vorgestellt hab.«

»Und? Was hast angehabt?«

»Ja, ein langes Nachthemd halt, mit Rüscherl, ganz süß! Die Ramona, die hat mir dann die Haare verwurschtelt, so, als ob ich grad aufgestanden wär, und ein ganz feines Make-up aufg'legt. Hat super ausg'schaut, das mach ich jetzt immer so.«

»Und dann?«

»Dann hab ich unsere Betten aufgeschüttelt. Der Benny hat gemeint, ich soll ein Loch reinschneiden, dass die Federn aufwirbeln, grad wie bei der Frau Holle.« Lena kicherte. »Das hab ich pfeilgrad gemacht und hernach hab ich es mit Leukoplast wieder zugeklebt.«

»Wahnsinn! Ich glaub, du spinnst!«

»Dann hat der Benny, ich glaub, hundert Fotos gemacht!«

»Hundert Fotos?!«

»Ja, vielleicht ned ganz hundert, aber auf jeden Fall eine Menge. Die hat er auf den Laptop überspielt, da hab ich sie anschauen können. Wir haben dann gemeinsam ein Foto ausgesucht. Mei, da wird mein Markus schau'n, wenn er den Kalender sieht! Ich komm gleich im Januar drauf, weil da noch Winter ist, das passt gut zu den Schneeflocken aus unserem Federbett.« Sie strahlte über das ganze Gesicht. »Und übrigens, ich muss euch noch etwas sagen!« Sie sah die anderen mit leuchtenden Augen an.

»Was denn?«

»Ich bin schwanger!«, platzte Lena heraus.

»Was? Schwanger?«

»Das ist ja toll! Du bist die Erste von uns, die schwanger ist!«

»Das muss gefeiert werden, Lena!«

»Wann ist es denn so weit?«

Die Stimmen schwirrten durcheinander und Lena genoss sichtlich die Aufmerksamkeit der anderen.

»Anfang Dezember ist der Termin, an Weihnachten hab ich dann schon alles hinter mir und das Kind ist da!«

»Weißt schon, was es wird?«

»Nein! Es ist doch noch viel zu klein und außerdem – ich weiß gar ned, ob wir es überhaupt wissen wollen! Vielleicht lassen wir uns einfach überraschen. Hauptsach', es ist g'sund! Drum hat es mir auch so pressiert mit dem Termin, versteht ihr? Ich wollt es nur neulich vor dem Benny ned sagen. Aber ich will natürlich noch schön schlank drauf sein auf dem Foto, ein ganz kleines Bäucherl hab ich eh schon!«, kicherte sie.

»Aber geh! Das ist doch heut Mode, dass sich die Stars mit ihren dicken Baby-Bäuchen fotografieren lassen! Nackert!«

Lena schüttelte heftig den Kopf. »Nein! Das tät ich nie wollen!«

Andrea sah hinüber zu Elisabeth, die still dabeisaß. Oh je, es war sicherlich schlimm für Elisabeth, das zu hören, wo sie doch selbst schon schwanger gewesen war und das Kind dann verloren hatte. Es wäre besser, das Thema zu wechseln.

»Ich freu mich für euch, Lena! Aber du, Sylvia, wie war's bei dir?« Auch Sylvia hatte ihr Shooting hinter sich.

»Bei mir? Na ja ...« Sie zierte sich, um die Spannung zu erhöhen.

»Jetzt sag schon!«

»Also, wir waren in einem Studio in München verabredet. Das hat die Ramona organisiert. Sie hat mich ganz toll geschminkt, mit einem Katzengesicht, so wie in dem Musical Cats.«

»Was? Mit einem Katzengesicht?!«

»Ja, ich komm im Februar rein, und da ist Fasching. Ich hab auch ein Katzenkostüm an, so ein bisserl ausgeschnitten und so lange Krallen.« Sie krallte ihre Finger mit den langen Nägeln und fauchte. Alle lachten.

»Das passt zu dir, Sylvia!«

»Ja, ich schau echt gut aus! Ich halt mich an so einer Stange fest und der Katzenschwanz ringelt sich drum und ich halte mir das Ende unter die Nase. Und jede Menge Konfetti regnet's runter.«

»Super! Das ist ja wie Poledance, oder?«

»Ja, so ähnlich, bloß ned so nackert!«

»Und wie war's bei dir, Elisabeth?«

»Mit so etwas kann ich natürlich ned aufwarten. Wir waren im Stall, so wie ich es gesagt hab. Der Benny will erst mal die Aufnahmen für die Winterbilder machen, bis das Wetter besser ist und er nach draußen kann.«

»Und was machst du da im Stall?«

»Ich sitz auf einem alten Melkschemel vor einer Kuh, und darunter, also unter der Kuh, da steht ein Holzbottich mit Milch, und ich trink mit einem Schöpfer Milch daraus. Natürlich macht das heute kein Mensch mehr so, aber der Ben hat gemeint, es soll ein bisserl nostalgisch sein. Zwei von unseren Schweinderln und ein paar Hühner laufen auch noch rum.«

»Und bist du auch geschminkt worden?«

»Klar, das muss man auch, da hat der Benny schon recht. Aber die Ramona, die macht des ganz gut. Ich war selber überrascht, wie ich in den Spiegel geschaut hab, wie gut ich ausgeschaut hab. Ich hab einen Rock, alte Stiefel und eine weiße Bluse an und die Haare mit einem karierten Tuch zurückgebunden. Schaut ganz lustig aus!«

Andrea freute sich, wie lebendig Elisabeth ihr Shooting schilderte, es schien ihr Spaß gemacht zu haben.

»Elisabeth, du warst schon immer die Schönere von uns allen, eine echte Naturschönheit halt.«

»Ach geh«, wehrte Elisabeth ab, aber man konnte sehen, wie sie sich über das Kompliment freute, wie gut es ihr tat. »Meine Großmutter, die war eine Italienerin, die muss eine Schönheit gewesen sein, wenn man die alten Bilder sieht. Ich glaub, von der hab ich meine dunkle Haut und die schwarzen Augen.« Sie lächelte versonnen vor sich hin. »Ich bin übrigens das Märzbild.«

»Und? Wer sind die nächsten?«

Die mollige Ursula hob den Finger. »Ich bin dran, in der Bäckerei, vor mir eine Reihe von Schokoladenosterhasen, als Osterbild für den April! Die Ramona wird mir die Haare aufstecken, und über die Ohren kommen echte Rosinenschnecken aus dem Laden, das sieht sicher witzig aus!« Ursula bekam rote Backen vor lauter Aufregung bei der Schilderung. »Ist auch gleich ein bisserl eine Reklame für unseren Laden.«

»Ja, ja, denk du nur immer ans G'schäft«, unterbrach sie Sylvia, und Ursula zog eine Grimasse.

»Dann komm ich dran, für den Mai, draußen. Auf einer Frühlingsblumenwiese!« Viola, das Nesthäkchen meldete sich. »Der Benny hat gemeint, das tät gut zu mir passen, weil ich die Jüngste bin. Wisst ihr, mit einem Blütenkranz in den Haaren und einem Veilchenstrauß in der Hand, weil ich doch Viola heiße, und das bedeutet Veilchen.«

»Ja, genau! Das sieht sicher süß aus. Musst dann ein helles Spitzenkleid anziehen oder so was.«

»Und wir zwei, wir sind das Dezemberbild, und das ist auch schon fertig! Komisch ist das schon, ein Weihnachtsbild mitten im Sommer, aber der Ben braucht die Fotos ja bis spätestens Oktober.« Maria, einer der Zwillinge, meldete sich zu Wort.

»Genau! Und wir wollten die Fotos auch nicht mitten im Abi-Stress machen, deshalb waren wir so früh dran!«, fiel ihr Anna ins Wort.

»Wir waren in der Wohnung von der Ramona, und die hatte weihnachtlich dekoriert: Eine karierte Tischdecke auf dem Tisch und Plätzchen und Kerzen und Strohdekorationen, ländlich eben.«

»Ja, genau«, setzte ihre Schwester fort. »Wir haben weiße Hemdchen an, und die Ramona hat unsere Haare mit Gel ganz lockig aufgebauscht.«

»Ja, und dann haben wir noch Haarreifen mit einem goldenen Stern aufgesetzt gekriegt.«

»Blonde Haare wären vielleicht noch netter gewesen«, fiel wieder Maria ihrer Zwillingsschwester ins Wort, »als Engerl, meine ich, aber wir sind halt mal schwarzhaarig.«

»Ich finde es gut so. Die Ramona hat hinten an der Wand eine Jagdtrophäe aufgehängt, so einen Rehkopf mit Krickerl drauf!«, kicherte Anna.

»Ach geh, ein Reh hat doch keine Krickerl. Das muss ein Bock gewesen sein«, widersprach Daniela fachmännisch. Ihr Verlobter, der Sebastian, hatte eine Jagd und Daniela begleitete ihn gelegentlich auf die Pirsch.

»Dann eben halt ein Bock«, erwiderte Anna gleichgültig. »Auf jeden Fall hat die Ramona ihm ein paar Weihnachtskugeln ans Geweih gehängt.«

»Also, das find ich echt blöd«, schaltete sich Daniela wieder ein. »Einem Bock Weihnachtskugeln dranhängen! So was Bescheuertes!«

Anna und Maria rollten genervt die Augen, stöhnten auf. »Wir finden es jedenfalls lustig. Ihr werdet es dann schon sehen!«

Andrea versuchte, die Gemüter zu beruhigen. »Also, ich denke, die Ramona und der Ben, die machen ihre Sache schon gut! Jetzt fassen wir mal zusammen: Im Januar die Lena, im Februar die Sylvia, im März die Elisabeth, im April die Ursula, im Mai die Viola und im Dezember die Zwillinge.«

Sie schaute in die Runde. »Wer fehlt jetzt noch – und habt ihr eure Termine schon?«

»Ja, ich habe schon einen Termin, wenn die Kirschen reif sind!« Das war Paulina. »Ich hab mir vorgestellt, ich steige auf einer Leiter auf einen Kirschbaum und die beiden Jungs, der Flori und der Fabian, stehen unten mit Körbchen, und ich werfe ihnen die Kirschen runter. Ist doch süß, oder?« Sie sah, nach Beifall heischend, in die Runde. »Das wird ein Weihnachtsgeschenk für die Familie Helmbrecht.«

»Aber dann müssen's uns alle mit in Kauf nehmen. Ob der Herr Helmbrecht den Kalender in seiner Kanzlei aufhängt?«

Allseits Gelächter.

»Ist keine gute Idee?«, fragte Paulina ängstlich in die Runde.

»Doch, freilich, Paulina! Sie können das Bild ja rausschneiden oder nur den Juni hängen lassen«, besänftigte sie Andrea. Sie war erleichtert, Benny schien bei den Mädchen gut anzukommen. »Und ihr anderen, die Daniela, die Barbara, die Semra und natürlich ich, wir müssen dann noch ran! So bald wie möglich!«

»Was hast du dir denn für einen Monat ausgesucht, Andrea?«

»Ist mir egal, ich nehm, was übrig ist. Wahrscheinlich lass ich mich in der Pinakothek in München fotografieren, vor einem schönen Bild. Mal schauen. Da kommt es dann auch nicht aufs Wetter an!«

»Aber das passt doch gar nicht zu ›Die Schönen vom Lande‹!«

»Ja, da habt ihr auch wieder recht. Na ja, irgendetwas wird uns schon noch einfallen, dem Ben und mir.«

Sie stand auf und holte ihren Mantel von der Garderobe. »Könnt ruhig noch sitzen bleiben, aber ich muss los! Elisabeth, kommst mit?«

Elisabeth schüttelte den Kopf. »Nein, ich bleib noch ein bisserl da. Ist ja kein schlechtes Wetter heute, da kann ich zu Fuß heimgehen.«

»Klar, wie du willst!« Andrea winkte in die Runde. »Also, dann! Ciao, bis zum nächsten Mal!«

»Das wird ein superschöner Kalender! Ich freu mich richtig drauf! Das wird echt eine Überraschung!« Sylvia schaute begeistert in die Runde.

»Wem schenkst du denn den Kalender?«, fragte Barbara.

Sylvia zierte sich.

»Na, jetzt sag schon!«, drängten die anderen.

»Meinen Eltern halt und ...«, sie stockte. »Also wenn ihr es genau wissen wollt, ich will mir eine Set-Karte machen lassen. Das Foto, das ist so toll! Die müssen mich nehmen!«

»Eine Set-Karte? Was ist denn das?«, fragte die etwas naive Ursula neugierig.

»So eine Karte halt, wo ich drauf bin und meine Maße und so. Damit kann ich mich bei einer Modelagentur bewerben, als Fotomodell.«

Die Mädels staunten nicht schlecht. »Du spinnst wohl, Sylvia!« Maria tippte sich an die Stirn. »Weißt du ned, dass die Models alle magersüchtig sind? Haut und Knochen sind die!«

»Genau, ein mit Haut überspanntes Skelett!«, ergänzte Anna.

»Schau dich doch mal an! Da musst mindestens noch fünfzehn Kilo abnehmen!« Die Kommentare schwirrten durcheinander.

Sylvia zog wieder einmal ihren Schmollmund. »Es gibt auch üppigere Models, gerade für Dessous! Mit Oberweite.« Sie deutete auf ihren vollen Busen.

Alle lachten, einige schüttelten den Kopf. »Geh, Sylvia, was du immer für Ideen hast! Spinnen tust schon ein bisserl!«

»Und du, Elisabeth? Für wen ist dein Kalender? Sicher für den Schorsch, oder?«

»Klar!« Elisabeth biss sich auf die Lippen.

»Was ist eigentlich bei euch mit Nachwuchs? Ihr seid doch schon zwei Jahre verheiratet!«, fragte Daniela spitz.

Elisabeth wurde rot. »Das wird schon noch.« Sie stand abrupt auf. »Ich muss jetzt gehen, ich hab noch einen Weg vor mir.«

Als Elisabeth draußen war, fielen die anderen über Daniela her.

»So was fragt man doch ned! Vielleicht haben's Schwierigkeiten, und dann ist das für die Elisabeth schlimm genug, da muss man ned noch in den Wunden rumbohren.« Barbara sah Daniela wütend an.

»Genau! Schau du erst mal, dass d' schwanger wirst, wennst mit dem Sebastian verheiratet bist. Wann ist denn endlich die Hochzeit? Du bist doch schon seit letztem Jahr verlobt!«, meinte eine andere.

»Im Dezember, noch vor Weihnachten!«, gab Daniela patzig zurück.

»Was? Pressiert's jetzt auf einmal? Bist auch schwanger?«

Daniela schüttelte vehement den Kopf.

»Im Dezember? Da ist es ja saukalt, da kannst gar kein ausgeschnittenes Brautkleid anziehen!« Die anderen sahen sie irritiert an.

»Im Dezember ist erst die standesamtliche Trauung, ganz klein, nur für die engste Familie. Im Mai ist dann das große Fest.« Daniela brachte es etwas gepresst heraus, die Fragerei der anderen war ihr offensichtlich unangenehm.

»Und warum das?« Alle Augenpaare starrten sie an. Daniela zierte sich.

»Jetzt sag doch! Bist doch schwanger?«

»Nein!« Sie druckste herum. »Es ist wegen der Steuer! Wird halt billiger, wenn wir heuer noch heiraten.«

Allgemeines spöttisches Gejohle. »Ja, genau! Weil grad ihr so arm seid!«

»Dem Staat muss man nix schenken!«, blaffte Daniela zurück.

»Da hast auch wieder recht! Aber im Mai, das wird dann schon eine große Hochzeit, oder? Das wird was werden, wenn der reiche Gollinger-Sebastian die reiche Kirmaier-Daniela heiratet.«

»Nur kein Neid«, schnappte Daniela genervt zurück.

»Aber du ladest uns schon ein, oder?«

»Freilich! Und zwei von euch dürfen meine Kranzljungfern sein!« Sie sah stolz in die Runde. »Ein riesiges Fest wird des! Ich glaub, wir bringen so an die dreihundert Leut z'samm! Der Landrat kommt und der Bürgermeister und ein paar Politiker, von der CSU. Der Sebastian, der ist doch bei den Jungdemokraten.« Sie sah stolz um sich.

»Wahnsinn!« Die anderen sahen sie teils bewundernd, teils neidisch an.

»Bei den Jungdemokraten! Der macht des nur wegen dem G'schäft. Sonst tät den die Politik doch überhaupt ned interessieren, den Geldsack!«, giftete Sylvia Gerti leise ins Ohr.

»Übrigens, noch etwas anderes! In zwei Wochen singe ich mit meinem Chor in der Kirche in Altenburg. Das wird ein schönes Konzert, und ich«, jetzt sah Daniela fast etwas verlegen drein, »ich singe mein erstes Solo!« Dann sah sie erwartungsvoll in die Runde.

Alle wussten, dass Daniela schon seit Jahren in einem Chor sang und eine sehr schöne Stimme hatte.

»Sogar der Rundfunk kommt und nimmt das Konzert auf!«

»Ach was! Dann wirst ja mal eine berühmte Sängerin werden!«, meinte Gerti neugierig.

»Geh! Die Daniela lasst doch nie das Lagerhaus hinten, gell, Daniela?« Sylvia konnte es nicht lassen, Daniela zu ärgern, und die reagierte prompt.

Die Kirmaiers betrieben neben der Brauerei noch ein kleines landwirtschaftliches Lagerhaus, und es war ausgemachte Sache, dass Daniela dieses einmal übernehmen würde. »Schließlich hab ich Betriebswirtschaftslehre studiert, damit ich das Lagerhaus mal übernehmen kann. Das Singen ist halt mein Hobby!«

»Vielleicht wär dein Bruder ganz froh, wenn du dich zurückziehen tätest!«, stichelte Sylvia wieder.

»Darum musst du dich nicht kümmern«, gab Daniela patzig zurück. »Schau du zu, dass du mit deinen Dauerwellen fertig wirst!«

Sylvia schnappte nach Luft, wollte etwas erwidern, doch die Zwillinge unterbrachen das giftige Gespräch.

»Jetzt bleibt doch mal beim Thema Kalender! Sagt mal ehrlich! Wie findet ihr denn den Benny von der Andrea?«

»Der ist sehr nett, wirklich wahr!«

»Ja, und er macht schöne Bilder. Und die Ramona, die ist auch nett, gar ned so angemalt, wie ich mir vorgestellt hab. Ganz natürlich. Ich hab gemeint, da kommt so eine gspinnerte Spinatwachtel aus der Stadt daher.« Alle lachten.

Irgendwann, spät, löste sich die vergnügte Runde auf.

Der alte Gruber-Girgl spähte hinter dem Vorhang hervor.

»Geh, Girgl, lass doch die jungen Mädl sein.« Seine Frau schüttelte den Kopf. »Sind halt jung!«

»Jung und dumm! Möcht gern wissen, was die dauernd zum Lachen haben!« Er schlurfte zu seinem Sessel zurück.

»Irgendeinen Blödsinn haben's im Kopf, das garantier ich dir!«

»Ja, ja, so wie's die Männer schon immer gehabt haben«, meinte die Gruberin belustigt.

Da war Elisabeth schon zu Hause in Einöd angekommen. Mit gemischten Gefühlen sah sie Schorschs Auto vor dem Haus stehen, er war also bereits daheim.

Leise schlich sie sich ins Haus und hinauf ins eheliche Schlafzimmer. Da lag er, halb ausgezogen, auf dem Bett, die schmutzigen Schuhe auf dem Boden.

Früher hätte sie ihn geweckt und ihm geholfen, seinen Schlafanzug anzuziehen. Jetzt legte sie sich leise ins Bett neben ihn, sah zu ihm hinüber. Er schlief seinen Rausch aus und grunzte wie ein Wildschwein. Sie seufzte tief, sein Anblick und der Alkoholdunst, den er im Zimmer verbreitete, widerten sie an.

Wie sollte es nur weitergehen mit ihnen? Das Herz war ihr schwer, und sie unterdrückte ein paar

Tränen. Wie leicht das mit dem Kinderkriegen bei anderen klappte!

Vor Sorgen konnte sie nicht einschlafen, doch irgendwann überwältigte sie die Müdigkeit doch, und sie träumte von ihrem Kalenderbild, der Idylle mit den Kühen, Schweinen und Hühnern im Stall.

***

»Benny, die Mädels sind ganz begeistert von dir.« Andrea lachte Ben schelmisch an, mit dem sie sich zum Mittagessen in einer kleinen Kneipe nahe der Universität getroffen hatte.

Benny lächelte geschmeichelt. »Und wie gefallen ihnen die Fotos?«

»Sehr gut! Ich bin neugierig, wie die Bilder ausschauen.«

Benny zog seine Digitalkamera aus der Tasche.

»Schau, ein paar hab ich noch drauf, die anderen hab ich schon gelöscht und im Computer.« Er zeigte Andrea einige der Fotos, die er gemacht hatte. Ursula in der Bäckerei war drauf und Lena beim Bettenmachen.

»Mei, die Ursula. Die schaut richtig lieb aus mit den Schokoladenosterhasen vor sich. Und die Lena als Frau Holle! Ja, das machst du richtig gut.« Sie sah Benny anerkennend an.

»Sie werden erst noch bearbeitet, da schauen s' dann noch viel besser aus«, wehrte Ben bescheiden ab. »Und wann machen wir deine Bilder?«

»Immer, wann du willst. Ich richte mich da ganz nach dir!«

»Hast du dir schon ein Motiv überlegt?«

Andrea stieß die Luft aus. »Ehrlich gesagt, so ganz noch nicht.«

»Wie wär's denn draußen, an einem See, im Bikini. Du hast doch eine gute Figur!«

»Ach, nein! Das find ich doof! Es soll ein besonderes Motiv sein, auf jeden Fall auf dem Land, wenn der Kalender ›Die Schönen vom Lande‹ heißen soll. Weißt du, Benny«, sie sah ihn nachdenklich an, »irgendwie bin ich eine echte Stadtpflanze geworden, habe gar keinen Bezug mehr zum Dorf, so wie die anderen.«

»Ach was! Ich finde, du machst das ganz gut mit den Mädels! Übrigens, ich wüsste was! Wir könnten draußen, auf irgendeiner Schafweide, eine Kiste aufstellen. Du stellst dich drauf und um dich herum die Schafherde. Dann nimmst einen Taktstock und tust so, als würdest du ein Schafskonzert dirigieren! Das tät zu dir passen, sozusagen als Impresario des Ganzen.«

Andrea überlegte. »Ja, das klingt spannend.«

»Vielleicht kannst du dir sogar einen Frack besorgen, das schaut dann noch besser aus! Was meinst du?«

Andrea lachte. »Ja, das könnte witzig werden. Genau! Das machen wir! Wann hast du denn Zeit?«

Ben runzelte die Stirn. »Das wird schwierig, auch mit den Terminen der anderen Mädels.«

Andrea sah ihn spöttisch fragend an. »Na, so arbeitsreich ist das Semester auch wieder nicht.«

»Ich studiere nicht mehr«, und als er Andreas bestürztes Gesicht sah, fügte er schnell hinzu: »Zurzeit nicht! Ich hab Thilos Angebot angenommen und mache ein halbes Jahr ein Schnupperpraktikum bei ihm. Ich habe dir doch neulich davon erzählt, weißt du noch?«

»Klar weiß ich das noch. Aber glaubst du, dass das gut ist?« Sie sah ihn zweifelnd an.

»Ich glaub schon. Ein halbes Jahr ist schnell vorbei, und wenn sich nichts daraus ergibt, ich meine eine echte Anstellung, dann studiere ich halt wieder weiter. Dann habe ich ein halbes Jahr verloren, aber ich habe es wenigstens versucht!«

Ben packte seine Fotokamera ein. »Ich muss los! Wir haben jede Menge zu tun. Ich arbeite fast jeden Tag bis spät abends, und anschließend bearbeite ich noch die Fotos für den Kalender. Komm eh kaum dazu.«

»Geht der Laden denn so gut? Und wie ist der Thilo so? Bringt er dir was bei?«

»Na ja, ehrlich gesagt sehe ich ihn nicht viel. Er hat noch einen anderen Grafikdesigner eingestellt, den Lars. Der kann was! Wenn der nicht wär, würde ich vielleicht nicht viel von dem Praktikum profitieren.«

»Und der Thilo? Was macht der?«

»Der akquiriert, sagt er. Versucht, Aufträge an Land zu ziehen.«

»Die ihr zwei dann bearbeitet!«, höhnte Andrea. »Typisch Thilo! Zahlt er denn wenigstens gut?«

Ben war die Frage sichtlich peinlich. »Mir bezahlt er nichts, aber das ist üblich so. Ich darf dafür meine Fotos am Computer bei ihm bearbeiten. Da will er mir helfen, hat er versprochen.«

Andrea schüttelte empört den Kopf. »Das hoff ich, dass er das tut! Ansonsten ist das ja richtige Ausbeutung! Und der Lars? Was sagt der dazu? Verdient der wenigstens was?«

»Das glaube ich schon, wir reden da nicht drüber. Der Lars ist erst vor Kurzem nach München gekommen, hat früher in Köln gearbeitet. Da hat ihn der Thilo kennengelernt und von seiner Agentur abgeworben. Eben weil er so gut ist.«

»Na ja, dann hast wenigstens einen, der dir hilft.« Sie stand auf, um mit Benny zu gehen. »Letztlich musst du selber wissen, was du machst.«

»Eben! Und wie sieht's bei dir aus? Ich meine, mit dieser Event-Agentur, bei der du jobbst«, fragte Ben, als sie draußen waren.

»Das ist echt gut! Der Tom, unser Boss, das ist ein toller Typ. Am liebsten tät ich auch aufhören mit dem Studium und gleich dort einsteigen. Aber ich hab ja nur noch ein Semester, mache im Herbst die Prüfungen, und der Tom meint auch, das wäre Unsinn, so kurz vor Ende aufzuhören.«

»Na, so ein vernünftiger Mensch aber auch, der Tom«, meinte Ben ein wenig sarkastisch.

Andrea bemerkte dien Unterton und blitzte ihn an: »Gelegentlich führt mich der Tom aus, zum Essen, ganz schick!«

»Aha! Na ja, das kann ich mir natürlich nicht leisten!«

Andrea ging nicht darauf ein. »Und überhaupt, das ganze Team ist so nett! Obwohl die viel arbeiten müssen, haben sie auch eine Menge Spaß!«

»Aha. Eine Spaßtruppe also!«

Andrea bemerkte den Spott in Bens Stimme und amüsierte sich ein bisschen darüber. »Halt!« Sie blieb abrupt stehen. »Jetzt haben wir noch keinen Termin für das Schafsfoto ausgemacht, Benny! Aber ich muss mir eh noch einen Frack oder so etwas Ähnliches besorgen, dann ruf ich dich an!«

Sie drückte ihm schnell einen flüchtigen Kuss auf die Wange. »Ciao, Ben!«, und weg war sie.

Ben sah ihr nach, wie sie auf der Rolltreppe hinunter zur U-Bahn entschwand. Das Gespräch mit Andrea hatte ihn verstimmt. Er war verliebt in sie, aber sie schien das nicht zu bemerken. Und jetzt war da dieser Tom, von dem sie so schwärmte. Sicher so ein smarter Typ mit gegelten Haaren. Diese Sorte kannte er, da gab es genügend in Münchens Schickeria. Mit denen konnte er gar nichts anfangen. Irgendwie war Thilo auch so einer, zumindest würde er gerne dazugehören. Deshalb trieb er sich auf allen möglichen Partys rum und in Bars und Clubs, angeblich immer auf der Suche nach Aufträgen. Gut, dass Lars da war, sonst würde das nie klappen mit Thilos »Open up«-Studio.

Ben machte sich auf den Weg in die Agentur. Thilo war immer gleich sauer, wenn Ben mal länger unterwegs war, als es ihm lieb war. Wenn er denn überhaupt da sein würde!

Thilo war da, als Ben in der Goethestraße ankam.

Die Räume der Agentur waren in der Nähe des Hauptbahnhofs. Die Schiller- und die Goethestraße waren, trotz der berühmten Dichternamen, nicht gerade die feinsten Viertel in München, aber die Räume, die in einem Hinterhaus lagen, waren schön.

»Wo warst du denn so lange?«, schnauzte Thilo ihn an, als Ben seine Jacke auszog. »Du weißt doch, dass wir das Projekt für PRO bis morgen fertig haben müssen.« Lars sah kurz von seinem Monitor auf.

»Bin schon da, habe mich kurz mit Andrea getroffen, wegen der letzten Fotos für den Kalender.«

»Ach, mit dieser Tussi!«

»Das ist keine Tussi«, fuhr es aus Ben heraus. »Das ist ein echt tolles Mädchen.«

Thilo spottete. »Bist wohl sehr verknallt in die, dass die dich dazu gebracht hat, diese bescheuerten Fotos zu machen! Womöglich auch noch kostenlos.«

»Bei dir arbeite ich auch kostenlos, wenn ich dich daran erinnern darf.« Ben war sauer über Thilos Bemerkung.

»Was heißt kostenlos? Andere bezahlen auch noch für eine Ausbildung und du bekommst bei mir alles umsonst. Und deinen Kitschkalender darfst du auch noch designen, alles kostenlos!«

Ben schwieg und sah zu Lars hinüber, doch der arbeitete konzentriert weiter und schien nichts von der kleinen Auseinandersetzung mitbekommen zu haben.

»Zeig mal, was du schon gemacht hast an deinen Fotos.«

Thilo kam gönnerhaft herüber zu Ben, der sich an einen der Computer gesetzt hatte. Ben öffnete zuerst die Fotos von Sylvia im Katzenkostüm im Konfettiregen.

»Wow, eine heiße Biene!« Thilo pfiff anerkennend durch die Zähne. »Aber das Foto musst du noch bearbeiten, das ist alles viel zu zahm, da gehört Pep rein. Retuschiere ihr doch das Oberteil weg und mach ein paar dicke Titten hin, das bringt's. Sex sells, Sex verkauft sich, aber diese braven Bildchen doch nicht!«

»Nein!«, wehrte Ben energisch ab. »Das wollen die Mädchen nicht! Da geht es doch um etwas ganz anderes. Das soll ein Kalender für den eigenen Bedarf werden, für Freunde und so, als Geschenk zu Weihnachten! Nicht zum Verkauf!«

»Vergeudete Zeit! Da hast du ein paar willige Mädels an der Hand, und dann machst du nichts draus!« Er schüttelte den Kopf und lachte verächtlich. »Aber du musst wissen, womit du deine Zeit verplemperst! Ist mir egal, solange du hier deine Arbeit machst.«

Er zündete sich eine Zigarette an. »Ich muss los, komm heute wahrscheinlich nicht mehr! Und du, Lars?«, er wandte sich an den Grafiker, der ruhig hinter seinem Monitor saß, »Wie sieht's aus? Klappt alles?«

»Mal schauen. Wird schon klappen«, antwortete der lakonisch und sah nicht mal auf.

»Hey, du, ich verlass mich auf dich! Okay dann, bis morgen!«

Ben war sauer. Erst das Gespräch mit Andrea, die ihm von diesem Tom vorschwärmte, und jetzt noch Thilo, der ihm seine Fotos madig machte.

Lustlos machte er sich an die Arbeit, die ihm Thilo aufgetragen hatte. Eigentlich machte ihm das Designen am Mac Spaß, aber jetzt hatte es ihm die Petersilie ordentlich verhagelt! Er stützte den Kopf in die Hände und atmete tief durch.

»Lass dir nichts dreinreden!« Lars stand plötzlich hinter ihm.

»Zeig mir mal die Fotos, wenn du willst!«

Ben öffnete einige der Bilder. Lars beugte sich über den Bildschirm. »Sind doch gut! Hier würde ich vielleicht etwas heller machen und da den Hintergrund ein bisschen verwischen. Schau, so! Da kommt das Gesicht des Mädchens noch besser raus. Das ist alles ganz in Ordnung so!«

»Glaubst du, Lars?«, fragte Ben verunsichert.

»Klar! Das sieht gut aus, du kannst echt fotografieren, das sieht man!«

»Danke!« Lars' Kommentar gab ihm wieder Auftrieb.

Konzentriert arbeiteten die beiden weiter an ihren Geräten.

»Hast du Lust auf etwas zu essen, drunten beim Griechen? Mir reicht es für heute!«

Ben sah überrascht auf. »Gerne!« Noch nie hatte der bisher so wortkarge Lars ihn gefragt, ob sie etwas miteinander unternehmen würden.

In der Goethestraße befand sich eine Kneipe neben der anderen, vorwiegend Ausländer: Türken, Griechen, Asiaten und andere Lokale. Sie bestellten beide Gyros und Bier.

»Wie gefällt es dir denn in München?«, begann Ben die Unterhaltung, während Lars, wie immer sehr schweigsam, in seinem Essen herumstocherte.

»Weiß nicht so recht, hab noch nicht viel mitgekriegt. Bisher habe ich außer der Agentur nicht viel gesehen!«

»Mhm! Woher kennst du den Thilo eigentlich?«

»Der war mal bei einem Meeting in Köln. Hat mir von seiner Agentur erzählt, wie super die läuft und dass er dringend ein paar gute Leute braucht, weil er es sonst nicht wuppen kann. Ich hatte in Köln grad ein paar Schwierigkeiten, so mehr privater Art.« Benny sah kurz von seinem Teller auf zu Lars, doch der blickte gelassen zurück. »Kommt in den besten Familien vor«, meinte er lakonisch, aber Ben glaubte zu bemerken, dass es Lars noch lange nicht gleichgültig war.

»No woman, no cry!« Ben sang die bekannte Melodie leise vor sich hin.

Lars grinste, sagte aber nichts.

»Wirst schon wieder eine Freundin finden, gibt ja genug Mädchen in München.«

Lars zuckte nur mit den Schultern. »Noch ein Bier, bitte!«, rief er dem Kellner zu, der gerade am Tisch vorbeiging.

»Geh halt mal mit Thilo weg, der ist schwer zu Gange in der Münchner Bussi-Bussi-Gesellschaft.«

Lars wehrte mit einer Handbewegung ab. »Nee, du, das ist nichts für mich, davon hatte ich schon in Köln die Nase voll!«

Ben sah Lars nachdenklich an. So wohl schien der sich in München nicht zu fühlen. Doch er, Ben, konnte ihm da nicht helfen, er war kein Partygänger und noch dazu unglücklich verliebt in Andrea! Ob die was mit diesem Tom hatte? Er konnte es sich nicht vorstellen, aber konnte man sich mit Frauen auskennen? Er hatte auf jeden Fall nicht viel Erfahrung.

»Wenn du Lust hast, kannst du das nächste Mal mitfahren, raus aufs Land, wenn ich die nächsten Fotos mache!« Er sah Lars aufmunternd an, war auf eine Absage gefasst. Doch zu seiner Verblüffung nahm Lars das Angebot an.

»Echt? Gerne! Ich meine, wenn es die Mädchen nicht stört? Außerdem – ich habe von dem angeblich so schönen Bayern noch gar nichts gesehen.« Er grinste spitzbübisch, und Ben fand ihn auf einmal richtig sympathisch.

»Also, dann! Ich geb dir rechtzeitig Bescheid, wenn es so weit ist!«

Sie hatten das Lokal verlassen und schlenderten die Goethestraße entlang in Richtung Agentur.

»Arbeitest du noch was heute?«, fragte Ben.

»Nee, eigentlich hab ich keine Lust mehr, soll sich doch Thilo auch mal anstrengen.«

Ben zögerte. »Ich glaub, ich gehe noch mal rauf. Will versuchen, die Fotos fertigzumachen. Dann kommen die anderen Mädchen dran mit den Aufnahmen. Bis Oktober muss alles im Kasten sein, damit der Kalender gedruckt werden kann!«

»Okay! Dann komm ich mit, wenn es dir recht ist. Vielleicht kann ich dir helfen, ein paar gute Effekte einbauen und so.«

»Mensch, das wäre super, Lars!« Ben war begeistert.

»Also, dann! Fangen wir an! Nutz die Zeit, solange ich noch hier bin!«

Ben blieb wie angewurzelt stehen. »Soll das heißen, du gehst weg?«

»Nee, sofort noch nicht«, wehrte Lars ab. »Mal schauen, wie sich die Dinge weiter entwickeln. Aber wenn es nicht anders wird, dann muss Thilo seine Arbeit wieder selbst machen, statt nur auf Highlife zu machen und die anderen auszunutzen!« Er sah Ben vielsagend an. »Für mich gibt es überall Arbeit, da habe ich kein Problem! Wollte eh schon lange mal in die USA!«

Oh je, dachte Ben betroffen. Wenn Lars weg ist, dann bleibe ich auch nicht länger bei Thilo. Verdammt! Aber er hatte ja immer noch sein Studium, dann musste er halt da wieder hin. Zumindest hatte er es versucht!

Zusammen gingen die beiden ins Studio und setzten sich an den Computer. Lars war eine wirkliche Hilfe, hatte gute Ideen und konnte sie auch umsetzen. Bis spät in die Nacht arbeiteten sie zusammen.

»Das war toll, Lars, vielen Dank! Ich bin echt froh, dass du mir geholfen hast. Ohne dich hätte ich das nie so hingekriegt.«

»Ist schon gut! Hat mir auch Spaß gemacht. Werden gute Bilder!«

Ben blätterte in seinem Terminkalender.

»Du, nächste Woche habe ich einen Termin draußen mit einem der Mädchen. Mit Paulina! Allerdings nur bei schönem Wetter. Magst mitkommen?«

»Ja ... wenn es das Mädchen nicht stört!«

»Ach was, ich glaube nicht. Aber ich werde es ihr auf alle Fälle noch vorher sagen! Und die Ramona ist auch dabei, die macht das Make-up. Ist eine super Frau, hier aus München.« Er sah Lars vielsagend an, doch der reagierte nicht, ging zur Tür.

»Okay! Also dann, gute Nacht!«

»Gute Nacht, Lars, und nochmals vielen Dank!«

»Ist in Ordnung!« Lars setzte seine unvermeidliche Pudelmütze auf und verschwand.

Ben räumte seinen Arbeitstisch auf und schaltete den Mac aus. Sie hatten eine Menge geschafft, Ben war begeistert, was Lars aus den Fotos gemacht hatte. Der konnte was! Irgendwie schon ein netter Kerl, aber auch seltsam. So etwas von wortkarg, dabei war er, Ben, schon kein Schwätzer.

Jeder ist halt so, wie er ist, dachte er bei sich, als er nach Hause ging. Vielleicht würde Lars bei dem Termin mit Paulina und Ramona etwas auftauen?

***

»Hallo, Fabian, Flori! Kommt her! Zieht eure Lederhosen an und die neuen T-Shirts!« Paulina versuchte, die lebhaften, widerstrebenden Buben der Helmbrechts zur Räson zu bringen.

»Wenn ihr ganz lieb seid, dann machen wir einen schönen Ausflug.« Heute war ihr Fototermin! Kirschen pflücken in Nachbars Garten!

Schnell packte sie die Jungs, die sich endlich hatten anziehen lassen, ins Auto und fuhr ins nächste Dorf zu ihrer Freundin Monika. Dort, im Nachbargarten, stand ein großer Kirschbaum, der jetzt voll roter, saftiger Früchte hing. Hier hatte sie sich mit

Ben und Ramona verabredet, und Bens Freund oder Kollege wollte auch mitkommen.

Wie besprochen, hatte sie eine hübsche weiße Carmen-Bluse angezogen, schulterfrei, und einen weiten, bunten, sommerlichen Rock, dazu hatte sie für die Buben zwei Körbchen zurechtgemacht, in die sie von oben die Kirschen werfen würde.

Ben, Ramona und Lars warteten schon auf sie.

»Entschuldigt bitte, aber mit den beiden kleinen Monstern ist es nicht so einfach.« Die Jungs waren voll Freude zu Monika gelaufen, die mit ihrem Baby unter einem Baum saß.

Der Nachbar hatte die Leiter bereits an den Baum gelehnt, und Ben strich mit Lars durch den Garten, um den besten Blickwinkel für die Aufnahmen zu finden.

»Monika, passt du bitte auf die Kinder auf, bis ich Paulina zurechtgemacht habe für die Aufnahmen?« Ramona hatte ihren Schminkkoffer ins Gras gelegt sowie Kamm und Bürste.

»Setz dich zu mir, Paulina! Ich finde, wir sollten deine Haare flechten, zu einem langen, prächtigen Zopf, der dir vorne über den Busen fällt. Das sieht sicher gut aus, was meinst du?«

An diesem Tag waren Paulinas Haare dunkelbraun mit einem Stich ins Rote.

»Und die Lippen tiefrot, passend zu den Kirschen. Und über die Ohren hängen wir dir zwei Kirschenpaare, so wie ich es früher als Kind gemacht habe.«

»Ja, das haben wir in Polen auch gemacht!«, erinnerte sich Paulina. Ramona griff zu ihrer Schminkkassette und holte verschiedenes Make-up heraus.

»Es soll ein hübsches, ländliches Motiv werden. Du stehst barfuß auf der Leiter, Ben fotografiert dich im Halbprofil und unten stehen die Kinder mit den Körbchen und fangen die Kirschen auf. Du musst sie ansprechen von oben, damit sie zu dir hinaufschauen, okay?«

»Gut, ich werde versuchen, alles richtig zu machen!«

»Bist du bereit, Ben? Von mir aus ist Paulina fertig!« rief Ramona dem Fotografen zu, der immer noch mit der Kamera um den Baum schlich.

»Ja, gut! Toll siehst du aus, Paulina!«, meinte er anerkennend, als er die junge, hübsche Polin sah, und Paulina wurde etwas verlegen. Lars stand abwartend daneben. »Also dann, rauf auf die Leiter!«

Es war schwieriger als gedacht, bis Ben endlich eine Reihe von Fotos gemacht hatte. Mal war zu viel Schatten in Paulinas Gesicht, mal stand sie zu weit unten, dann wieder zu weit oben, aber meist waren es die zwei Buben, die alles durcheinanderbrachten und partout nicht brav mit den Körbchen unten stehen und mit freudigen, erwartungsvollen Gesichtern nach oben zu Paulina schauen wollten.

Doch endlich war es geschafft, Paulinas bloße Füße schmerzten von den Sprossen der Leiter, und der Nachbar schaute argwöhnisch, weil er befürchtete, man würde zu viele Kirschen von seinem Baum pflücken.

Ben war zufrieden und Ramona auch.

»Schau, Paulina!« Ben zeigte Paulina einige der Fotos in der Digitalkamera. »Das hier, das könnte schon passen, da gucken die Kleinen auch recht lieb! Aber das kann ich erst richtig beurteilen, wenn ich die Fotos auf den Computer überspielt habe. Aber ich bin sicher, da sind einige sehr gute dabei, was meinst du, Lars?«

»Sicher!« Lars war wie immer wortkarg und ruhig.

Zufrieden betrachtete Ben die Fotos. »Du bist sehr fotogen! Das wird ein schönes Sommermotiv.«

Paulina seufzte, sie war müde. Es war sehr anstrengend gewesen. Modeln war keine leichte Arbeit, zumindest nicht mit diesen beiden lebhaften, kleinen Schlingeln.

Sie packte die widerspenstigen Jungs ins Auto und verabschiedete sich von den anderen. Das war geschafft!

»Hallo, Paulina?« Semra rief am Abend ihre Freundin an. »Hast du dein Foto-Shooting hinter dir? Wie war es denn?«

»Oh, es war sehr aufregend! Und anstrengend! Flori und Fabian sind uns immer wieder entwischt, aber irgendwann hat es doch geklappt. Ben meint, dass die Bilder sehr gut geworden sind. Ein schönes Sommermotiv, hat er gesagt. Wann ist denn dein Termin, Semra?«

»Nächste Woche! Wir fotografieren an dem Badesee bei Happing, wenn schönes Wetter ist. Das Bild ist zwar erst für den August eingeplant, aber Ben meint, das macht nichts, das merkt man nicht. Er will alle Fotos möglichst schnell im Kasten haben. Ich hoffe, dass es schön warm ist und das Wasser nicht zu kalt!«

»Es soll sehr heiß werden, Semra! Es macht dir sicher Spaß!«

»Ich hoffe! Ich kann ein bisschen Aufmunterung gebrauchen«, seufzte sie.

»Was ist los, Semra? Hast du Probleme mit Mario?« Paulina wusste, dass sich Semra und Mario regelmäßig trafen und Semra sehr verliebt war.

»Nein, nicht mit Mario.« Sie zögerte. »Aber mit Mehmet!«

»Mit Mehmet!? Was ist mit ihm?«

Semra schwieg.

»Semra! Bin ich nicht deine Freundin? Du kannst mir doch sagen, was los ist!«

»Lieber nicht!« Semra zögerte. »Ich bin mir selbst noch nicht ganz sicher! Vielleicht tue ich ihm unrecht, aber ich fürchte eher nicht!«

»Oh, Semra! Ich möchte dir gerne helfen! Hast du schon mit deinen Eltern über dein Problem gesprochen?«

Semra stieß einen Schreckenslaut aus. »Nein! Um Himmels willen! Das dürfen sie auf keinen Fall wissen! Ich muss selbst mit Mehmet sprechen.« Wieder Schweigen.

Paulina seufzte. »Gut, Semra! Wenn du es mir nicht sagen willst, dann muss ich das akzeptieren.

Aber du weißt, dass du immer mit mir sprechen kannst, nicht wahr?«

»Ja, das weiß ich, Paulina, danke!« Semra legte auf.

Sie saß in ihrem Zimmer auf dem Bett, vor sich einen Karton. Wieder öffnete sie den Deckel und lugte sorgenvoll hinein, als hoffe sie, dass nicht wahr wäre, was sich darin befand: Handys, MP3-Player und andere kleine elektronische Geräte, alle originalverpackt, mit Preisschildern aus dem Laden, in dem Mehmet als Auszubildender arbeitete.

Semra hatte den Karton zufällig in Mehmets Schrank gefunden, als sie nach einem Pullover suchte, von dem sie vermutete, dass Mehmet ihn sich ausgeliehen hatte.

Ganz hinten, versteckt unter Kleidungsstücken, hatte sie den Karton gefunden. Diebesgut? Hatte Mehmet diese Sachen gestohlen? Eigentlich traute sie es ihm nicht zu. Er trat zwar meist großspurig auf, aber Semra wusste, dass er im Grunde ein anständiger Kerl war, zumindest bis jetzt. Andererseits – in letzter Zeit hatte er sich verändert, war auffahrend und dann wieder verschlossen, war kaum mehr zu Hause. Sogar der Mutter gegenüber war er unfreundlich, manchmal sogar frech geworden, und von Semra wollte er sich schon gar nichts mehr sagen lassen. Auch äußerlich hatte er sich verändert, hatte sich die Haare an den Seiten total abrasieren lassen, nur oben stand noch ein Schüppel ab. Scheußlich sah das aus.

Sie hatte ihn einmal in der Stadt mit einer Gruppe von Jugendlichen gesehen, die ihr gar nicht gefallen hatten. So typische Halbstarke waren das gewesen, mit Glatzköpfen oder Irokesenschnitt, grün oder rot gefärbt, mit Tätowierungen an den Armen und mit Springerstiefeln. Sie hatten laut gegrölt und Bierflaschen in der Hand gehabt. Mehmet hatte fast verloren dabeigestanden. Aber ganz offensichtlich hatte er mit ihnen Kontakt. Das hatte ihr sehr missfallen. Doch da sie mit Mario unterwegs gewesen war, hatte sie sich nicht bemerkbar gemacht, sondern schnell verdrückt, damit er sie nicht sähe.

Und jetzt das! Was sollte sie tun? Die Sachen klammheimlich zu dem Laden bringen und irgendwo im Hof abstellen, nachts? Aber das machte keinen Sinn! Das hätte nur Nachforschungen zur Folge, womöglich würde die Polizei geholt, und wenn Mehmet in Verdacht geriet, würden die hier auftauchen! Hier, in ihrem Elternhaus! Eine Katastrophe wäre das! Die größte Schande, die man den Eltern antun konnte. Ihr Sohn, ein Dieb! Nachdem Mehmet die Schule vorzeitig und mit schlechtem Zeugnis verlassen hatte, weil er »keinen Bock« mehr hatte, wie er sagte, war die Familie heilfroh gewesen, dass er den Ausbildungsvertrag in dem Elektroladen bekommen hatte. Semra seufzte, auf keinen Fall durften die Eltern das erfahren! Sie musste mit Mehmet sprechen! Sie musste wissen, ob er die Sachen tatsächlich gestohlen hatte und was er damit machen wollte. Vermutlich zu Geld machen, schätzte sie, oder hatte er im Auftrag von jemandem gestohlen? Eine Mutprobe, wie sie in Jugend-Gangs manchmal gefordert wurde?

Sie hörte Schritte auf der Treppe und hielt den Atem an. Mehmet? Sie horchte angespannt. Dann knarrte eine Tür, es war die Tür zu Mehmets Zimmer. Ob er wohl bemerken würde, dass der Karton verschwunden war? Sie wartete nervös, nichts rührte sich. Leise öffnete sie die Tür und horchte. Von unten klang Geschirrgeklapper aus der Küche, sonst kein Geräusch, keine laute Heavy-Metal-Musik aus Mehmets Zimmer wie sonst üblich.

Sie schlich über den Flur, legte ihr Ohr an die Tür, hörte nichts. Einen Augenblick wartete sie noch, fasste Mut, dann klopfte sie, drückte vorsichtig die Klinke herab und öffnete die Tür einen Spalt, lugte ins Zimmer.

Mehmet lag auf dem Bett und rauchte. Sie trat ein.

»Mehmet!« Er sprang hoch. »Hey, Alte, was willst du? Was guckst du?« Nervös sah er sich um.

»Mensch, Mehmet, du weißt genau, dass wir im Haus nicht rauchen dürfen!« Semra rauchte selbst gelegentlich eine Zigarette, jedoch niemals im Haus der Eltern, das war streng verboten. Sie schnupperte. »Nach was riecht es denn hier?«

»Hey, was geht disch an?«

»Das geht mich schon etwas an!«

»Bist du meine Mutter, he!?« Er stand auf und baute sich provozierend breitbeinig vor ihr auf, doch Semra ließ sich nicht beeindrucken.

»Was machst du in meine Zimmer, du?« Schnell hatte er seinen Joint auf der Tischplatte ausgedrückt.

»Ich habe meinen gelben Pullover gesucht – und auch gefunden!«, fügte sie hinzu und sah ihn streng an.

Sie merkte, wie ihm unbehaglich wurde.

»Hinten im Schrank! Unter anderen Klamotten.«

Sein Blick flackerte.

»Er lag auf dem Karton!«

»Was hast du in meinem Schrank verloren?«

»Ich hab den Karton mitgenommen.«

Er riss erschrocken die Augen auf, dann packte er sie grob am Arm. »Du, gib mir sofort den Karton zurück oder …!«

»Oder was? Was willst du mir sagen, Mehmet? Dass du geklaut hast? Dass du deinen Chef bestohlen hast oder was?« Sie zischte es ihm zu.

Mehmet biss sich auf die Lippen.

»Los, raus mit der Sprache! Du bist doch sonst auch nicht auf den Mund gefallen!«

»Wo ist der Karton?« Er funkelte sie böse an, aber sie spürte die Angst in seinem Blick. Auch sie fühlte sich nicht wohl in ihrer Haut.

»Ich habe ihn weggebracht!«

»Wohin? Du, sag mir sofort, wo er ist!« Er verstärkte den Griff an ihrem Arm, doch sie riss sich los.

»Fass mich nicht an! Wie blöd bist du eigentlich, Mehmet? Glaubst du wirklich, dass du damit durchkommst? Weißt du, was dann passiert, wenn sie dir auf die Schliche kommen?«, fauchte sie.

Er sah trotzig auf den Boden, fast tat er ihr leid, ihr kleiner, dummer Bruder!

»Komm, Mehmet, ich will dir nur helfen«, sie zog ihn aufs Bett, und da saßen sie nebeneinander wie in alten Kindertagen, wenn sie ihre kleinen Geheimnisse ausgetauscht hatten.

»Das ist echt scheiße, was du da gemacht hast!« Er wollte aufbrausen, aber Semra hielt ihn zurück.

»Warum hast du das gemacht? Brauchst du Geld? Warum sagst du dann nichts? Ich kann dir nicht viel geben, das weißt du, aber ein bisschen helfen kann ich dir schon.«

Er machte eine abwehrende Handbewegung. »Isch will nich dein Geld. Isch, isch …«, er ballte die Hände zu Fäusten, »isch bin kein Feigling.«

»Kein Feigling? Würden dich die anderen so nennen, deine komischen Kumpane, wenn du nichts klaust?«

»Was meinst du?«

»Ich habe dich neulich gesehen mit denen. Mehmet, das sind keine Freunde, das sind dumme, blöde Kerle! Und vielleicht gefährlich!«

»Alte, du spinnst ja! Gibs auch Leute, die du nich kennst. Geile Typen.« Er stand auf und ging zur Tür. »Anderes Thema!«

»Nein, nichts da!« Semra war aufgesprungen und stellte sich zwischen Mehmet und die Tür. »Kein anderes Thema! Das wird jetzt ausgesprochen. Und wenn du nicht willst, dann hat morgen die Polizei die Sachen, und du kannst sehen, wie dir deine geilen Typen aus der Patsche helfen! Dann bist du deinen Lehrvertrag los, Mama und Papa müssen von hier weg, weg aus dem Dorf, sie würden nie hierbleiben mit einem Dieb als Sohn! Weißt du, was du ihnen antust? Ihr ganzes Leben haben sie dafür gearbeitet, hier als ehrliche Leute anerkannt zu werden. Und du Idiot machst das alles an einem Tag kaputt!« Semra brach in Tränen aus.

»Mehmet, Semra, Essen!«, klang die Stimme ihrer Mutter herauf. »Ich habe Etli lahana dolmasi gemacht, Mehmet, das magst du doch so gerne!« Kohlblätter mit Fleischfüllung, das war eines von Mehmets Lieblingsessen.

Semra blickte ihren Bruder mit Tränen in ihren schönen schwarzen Augen an. »Ich helfe dir, es wiedergutzumachen, Mehmet. Noch ist nichts passiert«, beschwörte sie ihn. »Lass mich diese Nacht darüber nachdenken, wir werden eine Lösung finden. Dann ist wieder alles gut!«

Sie schlang die Arme um seine Schultern und drückte ihn. Dann spürte sie, wie auch er seine Arme um sie legte.

»Okay«, seine Stimme klang rau. »Reden wir morgen darüber! Aber kein Wort zu Mama oder Papa!«

»Kein Wort! Morgen ist Sonntag, da wird niemand entdecken, dass die Sachen fehlen, wenn es bis jetzt nicht aufgefallen ist. Lass uns morgen weiterreden!«

Beide gingen die Treppe hinab in die große Küche, wo die Mutter den Tisch wie immer reichlich gedeckt hatte. Sie strahlte ihre Kinder an, vor allem ihren Sohn Mehmet. Er war ihr Augenstern, Semra wusste das. Anscheinend vergötterten alle Mütter ihre Söhne, besonders aber die türkischen.

»Guten Appetit, ich hoffe, es schmeckt euch!«

Die beiden setzten sich nebeneinander, und als sie zu essen begannen, fanden sich heimlich ihre Hände unter dem Tisch zusammen, so wie früher, wenn sie sich etwas versprochen hatten. Nur, dass heute ein schwerwiegendes Problem zu lösen war.

***

Semra schlief schlecht, wachte immer wieder auf und grübelte. Am Montag musste etwas geschehen, denn wenn Herr Langer, Mehmets Chef, den Diebstahl entdeckt hatte und womöglich die Polizei rief, war es zu spät! Ihr Magen verkrampfte sich, wenn sie daran dachte, wie die Polizei womöglich hierher ins Haus kam! Das musste unter allen Umständen vermieden werden.

Von Mehmet hörte sie nichts, aber sie wusste, dass er in seinem Zimmer war.

Früh am Morgen, sie war gerade vor Übermüdung eingeschlafen, klopfte es an der Tür, und Mehmet kam herein.

»Hallo, Schwester!« Auch er sah nicht sehr ausgeschlafen aus. Semra richtete sich im Bett auf.

»Was ist?«, fragte sie schlaftrunken.

»Ich kann nicht schlafen. Ich habe die ganze Zeit nachgedacht, was ich machen soll.« Er sah aus wie ein Häufchen Elend, und Semra fiel sofort auf, dass er normales Deutsch sprach und nicht das Türkendeutsch, das er sich in der letzten Zeit angewöhnt hatte und das sie so hasste.

»Wenigstens redest du wieder normal«, meinte sie und versuchte ein Lächeln.

»He, du, isch spreche so Deutsch!«, dabei grinste er sie in komischer Verzweiflung an.

»Du Kindskopf!«, sie schüttelte den Kopf. »Siebzehn und noch so bescheuert!«

»Okay! Aber was denkst du wegen der Sache? Ich denke, ich geh zu Herrn Langer mit den Sachen und sage alles!«

Semra blickte vor sich hin, überlegte. »Das finde ich gut, aber – wie ist denn dein Chef so? Glaubst du, er hat dafür Verständnis?«

»Weiß nicht, eigentlich ist er ganz okay! Aber«, er machte eine Pause und druckste etwas herum, »die letzte Zeit war ich nicht ganz okay. Bin oft zu spät gekommen, weißt du, die anderen!«

Semra verdrehte die Augen. »Die anderen! Du bist selbst für dich verantwortlich, Mehmet!«

Er ließ den Kopf hängen.

»Ich weiß nicht, ob es gut ist, wenn du allein zu Herrn Langer gehst«, überlegte Semra laut. »Wenn er doch die Polizei ruft? Das wäre echt scheiße! Vielleicht sollte ich mitgehen und mit Herrn Langer sprechen.«

»Du?« Mehmet sah sie überrascht an.

»Na ja, ich bin auch erst neunzehn und deine Schwester.« Sie knabberte wie früher, wenn sie Probleme hatte, an ihren Fingernägeln. Mühsam hatte sie sich das abgewöhnt.

Mehmet nahm sacht ihre Hand. »Nicht knabbern, nicht wegen mir«, sagte er leise. Sie sah ihn an und spürte zärtliche Zuneigung zu ihm, wie früher.

»Nein, ich knabbere nicht mehr«, lächelte sie ihm zu. »War es das erste Mal, dass du gestohlen hast?«

Er hob die Hand. »Ich schwöre, es war das erste Mal – und das letzte Mal. Ich weiß, das war kompletter Blödsinn!«

»Am besten wäre, wir würden jemanden finden, der mit dir zu Herrn Langer geht, eine Vertrauensperson, weißt du? Jemand, der für dich eintritt.«

»Ich weiß niemanden. Meine Lehrer in der Schule? Da ist keiner da, so wie ich mich dort aufgeführt habe!«, meinte Mehmet bekümmert.

»Lass mich mal machen, ich habe da so eine Idee, ich weiß nur nicht, ob es klappen wird. Aber jetzt raus, ich will ins Bad!«, rief sie scherzhaft streng, packte ihr Kopfkissen und warf es ihrem Bruder an den Kopf.

»Ich geh ja schon«, brav trottete er zur Tür.

Kurze Zeit später, nach dem Frühstück, rief sie Paulina an.

Frau Helmbrecht war am Telefon. »Semra! Paulina schläft noch, zumindest ist sie noch in ihrem Zimmer.«

»Könnte sie mich bitte zurückrufen? Es ist sehr dringend, Frau Helmbrecht!«

»Natürlich! Aber warte, da kommt sie gerade runter. Einen Moment, Semra!«

»Hallo?«

»Paulina, ich bin's Semra! Hast du Zeit heute? Möglichst bald! Ich muss mit dir sprechen!«

»Ja, ich habe Zeit, ich habe heute frei!«

»Gut! Dann treffen wir uns so in einer Stunde, vielleicht auf dem Weg zum Kindergarten?«

»Wollen wir nicht ins Café gehen?«

»Nein! Ich möchte nicht, dass uns jemand zuhört!«

»Gut, dann in einer Stunde.« Jetzt würde ihr Semra doch ihr Geheimnis anvertrauen, dachte Paulina bei sich. Ob sie womöglich schwanger war? Aber nein, sie hatte ja gestern von Mehmet gesprochen. Ob er entdeckt hatte, dass Semra einen deutschen Freund hatte und er ihr deshalb Schwierigkeiten machte? Was auch immer, bald würde sie es erfahren.

Die beiden Freundinnen saßen auf einer Bank in der Nähe des Kindergartens und Semra schüttete Paulina ihr Herz aus.

»Oh je! Das ist wirklich eine böse Sache! Was willst du tun? Wie kann ich dir dabei helfen?«

Jetzt rückte Semra mit ihrem Plan heraus. »Ich finde, Mehmet muss ehrlich sein und Herrn Langer alles gestehen und die Sachen zurückgeben, aber ich glaube, es wäre gut, wenn ihm da jemand beistehen würde. Eine Respektsperson, eine Vertrauensperson.«

Paulina nickte. »Und wer soll das sein?«

»Ich habe an Herrn Helmbrecht gedacht! Er ist Anwalt und er wird sicher gut mit Herrn Langer sprechen können. Besser als Mehmet auf jeden Fall. Aber ich weiß natürlich nicht, ob er das macht und was das kostet?« Semra sah Paulina fragend an.

»Ach, Herr Helmbrecht! Er ist sehr nett und auch sehr hilfsbereit. Wir können ihn fragen, er ist zu Hause!«

»Ja, aber – das ist eine Straftat und Frau Helmbrecht ist doch Richterin! Vielleicht bekommt Mehmet dann eine Anzeige. Ich weiß nicht mehr, was ich denken soll, vielleicht denke ich ja ganz falsch!« Semra war den Tränen nahe.

Paulina legte den Arm um sie. »Vielleicht, vielleicht, vielleicht! Das Beste ist, wir fragen einfach mal. Und hören uns an, was Herr Helmbrecht sagt. Komm, wir gehen gleich mal hin!«

Das Gespräch mit Herrn Helmbrecht verlief besser, als Semra gedacht hatte.

»Semra, beruhigen Sie sich erst einmal. Ich finde, das ist gut, dass Mehmet sich dazu bekennt und den Schaden gutmachen will. Ich werde mitgehen und mit Herrn Langer sprechen. Jeder macht mal einen Fehler, gerade so junge Männer wie Mehmet können leicht einmal in eine solche Situation kommen. Ich bin sicher, dass wir das hinkriegen und Herr Langer ihrem Bruder eine zweite Chance gibt. Wenn er einigermaßen vernünftig und verständig ist! Ich kenne Herrn Langer, ich schätze ihn schon so ein. Sagen Sie Mehmet, ich treffe ihn morgen um halb acht vor dem Laden, und er soll die Ware mitbringen. Alles!«, fügte er streng hinzu.

Das Gespräch am nächsten Tag zwischen Herrn Langer und Herrn Helmbrecht mit dem reuigen Mehmet verlief ganz so, wie Herr Helmbrecht vermutet hatte. Mehmet bekam eine neue Chance und von Herrn Helmbrecht den dringenden Rat, sich von dieser Clique in der Kreisstadt fernzuhalten.

»Du hast Glück, Mehmet, dass du so eine Schwester hast! Die Polizei hat diese Typen schon im Visier, und dann wäre es auch für dich eng geworden. Die sind kein Umgang für dich, gut, dass du jetzt noch die Kurve gekratzt hast! So kommst du mit einem blauen Auge davon! Lass es dir eine Lehre sein!«

»Danke, Herr Helmbrecht!« Mehmet war ein Stein vom Herzen gefallen. »Was muss ich bezahlen?«

Herr Helmbrecht schmunzelte. »Diesmal läuft es noch unter der Rubrik soziale Vorsorge! Beim nächsten Mal kostet es was, verstanden?« Er schüttelte Mehmet die Hand. »Mach's gut, Mehmet! Und mach deiner Familie keine Schande mehr!«

Semra musste bis zum Abend warten, bis sie erfuhr, wie die Unterredung gelaufen war, sie wollte Mehmet in der Firma keinesfalls anrufen.

»Wie ist es gegangen, Bruder?«, fragte sie ihn, als er am Abend in sein Zimmer hinaufgegangen war.

Mehmet sah sie erleichtert an. »Alles gut! Ich kann weiter dort arbeiten, meine Lehre fertigmachen. Aber ich muss jetzt ganz ordentlich sein, pünktlich und so!« Er sah Semra an und verzog dabei das Gesicht.

»Na klar musst du das, Mehmet! Jetzt ganz besonders! Und mach nie wieder so einen Mist, hörst du?«

Er zog ein kleines, weiches Päckchen unter der Bettdecke hervor. »Das ist für dich, Semra, hab ich für dich gekauft heute, weil du mir geholfen hast.«

Semra nahm gerührt das Päckchen, befühlte es mit den Händen. War das vielleicht das T-Shirt, das sie neulich im Schaufenster einer kleinen Boutique gesehen und Mehmet gezeigt hatte?

»Mach auf!«, forderte Mehmet sie auf und guckte erwartungsvoll.

Sie öffnete das Päckchen und da lag ein buntes Kopftuch! Ein Kopftuch! Typisch.

»Und? Gefällt es dir?«, fragte er eifrig.

»Ja, es ist sehr schön«, meinte sie tapfer und bemühte sich, ihre Enttäuschung zu verbergen.

Er legte den Arm um ihre Schulter und drückte sie leicht an sich. »Danke, Semra!«

»Ist schon okay.« Sie dachte an ihre eigenen Probleme, an Mario und wie ihre Familie darauf reagieren würde, dass sie in einen Deutschen verliebt war. Doch zumindest bei Mehmet hatte sie etwas gut!

4

Wieder tagte der Mädchenstammtisch und auch heute, am ersten Donnerstag im September, hatten sich alle eingefunden. Es gab viel zu erzählen, denn im August war das Treffen ausgefallen – Urlaubszeit!

Anna und Maria hatten inzwischen ihr Abitur hinter sich gebracht und sich für ihr Studium eingeschrieben: Maria für Jura in Passau und Anna fürs Lehramt in Deutsch und Geschichte in München. Eine große Veränderung für die Zwillinge, die bisher immer wie Kletten zusammengeklebt waren.

»Ich werde dich vermissen, Anna«, hatte Maria mit feuchten Augen gemeint, als sie sich von ihrer Schwester verabschiedet hatte, um nach Passau zu fahren, sich dort an der Universität einzuschreiben und ein Zimmer zu suchen.

»Und ich dich! Aber wir werden jeden Tag telefonieren, und am Wochenende treffen wir uns ja zu Hause! Vielleicht ist es ganz gut so, dass wir auch mal getrennte Wege gehen«, schniefte sie.

Viola, das Küken, hatte ihr letztes Schuljahr begonnen, im Mai würde auch sie Abitur machen. Bei den anderen war soweit alles beim Alten geblieben.

Andrea kam, wie meist, als Letzte, immerhin hatte sie den längsten Weg hinter sich.

»Also! Ruhe jetzt!« Sie klopfte energisch auf den Tisch, um sich bei dem Stimmenwirrwarr Gehör zu verschaffen. »Wie weit ist es mit euren Aufnahmen?«

»Weißt du das denn nicht? Erzählt dir der Benny das nicht?«, riefen die Zwillinge Anna und Maria vorwitzig wie aus einem Mund.

Andrea sah genervt zur Decke. »Das habe ich euch doch schon x-mal gesagt, dass der Benny nur ein Freund ist, wir haben nichts miteinander! Und in letzter Zeit habe ich ihn wenig gesehen, höchstens mal telefoniert. Er arbeitet in dieser Agentur und ist nicht mehr an meiner Uni.«

Was sie den anderen verschwieg, war, dass sie sich mehr und mehr, fast jede freie Minute, in der Event-Agentur aufhielt.

Sie hatte sich in Tom verliebt und wollte möglichst oft in seiner Nähe sein. Wenn er gelegentlich mal mit ihr zum Essen ging, meist war es nur ein Imbiss in einem der kleinen Lokale der Gegend, schwebte sie im siebten Himmel. An Ben dachte sie nur noch im Hinblick auf ihr gemeinsames Projekt, den Kalender.

»Also, welche Aufnahmen sind denn schon im Kasten? Erzählt mal!«

Semra meldete sich. »Meine Fotos sind fertig!«

»Und? Wie war es? Wie schaust du aus?« Die Stimmen schwirrten durcheinander.

»Jetzt lasst Semra doch mal erzählen!«

»Also, ich war mit Ben und Ramona am Happinger See. Der Ben hat mir neulich das fertige Bild auf seinem Laptop gezeigt, es ist sehr nett geworden, auf jeden Fall recht brav, da kann selbst meine Familie nichts dagegenhaben. Ich habe ein Kopftuch auf, das mir Mehmet geschenkt hat, also, ich lass es so halb runterfallen, damit man meine Haare sieht, und ich habe ein knielanges T-Shirt an und tippe mit den Zehen ins Wasser.«

»Was? Mit einem T-Shirt ins Wasser?«

»Das ist doch bescheuert! Geh, Semra, wer geht denn in einem T-Shirt ins Wasser?«

»Ihr versteht das nicht!«, wehrte Semra gekränkt ab. »Das ist ein Foto für meine Eltern und für meine Verwandten in Anatolien. Ihr glaubt nicht, wie rückständig die noch sind! Die würden es nie akzeptieren, wenn ich mit offenen Haaren und Bikini zu sehen wäre.«

»Jetzt lasst Semra in Ruhe«, schaltete sich Andrea ein. »Wir haben ausgemacht, dass sich jede so fotografieren lässt, wie sie das gut findet! Und Semra findet das eben so gut!« Sie drehte sich zu Gerti, die neben ihr saß. »Und du? Für welchen Monat bist du eingeplant?«

»Ich bin das Septembermädchen!«

»Und? Ist dein Foto schon fertig?«

»Ja!« Sie lachte in die Runde.

»Dann sag doch endlich, wie ist es denn geworden?«

»Also: Ihr wisst doch, dass ich mit dem Tommi auseinander bin, wegen seiner bescheuerten Fußballerei.« Sie machte eine bedeutungsvolle Pause. »Aber was ihr noch nicht wisst«, sie sah triumphierend in die Runde, »ich bin jetzt in einer Frauenfußballmannschaft! Das macht riesig Spaß! Endlich muss ich nicht mehr nur draußen stehen und zuschauen!«

»Was? In einer Frauenfußballmannschaft! Ja, wo denn?«

»In Rosenheim! Da wurde vor Kurzem eine gegründet und ich bin Torwart!« Sie konnte ihren Stolz kaum verbergen. »Und deshalb stehe ich bei meiner Aufnahme auch in unserem Trikot im Tor und hechte einem Ball hinterher. Es sieht toll aus, und ziemlich dreckig bin ich auch!« Sie lachte.

»Super! Das wird den Tommi richtig giften!«

»Oder freuen!«

»Das ist mir ziemlich egal, was der denkt. Auf jeden Fall muss ich ihm nicht mehr jeden Samstag beim Fußballspielen zuschauen, jetzt spiele ich selbst!«

»Wer fehlt jetzt noch? Du, Daniela! Ist dein Foto auch schon fertig?«

»Ja, ich habe es auch schon hinter mir!«

»Und? Was hast du dir ausgedacht? Sicher kommst irgendwie elegant daher! Im Abendkleid oder so«, Sylvia konnte es nicht lassen, eine kleine Giftspritze loszulassen.

Daniela lächelte überlegen zurück. »Gar nicht. Ganz im Gegenteil!«

»Was? Hey, jetzt machst du uns aber neugierig!«

»Wir sind hinauf in den Wald, wo zurzeit Holz geschlagen wird. Da steht eine dieser riesigen Maschinen von Sebastians Vater, so ein gigantisches Teil! Und da sitz ich in einem Blaumann drauf, grad so, als ob ich einen Baum fällen tät!«

»Was!?« Allgemeine Enttäuschung.

»Und du meinst, das gefällt deinem Sebastian?«

»Ich glaub schon, aber in erster Linie mach ich es für meine künftigen Schwiegereltern! Die halten mich für so ein Zuckerpüppchen, glaub ich. Und denen will ich mit dem Foto zeigen, dass ich mich sehr wohl für das Sägewerk interessiere!«

»Ganz schön raffiniert bist du! Aber recht toll ist so ein Foto im Blaumann auch ned, oder? Und auf so einer technischen Maschine ...« Sylvia schüttelte den Kopf. »Da find ich mein Faschingsbild mit dem Katzenkostüm schon besser!«

»Zu dir passt so was halt, so etwas Gewöhnliches!«, gab Daniela schnippisch zurück. »Übrigens, das ist schon gut, das Bild. Ich hab den Blaumann ja ned bis zum Hals hochgeschlossen! Und meine Taille, die habe ich mit einem schönen Gürtel betont.«

»Ah!«

»So!«

»Also doch sexy!«

»Mei, was heißt sexy?« Daniela schaute ärgerlich in die Runde. »Natürlich nicht richtig sexy, also primitiv auf jeden Fall nicht!« Sie warf einen eindeutigen Blick zu Sylvia. »Aber zeigen will ich schon, was ich hab!«

»Und was wär das?«, fing Sylvia wieder an.

»Dass ich gut ausschau und dass ich trotzdem zum Sägewerk pass!«, gab Daniela patzig zurück.

Einige der Mädchen konnten sich den Spott nicht verkneifen. »Zum Sägewerk passen! Dass ich ned lach!«

»Geld passt halt zu Geld!«, es war wieder Sylvia, die sich sarkastisch meldete.

»Jetzt hört mal mit eurem zickigen Getue auf!« Andrea stand auf. »Wenn ihr so miteinander umgeht, dann fahre ich gleich heim! Es war doch unsere gemeinsame Idee, diesen Kalender zu machen! Und dass dabei jede ihren eigenen Grund dazu hat, das ist doch ganz normal, oder nicht?« Sie sah fragend in die Runde. »Das ist doch legitim!«

»Legitim? Was soll denn das wieder heißen?« Es war Ursula aus der Bäckerei, die fragte.

Andrea atmete tief durch. »Legitim heißt in diesem Fall, dass das ganz in Ordnung so ist. Oder etwa nicht? Auf jeden Fall soll jede ein schönes, nettes Foto haben, und auch die anderen sollen so drauf sein, dass es keinem peinlich ist. Das war unsere Devise!«

»Siehst, Sylvia!« begann Daniela erneut mit Blick auf die dralle Blondine. »Da hast du mit deinem Foto gerade noch die Kurve gekratzt!«

Heftiges, lautes Durcheinander von Stimmen und Kommentaren war die Antwort darauf.

»Ich hab der Sylvia ihr Foto gesehen«, verteidigte Gerti ihre Freundin. »Das ist absolut in Ordnung so, ein Faschingsbild halt, und das passt zur Sylvia und zum Februar!«

Andrea hatte sich wieder gesetzt. Es war schon ein Kunststück, diese jungen Mädchen und Frauen, die sich wie ein Sack voll Flöhe benahmen, beieinander zu halten. »Wer fehlt denn jetzt noch?«

Die dunkle Barbara hob den Finger.

»Barbara! Von dir haben wir noch gar nix gehört!«

»Ich habe meinen Termin erst noch. Wir warten noch nebliges Wetter ab, ansonsten, hat der Benny gemeint, müssen wir in ein Studio gehen und künstlichen Nebel machen.«

»Künstlichen Nebel? Wofür denn das?«

»Ich geh auf Verbrecherjagd!«

»Was? Auf Verbrecherjagd?«

Alle wussten, dass Barbara Sekretärin bei der Polizeistation in Rosenheim war.

»Ja, genau! Ich leih mir heimlich eine Polizeiuniform aus. An eine echte Pistole komm ich leider nicht, die sind alle eingeschlossen, aber eine Schreckschusspistole tut es auch, die schaut täuschend ähnlich aus. Und dann, so meint der Benny, sollte ich in einer Nebelwolke stehen und auf irgendjemanden, einen Unsichtbaren, schießen!«

»Und das findest du gut?« Wieder war es Sylvia, die als Erste etwas dagegen hatte.

»Ja, das find ich gut!«, gab Barbara patzig zurück.

»Und dein Chef, wird der das auch gut finden?«

»Warum nicht? Außerdem interessiert mich das nicht, ich will jemand ganz anderen damit überraschen!« Jetzt wurde sie etwas verlegen.

»Wen denn?« Einige Neugierige fragten wie aus der Pistole geschossen.

»Das geht euch gar nix an!«

»Geh, jetzt sei ned fad, erzähl's uns doch!«

Barbara zierte sich, doch die anderen ließen nicht locker.

»Wir haben einen neuen Kollegen bekommen, also, ich meine, einen neuen Kriminalbeamten. Drüben bei der Kripo. Der kommt manchmal rüber in unsere Polizeistation, wenn es etwas zu bereden gibt.«

»Ah, einen von den Rosenheim-Cops!« Alle lachten bei der Anspielung auf die bekannte Fernsehserie. »Und in den bist du verknallt, gib's zu!«

Barbara lächelte. »Verknallt ist nicht das richtige Wort, aber er gefällt mir, das geb ich zu!«

»Und? Gefällst du ihm auch?«

»Ich weiß es nicht, ich arbeite noch dran!«

Vielstimmiges Gelächter. »Ich arbeite noch dran! Sag es ihm doch einfach, dass er dir gefällt!« Es war Viola, die Jüngste, die glaubte, Ratschläge in puncto Liebe geben zu können.

»Ach geh, was verstehst du denn davon, du Kind«, konterte Barbara. »Lasst mich nur machen! Auf jeden Fall bekommt der Holger den Kalender von mir zu Weihnachten.

»Holger!? Oh je, was ist denn das für ein Name? Wo kommt der denn her?«

»Er kommt aus Oldenburg, es muss ja schließlich ned ein jeder ein Bayer sein auf dieser Welt!«, gab Barbara schnippisch zurück.

»Und der Bernhard Klopfer, von dem hast doch bisher so geschwärmt!«

»Ach, der!« Barbara machte eine abwertende Handbewegung. »Der ist ja so was von langweilig und provinziell!«

»Ach so, langweilig ist der jetzt?«

»Ja, langweilig. Genau!«, gab sie trotzig zurück.

Daniela wandte sich Andrea zu. »Und du, Andrea? Wie sieht eigentlich dein Bild aus? Von dir wissen wir noch gar nichts!«

Aller Mädchen Augen waren jetzt auf Andrea gerichtet.

»Ich soll das Oktobermotiv werden, und da warten wir noch drauf, dass das Laub draußen bunt wird. Mein Foto ist das letzte, das gemacht wird.«

»Und? Was für ein Motiv hast du dir ausgesucht?«

»Der Ben hat gemeint, es wäre ganz nett, wenn ich auf einer Schafweide stehen würde, so wie eine Dirigentin, und eine Herde Schafe dirigieren würde, wie bei einem Konzert, so ein Schafskonzert halt.«

Verblüffte Stille.

»Aha! Und die Schafe, das sollen wir sein!«, Daniela fasste sich als Erste. »So wie du uns rumdirigierst!«

»Nein, natürlich nicht. Echte Schafe natürlich!«

»Aber – im übertragenen Sinne, meine ich, meinst du schon uns, oder?«, fragte Daniela wieder misstrauisch.

Andrea war verwundert. »Also, so habe ich das nicht gesehen!«

»Irgendwie hat sie ja recht, die Daniela. Nur andersrum! Manchmal, wenn ich so zuhöre, benehmen wir uns wie eine Herde dummer Schafe!« Es war Lena, die nun bereits im siebten Monat schwanger war und ein stattliches Bäuchlein vor sich hertrug.

»Wie meinst du das?«

»Na ja, wenn ich höre, wie ihr manchmal aufeinander losgeht.« Es war an diesem Abend das erste Mal, dass sich die sonst so muntere und gesprächige Lena zu Wort meldete.

»Was heißt losgeht! Man wird doch sagen dürfen, was man so denkt!« Sylvia zog wieder einmal ihren Schmollmund.

»Ja, schon! Aber nicht so bösartig!« Lenas Augen füllten sich mit Tränen.

»Lena? Was ist los?« Andrea, die rechts neben ihr saß, legte den Arm um sie. »So schlimm war es auch wieder nicht!«

Lena schluchzte plötzlich, und die anderen schwiegen betroffen.

»Hast Kummer, Lena? Oder geht dir die Schwangerschaft auf den Geist? Du, ich glaub, das ist ganz normal«, fügte Andrea hinzu.

Lena schüttelte heftig den Kopf und schniefte. »Nein, gar nicht! Ich freu mich ja auf das Kind, aber ...«, sie schniefte erneut auf.

»Was ist dann?«, fragte Semra anteilnehmend.

»Nichts!«

Die jungen Frauen sahen sich ratlos an.

»Sag uns doch, was los ist!«, es war Sylvia.

Lena schüttelte wieder heftig den Kopf.

»Jetzt lasst es mal gut sein«, Andrea beschwichtigte die besorgte Runde. »Lasst die Lena mal in Ruhe!« Sie nahm sich vor, später in Ruhe mit Lena zu reden, falls diese das wollte. Oh je, sie hatte nicht gedacht, dass ihr das Projekt auch seelsorgerische und psychologische Fähigkeiten abverlangen würde. Sie sah hinüber zu Elisabeth, die wie immer still dabei saß. Sie sah blass aus. Andrea hatte mehrmals versucht, mit ihr ins Gespräch zu kommen, doch Elisabeth hatte jedes Mal abgeblockt, so als wäre es ihr peinlich, dass sie mit Andrea über ihre Eheprobleme gesprochen hatte.

Andrea hob ihr Glas. »Jetzt trinken wir auf unseren Kalender, der bald fertig ist. Nur noch zwei Fotos, die gemacht werden müssen, dann geht's ab in die Druckerei.«

Sie stießen miteinander an. »Also, dann prost, auf unseren Kalender!«

Andrea stand auf und nahm ihre Tasche.

»Also dann! Wir sehen uns im Oktober wieder. Da besprechen wir die letzten Details, bevor der Kalender gedruckt wird. Ciao!«

»Ich geh auch!« Lena mit dem dicken Bäuchlein stand schnell auf. »Kannst du mich ein Stück mitnehmen, Andrea?«

»Na klar! Komm, ich fahr dich heim!«

Andrea ahnte, warum Lena mit ihr fahren wollte. Ganz offensichtlich hatte sie etwas auf dem Herzen.

»Warum hast denn geweint heute, Lena? Ist was nicht in Ordnung?«, fragte sie besorgt, als sie im Auto saßen.

Sofort fing Lena wieder an zu schluchzen.

»Jetzt komm, raus mit der Sprache! Ich sag's auch niemandem! Ist mit dem Baby alles in Ordnung?«

Lena nickte heftig mit dem Kopf. »Ja, das schon! In zwei Monaten ist es so weit. Weihnachten bin ich dann hoffentlich wieder schlank!«

»Ach so, das nervt dich!« Andrea war erleichtert. »Das ist, glaube ich, für alle Schwangeren zum Ende hin anstrengend. Aber es ist bald vorbei, Lena!«, meinte sie begütigend.

Lena fing wieder an zu schluchzen. »Der Markus mag mich nicht mehr«, brachte sie, gerade noch hörbar, heraus.

»Was? Also, das glaube ich nicht! Grad jetzt, wo ihr ein Kind bekommt. Und ihr seid doch erst kurz verheiratet. Noch nicht einmal ein Jahr, oder?«

»Trotzdem! Ich weiß es eben!«

Andrea fuhr an den Straßenrand, stellte den Motor ab und schaltete die Warnlampen an. Sie wandte sich Lena zu, die zusammengesunken auf dem Beifahrersitz saß wie ein Häufchen Elend.

»Jetzt erzähl mal. Wie kommst du denn darauf?« Sie zog ein Taschentuch aus der Jackentasche und gab es Lena, die sich trompetenmäßig die Nase schnäuzte.

»Also, ich bin letzte Woche in die Werkstatt, wo der Markus arbeitet. Er hatte seinen zweiten Monteuranzug vergessen, der war frisch aus der Wäsche, und den wollt ich ihm bringen. Aber der Markus war nicht da, er war auf Montage. Sein Chef hat gesagt, dem Markus sein Spind ist ganz hinten rechts, ich soll den Anzug da reinlegen.« Sie fing wieder an zu schluchzen.

»Und dann?«

»Ich bin hin zu dem Spind und hab ihn aufgemacht. Die sind nicht verschlossen, es ist ja nur eine kleine Firma, da kennt jeder jeden, da klaut keiner was!«

»Ja, und dann?« fragte Andrea ungeduldig.

»Dann hab ich es gesehen! Lauter Fotos von nackerten Weibern waren da drin!« Lena heulte auf.

Andrea versuchte, das aufkeimende Lachen zu unterdrücken. »Aber das ist doch ned so schlimm, Lena!«, versuchte sie die weinende junge Frau zu beruhigen. »Das machen halt Männer so!«

»Was!« Lena sah Andrea empört an. »Das findest du richtig, dass ein verheirateter Mann, wo die Frau grad ein Kind kriegt und so scheußlich ausschaut wie ich, in seinen Spind nackerte Weiber reinhängt?«

»Nein, ganz richtig finde ich es natürlich nicht, aber soo schlimm auch wieder nicht. Ich glaube, das hat mit der Liebe vom Markus zu dir gar nix zu tun!«

»Doch! So etwas hätte der Markus früher nie g'macht! Aber jetzt – klar – jetzt bin ich halt nimmer attraktiv für ihn und mit Sex ist eben auch nimmer viel los mit dem dicken Bauch!«

»Geh, Lena! Ich glaub, da bist jetzt ein bisserl streng mit dem Markus. Und das andere, das kommt schon wieder! Jetzt krieg erst einmal das Baby und reg dich ned so auf deswegen. Das tut dem Kind sicher ned gut! Männer sind halt so!«

»Aber doch mein Markus ned! Des hätt ich nie von ihm geglaubt!«

Jetzt musste Andrea doch lachen. »Warum soll dein Markus anders sein? Warum glaubst du denn, verkaufen sich diese ganzen Sexzeitschriften so gut? Glaubst du, die werden von Frauen gekauft? Oder die Nackerten-Kalender zum Beispiel!«

»Der Kalender! Ja, da hab ich noch nett ausg'schaut auf dem Januarbild als kleine Frau Holle!« Lena schien sich wieder etwas zu beruhigen.

»Eben! Und wenn der Markus das Bild sieht an Weihnachten, dann wird er sich sicher freuen!«

»Ja, dann ist auch das Kind da! Und dann werd ich Gymnastik machen wie der Teufel, dass ich wieder so ausschau wie auf dem Bild.«

»Genau, das machst, Lena!« Andrea startete den Wagen.

»Und jetzt puderst dir die Nase, der Markus kriegt ja einen Schreck, wenn er sieht, wie du vom Stammtisch heimkommst.«

»Der ist heute eh nicht da.«

»Na, dann ist es ja gut! Am besten, du gehst gleich ins Bett, und morgen schaut die Welt wieder anders aus!«

»Dank dir schön, Andrea! Vielleicht ist es ja wirklich nicht so schlimm, wie ich gedacht hab!«

»Ganz sicher, Lena! Da tät ich mir überhaupt nichts denken dabei!«

Als Andrea kurz darauf auf München zusteuerte, hatte sie Lenas kleines Problem schon vergessen.

Ihre Gedanken schweiften zurück zum Treffen des Abends. Alle waren auf ihre Art nett, aber auch nervend! Gut, dass es bald zu Ende war! Nur noch Barbaras Foto und das ihre. Sie würde gleich morgen Ben anrufen, wann er denn Zeit für ihren Fototermin hätte. Einen Frack und Zylinder hatte sie sich schon in einem Kostümverleih ausgesucht. Der stand ihr prima! Und eine Weide mit Schafen hatte sie auch gefunden, droben in Georgenberg. Der Bauer hatte schallend gelacht, als sie ihm erzählt hatte, was sie vorhatten.

»Ja, ja, macht das nur! Aber das Bild von dir, im Frack, mit meinen Schafen, das würd ich schon ganz gern im Schafstall aufhängen!«, hatte er gemeint.

***

Unterdessen hatten sich auch die anderen jungen Frauen auf den Heimweg gemacht, Semra und Paulina waren, wie immer, ein Stück des Weges gemeinsam gegangen.

»Es ist schon eine lustige Truppe, die Mädels«, meinte Paulina vergnügt.

»Ja, wenn sich nur die Daniela und die Sylvia nicht dauernd so kabbeln würden. Das find ich echt nicht gut. Aber neugierig bin ich, wie der Kalender wird.«

»Oh, sicher schön! Sind doch alle ganz hübsch! Was hältst du denn von dem Motiv von Daniela und von Barbara?« Paulina sah die Freundin fragend an.

»Ich weiß nicht! Meine Idee mit dem Kopftuch und dem T-Shirt im Wasser kam nicht so gut an. Aber das ist mir egal!«

»Ich finde es gut! Übrigens, wie geht es denn mit Mehmet so? Klappt das weiter mit seiner Lehrstelle?«

»Ja, ich glaube schon! Auf jeden Fall ist er jetzt wieder mehr zu Hause, und wenn er ausgeht, dann hier im Ort mit den Freunden von früher.«

»Das ist gut! Herr Helmbrecht meinte auch, er soll sich von denen fernhalten.«

Als sich Semra dem Reihenhaus der Eltern näherte, sah sie in einiger Entfernung eine Gruppe von jungen Männern stehen. Es war die Gang aus der Kreisstadt, mit der sie Mehmet gesehen hatte. Offensichtlich waren sie auf der Suche nach ihm.

Ein elektrisierender Schreck durchfuhr sie. Beherzt ging sie auf die Gruppe zu: »Was sucht ihr denn hier?«

»Geht disch nix an, du Bratze!«

»Hey, werdet mal nicht frech!«

»Bis du Schwester von Mehmet?«

»Ja! Aber Mehmet will nichts mehr mit euch zu tun haben! Haut ab!« Sie grölten.

»Hey du, du holst Mehmet, wir wollen reden, yallah!« Einer der Kerle, offensichtlich der Anführer, stand breitbeinig vor ihr, seine Hand am Schritt. »Haste verstanden, eh?« Drohend sah er sie an.

»Wenn ihr nicht sofort verschwindet, rufe ich die Polizei, wegen Ruhestörung.« Semra gab sich selbstbewusst, aber ihr war völlig anders zumute.

»Hey du, was haben wir gemacht, he?« Die jungen Kerle schrien durcheinander. Endlich verschaffte sich einer Gehör. »Gehen wir!«, er nickte den anderen zu und zu Semra gewandt: »Sag Mehmet, wir kommen wieder. Er hat Sachen für uns, brauchen wir! Sag ihm!« Sie machten sich davon, nicht ohne ihr böse Blicke zuzuwerfen.

Semra ging zum Haus. Das hatte gerade noch gefehlt, dass die hier auftauchten! Nur gut, dass Mehmet vermutlich schon zu Hause und ihnen nicht in die Arme gelaufen war.

Sie schlich am Schlafzimmer der Eltern vorbei hinauf ins Dachgeschoß, wo ihr und Mehmets Zimmer waren. Leise öffnete sie die Tür zu seinem Zimmer. Er lag im Bett und schlief, sie hörte seine regelmäßigen Atemzüge. Gut so, sie würde ihn nicht wecken und beunruhigen. Sollte er schlafen, morgen war auch noch ein Tag.

Trotzdem – lange konnte sie nicht einschlafen. Das neue Problem ließ sie nicht zur Ruhe kommen. Was sollte sie tun? Die Kerle würden wiederkommen, da war sie sich ganz sicher.

Wieder Herrn Helmbrecht um Rat bitten oder gar zur Polizei gehen? Aber sie hatte ja nichts vorzubringen gegen sie, vorerst hatten sie nichts angestellt. Und womöglich käme dann doch die Geschichte mit dem Diebstahl ans Tageslicht, wo sie so froh war, dass die Angelegenheit glücklich geendet hatte – bis jetzt zumindest.

Lange grübelte sie. Allein war sie diesen Burschen nicht gewachsen, das wusste sie. Aber wo Hilfe finden?

Endlich schlief sie ein, wirre Träume verfolgten sie und ließen sie mitten in der Nacht schweißgebadet aufwachen.

Sie dachte an Mario. Bisher hatte sie ihm nichts von der ganzen Sache erzählt, sie hatte sich geschämt. Konnte sie ihm vertrauen? Es wäre die erste Bewährungsprobe für ihre Liebe. Sie musste es wagen!

***

Endlich war es Ben, Ramona und Andrea gelungen, einen gemeinsamen Termin für Andreas Fotoshooting zu finden. Unglaublich, wie schwierig das gewesen war! Ben arbeitete von morgens bis spätabends in Thilos Agentur. Wenn Lars nicht gewesen wäre, mit dem er sich angefreundet hatte und der ihn eine Menge an Grafik und Design am Computer lehrte, hätte er wohl schon längst das Handtuch geworfen. Thilo war immer weniger zu sehen, und wenn er kam, dann nur um rumzumeckern. Den Kalender mache ich hier noch fertig, schwor sich Ben, dann ist es wohl besser, ich lasse das hier und gehe wieder an die Uni, studiere fertig. Sein Traum von einer Karriere als Fotograf und Grafik-Designer schien wie eine schillernde Seifenblase zu zerplatzen.

Er hatte einmal mit Lars darüber gesprochen, aber Lars hatte nur mit den Schultern gezuckt und gemeint, ein abgeschlossenes Studium könne nie schaden.

Was Lars so vorhatte, ob er hier in München bleiben wollte oder nicht, das wollte Ben nicht fragen, nachdem sich Lars selbst nicht dazu äußerte. Er war zwar nett und hilfsbereit, aber wenig gesprächig, was ihn selbst anging.

So war Ben sehr froh, als Andrea ihn anrief und endlich Zeit für den Termin fand. Endlich mal raus aufs Land und an die frische Luft, das würde ihm gut tun, und Andrea nach längerer Zeit wieder zu sehen, darauf freute er sich. Sie hatte sich ziemlich rar gemacht in letzter Zeit, doch er wusste, dass einige Prüfungen an der Uni anstanden und sie außerdem in dieser Event-Agentur arbeitete, bei diesem Tom, von dem sie ihm vorgeschwärmt hatte. Der Gedanke an diesen Mann stach wie ein Stachel in sein Herz.

Die drei trafen sich an einem schönen Spätsommertag draußen in Georgenberg, auf der besagten Schafweide. Das Laub der Bäume begann sich erst allmählich zu färben, eigentlich zu früh für ein Oktoberbild, aber Ben wusste inzwischen, wie man das am Computer verändern konnte.

Andrea hatte in einer großen Plastiktüte ihre Utensilien dabei, den Frack, das Hemd, den Zylinder, den Taktstock. Nur passende Lackschuhe hatte sie vergessen, aber das würde nicht auffallen zwischen den Schafen. Der Bauer war auch dazugekommen mit seinem Schäferhund und erklärte sich bereit, die Herde Andrea zuzutreiben.

»Hier, unter diesem großen Baum, das wäre ein guter Platz«, meinte Ben und stellte die mitgebrachte Obstkiste unter den mächtigen Zweigen einer Eiche auf. »Das ist ein toller Hintergrund, wie eine Kulisse.«

»Okay! Dann werde ich mich erst mal umziehen!« Ganz ungeniert zog Andrea mitten auf der Wiese ihre Jeans und ihren Pullover aus. Sie stand in einem weißen Spitzen-BH und einem knappen Slip vor ihm. »Kannst du mir mal bitte die Sachen reichen, Ben?« Er schluckte, als er ihr erst das Frackhemd und dann die Hose zureichte, in die sie mit ihren schlanken, braungebrannten Beinen stieg. Umständlich steckte sie das Hemd in die Hose, die ihr viel zu weit war. »Hier, da ist eine Wäscheklammer, da kannst du mir die Hose hinten abstecken.« Sie drehte sich um und streckte ihm ihr Hinterteil entgegen. »Und hier«, sie drehte sich um, »kannst du mir die Fliege binden?« Sie hielt ihm eine schwarze Fliege hin, und er versuchte umständlich, sie am Hemdkragen zu befestigen. Ganz nahe kam er ihr dabei und roch den Duft ihres Parfüms, blumig und doch wieder frisch, auf jeden Fall aufregend. Er schloss die Augen.

»Hey, du stellst dich aber an!«, lachte Andrea. »Man merkt, dass du noch nie eine Krawatte getragen hast!«

Ben zuckte zusammen, da hatte sie wohl recht. Dieser Tom, der würde sich sicher gelegentlich in Schale werfen.

Er räusperte sich. »Wie geht's denn so in der Agentur? Bist du da noch zugange?«, fragte er wie beiläufig.

»Klar! Ich bin heilfroh, wenn ich endlich das letzte Semester hinter mir habe. Langsam nervt es mich, ich würde viel lieber ganz in der Agentur sein.«

»Und dieser Tom? Ist der immer noch dein Chef?«

Sie sah ihn erstaunt an. »Na klar, dem gehört die Agentur doch! Wir gehen gelegentlich gemeinsam zum Essen, echt super! Und dann stellt er mich als seine beste Mitarbeiterin vor.« Andrea wusste, dass das etwas geflunkert war, aber es war so schön, sich das vorzustellen.

»Und sonst? Privat? Bist du da auch mit ihm zusammen?«

Andrea schwieg. »Ich meine, ist da was?«, er wagte kaum, es zu fragen und fürchtete sich vor der Antwort.

»Vielleicht!«, entgegnete sie leichthin und verhinderte weitere Fragen, indem sie nach der Visagistin rief. »Ramona, ich bin bereit zum Schminken!«

Die hatte ihre Utensilien inzwischen auf einem Klapptischchen aufgebaut. »Na, dann komm her!« Ramona musterte Andrea prüfend. »Sehr viel muss man da nicht machen. Deine Haare sind ohnehin kurz, nichts zu verändern, die Augen etwas betonen und die Lippen knallrot malen.«

»Igitt! Das mag ich gar nicht!«, protestierte Andrea.

»Doch, das muss sein. Es soll so ein Look wie in den Zwanzigerjahren sein, so à la Marlene Dietrich, weißt du? Ich habe im Auto einen weißen Schal, den könnten wir dir um die Schultern legen, weißt, so dandyhaft.« Schon war sie zum Wagen gerannt und brachte das Teil mit, drapierte es um Andreas Frack.

»Was meinst du, Ben?«

»Ich weiß nicht«, entgegnete dieser missmutig. Ihm hatte das Gespräch mit Andrea auf den Magen geschlagen. Irgendwie, so hatte er das Gefühl, lief bei ihm alles schief.

Endlich stand Andrea auf der Kiste, ohne Schal, das Gesicht wie in den goldenen Zwanzigern geschminkt, blass, mit roten Lippen und mit dem Zylinder auf dem Kopf.

Der Bauer hatte die Schafe herbeigetrieben, die standen brav um Andrea herum, blökten und Andrea schwang den Taktstock dazu. Das sah sehr lustig aus!

»Beeilt euch!«, rief der Bauer Ben zu. »Ewig bleiben die hier nicht so stehen!«

Ben nahm Andrea aus allen möglichen Blickwinkeln auf, während sich der Hund eifrig bemühte, die Schafe in Schach und beisammen zu halten.

»Danke! Ich denke, das war's!« Ben sah zum Himmel, der sich zusehends bewölkte. »Ich fürchte, bald wird es zu regnen anfangen.«

Andrea sprang von der Kiste und zog sich wiederum ganz ungeniert aus, der Bauer machte große Augen und schnalzte anerkennend. Sie packte die Sachen in die Tüte, zog Jeans und Pulli an, dann ging sie zu ihrem kleinen Auto.

»Hier, ich hab etwas für Sie mitgebracht! Weil Sie so nett waren und uns hier geholfen haben.«

Sie gab ihm eine Tüte, in der sich ganz offensichtlich eine Flasche befand.

»Des hätt's ned braucht«, meinte der Bauer, »aber ein Foto möchte ich schon gern haben, für den Schafstall oder«, er zwinkerte Andrea zu, »vielleicht doch fürs Schlafzimmer, wenn d' Frau nix dagegen hat!«

Andrea lachte. »Das bring ich Ihnen vorbei, ganz bestimmt.«

»Tschüss, ihr zwei! Ich muss dringend weg, hab noch einen Termin am Theater!« Ramona, die vor ihrem Auto stand, winkte ihnen zu. »Kommst du, Ben?«

Ben zögerte. »Fährst du auch in die Stadt zurück, Andrea? Dann kann ich ja bei dir mitfahren, oder?«

»Ja, klar!« »Hast du noch Zeit? Dann könnten wir in den Biergarten in Hermannsdorf gehen, ich meine, wenn du Lust hast!«, fügte er schnell hinzu.

Andrea sah zum Himmel. Auf der Windschutzscheibe sah man kleine, feine Regentröpfchen.

»Das geht schnell vorbei«, meinte Ben und hoffte inständig, Andrea würde zusagen.

»Gut! Aber nicht allzu lang.«

Kurz darauf saßen sie unter den mächtigen Kastanien im Biergarten der bekannten ökologischen Wirtschaft bei einem Bier der hofeigenen Brauerei, dem »Schweinsbräu«.

»Und? Hast du es schon bereut, dass du dein Studium an den Nagel gehängt hast?«, fragte Andrea und wischte sich mit dem Handrücken den Bierschaum vom Mund.

»Ich hab's nicht an den Nagel gehängt, nur eine Auszeit genommen«, widersprach er. »Im nächsten Semester bin ich wieder dabei!«

»Ach so!«, Andrea hob erstaunt die Augenbrauen. »Dann wird es also nichts mit der neuen Karriere!«

»Ich hab nie von einer neuen Karriere geredet.« Ben reagierte ärgerlich. »Es hat mich halt gejuckt, mal was anderes auszuprobieren.«

Andrea sah ihn an und verzog leicht spöttisch den Mund. »Aha, und jetzt hat es dich ausgejuckt, was?«

Ben wand sich. »Ich habe eine Menge Erfahrungen gemacht, aber wenn der Kalender fertig ist, dann werde ich spätestens zum Frühjahrssemester wieder an die Uni gehen. Ein abgeschlossenes Studium kann nie schaden.«Er dachte an Lars' Aussage. »Dann werde ich weitersehen.«

Andrea sah ihn prüfend an, ihr entging seine Niedergeschlagenheit nicht.

»Wie ist er denn so, der Thilo?«, bohrte sie weiter.

»Ach!« Ben wehrte mit einer Handbewegung ab. »Eher eine Enttäuschung. Wenn der Lars, mein Kollege, nicht wäre und vor allem das Kalenderprojekt, dann wäre ich vermutlich schon weg und der Thilo könnte seinen Scheiß alleine machen.« Es klang enttäuscht und Ben tat Andrea leid. Er war wirklich ein netter Kerl, anständig, fair und verliebt in sie, das wusste sie. Und er sah gut aus! Aber mit Tom konnte er sich natürlich nicht messen.

»Du, ich muss los! Ich will heute Abend noch ausgehen, mit Tom, und da muss ich mich ein bisschen zurechtmachen!«

»Du? Zurechtmachen? Mir gefällst du so, wie du bist, am besten!« Ben sah Andrea mit treuen Hundeaugen an.

»Ja, aber ein bisschen schick machen ist auch mal ganz schön«, meinte Andrea leichthin und stand auf, um zum Auto zu gehen. Ben folgte ihr mit hängenden Schultern.

Andrea musste sich eingestehen, dass sie Ben gegenüber mächtig geflunkert hatte. Etwas schäbig war das schon gewesen, und sie nahm sich vor, ihn demnächst mal anzurufen und mit ihm auszugehen, in eine Kneipe, so wie sie das früher oft gemacht hatten. Er machte nicht gerade einen glücklichen Eindruck!

Ganz unaufrichtig war sie aber doch nicht gewesen. Sie hatte tatsächlich etwas vor für heute Abend.

Sie hatte sich über beide Ohren in Tom verliebt. Sicher, er war um einiges älter als sie, mindestens zwölf bis fünfzehn Jahre, aber das machte ihr nichts aus, ganz im Gegenteil.

Manchmal dachte sie, er wäre auch in sie verliebt, so nett wie er oft war zu ihr. Dann wieder war er ganz sachlich und unnahbar. Klar, er hatte sehr viel zu tun, war viel unterwegs um die verschiedenen Veranstaltungen zu organisieren, die die Agentur betreute.

Nun hatte sie in Toms Kalender gelesen, dass er heute, für 20 Uhr, einen Termin im Bayrischen Hof, einem der Nobelhotels in München, stehen hatte. Vielleicht, um einen Auftrag an Land zu ziehen? Eventuell für die kommende Faschingssaison? München war zwar nicht so groß in Sachen Karneval wie die Faschingshochburgen Mainz oder Köln, aber einige schöne Feste gab es doch. Künstlerbälle, Schwarz-Weiß-Bälle und so.

Wie auch immer. Sie wollte sich schön, aber nicht zu aufgemotzt anziehen, Tom in der Gegend des Hotels auflauern und dann, wie rein zufällig, auftauchen. Weibliche List nannte man das!

Vielleicht würde er sie mitnehmen in den Bayrischen Hof? Vielleicht, ja vielleicht würde sich mehr daraus ergeben. Wer weiß?

Fünfzehn Minuten vor acht war sie an Ort und Stelle. Erst schlenderte sie bei Loden-Frey, dem gediegenen Kaufhaus in der Nähe des Promenadenplatzes, vorbei, besah sich die Auslagen mit den zugegebenermaßen schönen, aber auch sehr teuren

Kleidungsstücken, dann schlenderte sie in Richtung »Bayrischer Hof«. Sie stellt sich hinter einen Mauervorsprung, von dem aus sie den Hoteleingang im Auge hatte. Ihr Herz klopfte aufgeregt.

Sie musste nicht allzu lange warten, dann sah sie Toms schwarzen Alfa Romeo vorfahren. Er fuhr direkt vor das Portal des Hotels, ein livrierter Portier kam heraus, und sie sah Tom aussteigen. Erst jetzt, als der Portier die Beifahrertüre öffnete, bemerkte sie, dass Tom nicht alleine war. Eine Frau stieg aus, Tom gab dem Portier den Wagenschlüssel, und dieser fuhr das Auto weg.

Andrea war wie versteinert. Das sah ganz danach aus, als ob Tom hier übernachten würde, mit dieser Frau, schoss es ihr durch den Kopf. Warum sonst würde der Portier den Wagen in die Hotelgarage bringen? Doch nicht wegen eines Abendessens!

Ein Page kam und nahm die beiden kleinen Koffer von Tom und der Frau. Die Frau blieb vor dem Hotel stehen, drehte sich um, Tom folgte ihren Blicken, und Andrea verdrückte sich noch tiefer hinter den Mauervorsprung. Schrecklich, wenn Tom sie entdecken würde, was für eine Blamage!

Sie lugte hinter der Mauer hervor. Jetzt legte Tom vertraut den Arm um die Frau, sie schmiegte sich an ihn, er küsste ihr Haar. Sie verschwanden im Hotel. Ein Liebespaar!

Sie verharrte in ihrem Versteck, unschlüssig, was sie machen sollte.

Tom hatte eine Freundin! Doch was heißt Freundin? Das war eine elegante Frau, der sie, Andrea, nie das Wasser reichen könnte. Die beiden waren ein perfektes Paar, das konnte man auf den ersten Blick erkennen.

Plötzlich kam sie sich dumm und kindisch vor. Was hatte sie sich für Flausen in den Kopf gesetzt? Tom hatte ihr nie irgendwelche Aussichten oder Andeutungen persönlicher Art gemacht, war immer höflich, freundlich und korrekt gewesen! Richtig peinlich war das hier, wie sie hier stand, wie ein Voyeur! Sie kam hinter dem Mauerspalt hervor und ging rasch davon.

Erst zu Hause, in ihrer kleinen Wohnung, fühlte sie sich wieder sicher. Sie trat zum Bücherregal, nahm das Foto von Tom in die Hand und betrachtete es. Eigentlich war es kein Foto, es war ein Zeitungsausschnitt aus der »Gala«, einer Illustrierten, die über Stars, Sternchen und den Adel berichtete. Tom war einmal darin abgebildet gewesen, bei einer der Veranstaltungen, die er organisiert hatte. Er stand neben einer bekannten deutschen Schauspielerin. Die hatte sie natürlich weggeschnitten und nur Tom, in einem weißen Smoking, in den Rahmen gesetzt. Jetzt nahm sie das Bild heraus, zerknüllte es und warf es in den Papierkorb.

Im Bett vergoss sie noch ein paar Tränen der Enttäuschung, aber sie musste sich eingestehen: Tom wäre wirklich eine Schuhnummer zu groß gewesen für sie. Nobelrestaurants und Bars, schicke Autos, Urlaub auf den Malediven, nein, das wäre nicht ihre Welt. In diesen Tom hatte sie sich auch nicht verliebt, sondern in den gutaussehenden und immer freundlichen und tüchtigen Chef voll kreativer Ideen, der er auch war.

Sie seufzte und kuschelte sich in ihr Kissen. Der Abend heute hatte auch sein Gutes gehabt, hatte ihr die dumme Schwärmerei aus dem Kopf geblasen, bevor sie sich womöglich lächerlich gemacht oder noch mehr in ihre Verliebtheit hineingesteigert hätte.

Es war gut so und gut auch, dass sie mit niemandem über ihren Schwarm gesprochen hatte, das wäre jetzt echt peinlich! Außer mit Ben – doch der war ein guter, treuer Freund. Der würde alles verstehen!

***

Nicht nur Andrea hatte Kummer, auch Semra war das Herz schwer. Gut, dass im Reisebüro so viel los war. Alle Leute schienen dem bevorstehenden Winter entfliehen und in warme Gefilde reisen zu wollen! So kam sie wenigstens nicht ins Grübeln.

Mit Mario hatte sie sich für den Abend, nach Dienstende, verabredet. Sie war entschlossen, ihm alles zu erzählen und seinen Rat einzuholen. Wie würde er reagieren?

»Hallo, Schatz!« Mario wartete bereits vor der Tür auf sie, als sie herauskam. Er beugte sich zu ihr herab, wollte sie umarmen und küssen.

»Nicht hier, Mario!« Sie schob ihn nervös von sich. »Wenn uns jemand sieht!«

»Ach, Semra!«, reagierte er ungehalten. »Immer das Gleiche! Wann wird sich das mal ändern? Bin ich denn so unmöglich?«

»Du bist überhaupt nicht unmöglich, Mario«, sie sah ihn flehentlich an. »Aber du weißt doch, meine Familie!«

»Pah, immer deine Familie! Na, dann komm!« Sie gingen über die Straße zu Marios Auto. Unsicher sah sich Semra um, bevor sie einstieg.

»Und wohin?« Mario schien etwas genervt.

»Lass uns rausfahren, zum Happinger See. Da können wir spazieren gehen, es ist so schön draußen!«

Mario antwortete nichts, startete den Wagen und fuhr hinaus aus dem Ort in Richtung Happing.

Auch Semra schwieg, das war kein guter Beginn für den Abend, an dem sie Mario von den Problemen um Mehmet erzählen wollte.

Eine knappe Viertelstunde fuhren sie so schweigend durch die Landschaft. Semra fühlte sich immer unbehaglicher und legte ihre Hand auf Marios Oberschenkel, sah ihn, wie um Verzeihung bittend, an.

»Ist schon gut, Semra«, brummte er, lächelte und drückte ihre Hand. Sofort nahm sie ihre Hand weg und sah Marios leichte Enttäuschung in seinem Gesicht.

»Mario, ich muss dir etwa sagen!«, begann sie.

Erstaunt sah er zu ihr herüber. »Da bin ich aber neugierig! Leg los!«

Semra schluckte. »Gleich, erst wenn wir da sind.«

Sie parkten den Wagen und schlenderten hinunter zum See. Um diese Tages- und Jahreszeit waren nur noch wenige Leute an dem sonst so bevölkerten Badesee. Sie kamen zu der Stelle, wo Ben Semra fotografiert hatte. Zu gerne hätte sie Mario davon erzählt, verbiss es sich aber. Der Kalender sollte ihre Weihnachtsüberraschung werden!

»Jetzt aber raus mit der Sprache!«, insgeheim hoffte Mario, Semra hätte sich endlich entschlossen, ihn ihren Eltern vorzustellen. Er meinte es ehrlich mit Semra, und als er sie damals, vor einigen Monaten, im Reisebüro kennengelernt hatte, hätte er niemals gedacht, dass dieses so selbstbewusst wirkende Mädchen diese Probleme wegen ihrer türkischen Familie hatte. Außer innigen Küssen war bisher noch nichts zwischen ihnen gewesen!

»Ich habe ein großes Problem, Mario!«, begann Semra unsicher.

»Was – noch ein Problem? Ist es wieder wegen deiner Eltern, die keinen Deutschen als Schwiegersohn akzeptieren wollen?«

»Nein. Diesmal handelt es sich um Mehmet, meinen Bruder!«

»Aha! Und was ist mit ihm?« Er wusste, Semra hatte es ihm einmal erzählt, dass Mehmet sehr um die »Ehre« seiner Schwester besorgt war. »Hat er uns gesehen und macht dir Schwierigkeiten?«, fragte er misstrauisch.

»Nein!« Semra schüttelte heftig den Kopf. »Er hat gestohlen!«, platzte sie heraus.

»Gestohlen? Was denn?« Mario versuchte, gelassen zu bleiben.

»Elektrosachen, in seinem Lehrbetrieb.« Nun erzählte ihm Semra alles. Wie sie das Diebesgut in Mehmets Zimmer entdeckt hatte, ihre schlaflose Nacht und wie sie auf die Idee mit Herrn Helmbrecht kam und sich dann alles doch noch zum Guten gefügt hatte. Mario hörte schweigend zu.

»Dann ist doch alles okay! Ich finde, das hast du gut gemacht, Semra, auch wenn ich mich gefreut hätte, wenn du mit mir darüber gesprochen hättest!« Mario war sichtlich enttäuscht darüber, dass ihn Semra nicht ins Vertrauen gezogen hatte.

»Ich habe mich geschämt!«, flüsterte Semra bekümmert.

»Aber du kannst doch nichts dafür, Schatz! Und wo ist jetzt das Problem?«

»Diese Gang taucht neuerdings bei uns auf, in unserer Straße, und sie wollen Mehmet abpassen. Vermutlich wollen sie das gestohlene Zeug von ihm. Die sind richtig radikal, sicher wollen sie Mehmet einschüchtern oder sogar erpressen!«

»Mhm! Also, mit denen solltest du dich auf keinen Fall einlassen, Semra! Ich hab die auch schon gesehen, lungern meist beim Bahnhof rum. Ich glaub, im Grunde sind sie harmlos, ist halt so pubertäres Gruppengehabe. Aber das mit dem Diebstahl, das ist natürlich nicht gut. Vielleicht sollte man die Polizei verständigen.«

»Nein! Auf keinen Fall!«, rief Semra erschrocken aus. »Dann kommt das mit der Klauerei doch noch raus und alles war umsonst. Ich habe Angst, dass Mehmet wieder in ihre Fänge gerät.«

Sie hatten inzwischen ihren Rundgang beendet und waren wieder bei Marios Auto angekommen. Es war auch schon dunkel geworden.

Mario wollte Semra in die Arme nehmen, beugte sich zu ihr auf den Beifahrersitz. »Ach, Semra«, stöhnte er, als er sie küsste, wieder einmal versuchte, unter der Bluse ihre Brüste zu streicheln, was Semra erst zuließ und dann doch wieder abwehrte. »Wie soll das denn weitergehen mit uns? Du weißt, ich liebe dich, ich will dich heiraten! Und ich akzeptiere ja auch bis zu einem gewissen Grad deine Bedenken, auch wenn ich es nicht verstehen kann. Wie soll ich dir denn meine Liebe noch beweisen?«

Semra traten Tränen in die Augen. »Ich liebe dich auch, Mario, und ich möchte mit dir zusammen sein, das musst du mir glauben! Ich muss nur einen geeigneten Moment abwarten, um meinen Eltern von dir zu erzählen. Und Mehmet, der wird auch nicht einverstanden sein!«

»Na, jetzt reicht's aber!«, entrüstete sich Mario. »Der hat es gerade nötig, dir Vorschriften zu machen! Bei dem hast du allemal etwas gut!«

Er startete den Wagen. »Weißt du was, Semra? Wir machen einen Deal: Ich kümmere mich um die Sache mit den Burschen da. Verlass dich drauf!«

»Aber was willst du machen?«, fragte sie ängstlich.

»Lass mich nur machen, kümmere dich nicht drum. Aber dann möchte ich, dass du auch so mutig bist und mich deinen Eltern vorstellst! Nächstes Jahr wird geheiratet, länger will ich nicht mehr warten!«, meinte er entschlossen.

Er fuhr, wie immer, in die Nähe von Gernkofen, zu einem Wegkreuz. Dort ließ er Semra aussteigen.

»Also, Semra, ausgemacht! Ich erledige die Sache mit der Bande und du die mit deinen Eltern, okay?«

Er küsste sie noch einmal zum Abschied, und Semra nickte.

Erleichtert ging sie nach Hause. Sie hatte sich nicht in Mario getäuscht, er wollte ihr in ihrer Notlage helfen. Ja, er ist der Richtige! Ich will, dass er mein Mann wird! Ich muss nur stark genug sein, es zu Hause durchzusetzen.

5

Barbara war auf dem Weg zu ihrer Dienststelle, ging noch in die Bäckerei Eggl, um Semmeln für ihr Mittagessen zu holen.

Die Türglocke klingelte melodisch, als sie die Bäckerei betrat. Es war warm im Laden, und es roch verführerisch nach frischem Brot und Kuchen. Zufällig waren, trotz der frühen Stunde, keine anderen Kunden hier.

Barbara stellte sich an die Theke und ließ ihren Blick über die appetitlich angerichteten Backwaren schweifen.

»Grüß dich, Barbara!« Es war Ursula, die aus einem der hinteren Räume kam. Sie hatte eine weiße Schürze mit Rüschen an, sah hübsch und adrett aus. »Was darf's denn sein?«

Barbara amüsierte sich insgeheim über die konservativ-geschäftige Art, mit der Ursula ihre Kundschaft ansprach. Sie würde mal eine tüchtige Bäckersfrau werden.

»Ich nehm ein paar Brezen, vielleicht zwei – oder gib mir lieber vier oder ... am besten nehm ich gleich sechs! Die Kollegen essen sicher auch ganz gern eine. Eure Brezen sind ja so gut, es gibt nirgends bessere.«

Ursula lächelte geschmeichelt. »Ja, bei uns wird alles noch selber gemacht, von Hand, keine fertigen Brotmischungen wie anderswo.«

Sie packte die Brezen in eine Tüte. »Darf's sonst noch etwas sein? Einen guten Bienenstich haben wir heute, ganz frisch, schau mal!« Sie zeigte auf die Kuchenstücke in der Theke.

»Oder Obstschnitten, ist natürlich besser für die Figur. Aber das hast du ja ned nötig, dass d' aufpasst!« Etwas neidisch klang das.

»Ach ja, gibst mir einen Bienenstich und eine Obstschnitte, das wird dann schon gegessen bis zum Abend!«

»Hast dein Foto schon machen lassen, Barbara? Langsam wird's Zeit, damit der Kalender fertig wird bis Weihnachten«, raunte sie leise.

»Ja! Letzte Woche war ich mit dem Ben draußen im Wald, im Morgengrauen!«, erzählte Barbara geheimnisvoll.

»Was?« Ursula riss die Augen auf. »Im Morgengrauen!«

»Ja, es soll doch eine spannende Stimmung sein. Ich glaub, es ist ganz gut geworden. Die Polizeijacke, die hab ich aus einem Spind in der Polizeistation genommen, die war mir zwar zu groß, aber die Ramona hat sie hinten zusammengesteckt. Ich steh ganz breitbeinig da, mit dem Revolver in der Hand! Schieß aus der Hüfte, wie in einem Western. Schaut echt super aus. Der Ben, der macht am Computer noch so Nebelschwaden rum, hat er gesagt, und …« Ihr Redeschwall wurde unterbrochen, weil ein junger Mann in Bäckerkleidung aus der Backstube kam. Er balancierte ein Blech mit Kuchen auf der Hand.

»Schau, Ursula, was ich gemacht habe!« Stolz präsentierte er das Blech der jungen Verkäuferin. Die warf nur einen kurzen Blick drauf und fragte spöttisch: »Was soll denn das sein? Krumm und bucklig!«

»Das ist eine Spezialität aus meiner Heimat, das heißt Karpatka. Das meint die Karpaten und soll wie kleine Berge aussehen. Ist aus Brandteig gemacht, mit einer Buttercreme drin.« Er fuhr sich genießerisch mit der Zunge über die Lippen. »Meine Mutter hat das oft gemacht, schmeckt sehr gut!« Der eher schmächtige Mann sah Ursula erwartungsvoll an; Barbara bemerkte, dass er zwar gut Deutsch sprach, doch unverkennbar mit Akzent.

»Stell's da hin, ich räum es dann in die Theke«, fast unfreundlich war Ursula zu dem jungen Bäcker.

»Solltest es probieren, schmeckt wirklich sehr gut!« Er ließ sich nicht abwimmeln.

»Ach geh, das ist doch viel zu fett! Die dicke Buttercreme da drin, was glaubst, wie ich da zunehmen tät«, und Barbara raunte sie zu: »Für das Foto mit den Osterhasen hab ich extra drei Kilo abgenommen, und jetzt hab ich alles wieder drauf.« Ursula seufzte.

Der Bäckergeselle hatte das Blech abgestellt. Er sah Ursula an und meinte: »Mir gefällst du so, wie du bist, so schön mollig«, feixte er und ging hinaus in die Backstube.

Ursula wurde rot und wandte sich mit gespielter Empörung an Barbara. »Was sich der rausnimmt, der freche Kerl!«

»Wer ist denn das?«, fragte diese neugierig.

»Unser Bäckergeselle. Seit der Papa den Bandscheibenvorfall g'habt hat, geht's ihm nimmer so gut. Die Arbeit in der Backstube ist recht anstrengend, und da hat er einen Gesellen eingestellt.«

»Und? Ist der was?«

»Der Papa ist ganz zufrieden mit ihm. Weißt«, fuhr Ursula geschäftig fort, »es ist nicht so einfach, jemanden zu kriegen. Das Arbeitsamt hat uns etliche geschickt, aber die waren alle nix. Bis auf ihn!« Sie zeigte mit dem Kinn in Richtung Backstube.

»Aber das ist kein Deutscher, oder?«

»Nein, der ist aus Polen, er heißt Piotr. Na ja, fleißig ist er schon, ist auch schon ein paar Jahre in Deutschland.«

»Da kann er ja mal mit der Paulina reden, oder?«

»Ja, die kommt eh jeden Tag zum Einkaufen mit den Helmbrecht-Buben, und dann geht sie manchmal in die Backstube, und sie unterhalten sich, auf Polnisch natürlich. Den Buben gibt er dann immer was Süßes – und der Paulina vermutlich auch.« Sie verzog anzüglich den Mund.

»Dann zieht sich dein Vater einen Nachfolger her, oder?«

»Ach was! Das dauert noch ewig, bis der Papa mal in Ruhestand geht, bis dahin ist der Piotr sicher nicht mehr da. Übrigens«, sie beugte sich vor und kicherte, »der Piotr will ned, dass man Piotr sagt, er will lieber Peter genannt werden, weißt. Aber ich sag immer Piotr zu ihm, dann ärgert er sich!«

»Du bist gemein! Der scheint doch ganz nett zu sein. Du, ich glaub, der steht auf dich, so wie er dich ang'schaut hat!«

»Ach geh!«, wehrte Ursula ab. »Der ist mir doch viel zu g'ring!«

»Wie meinst denn das jetzt?«

»Also, erst schon mal vom Aussehen, an den müsst schon noch was hin wachsen, und außerdem«, sie schüttelte den Kopf, »ein Bäckermeister müsst es schon sein!«

»Also, das find ich wirklich nicht so wichtig. Hauptsache ist doch, dass er ein anständiger Mensch ist – oder nicht? Und dass man sich mag und versteht, und vielleicht macht er ja die Meisterprüfung noch?« Barbara ärgerte sich fast über die hochnäsige Bäckerstochter. »Also dann, pfiat di und einen schönen Tag noch.« Sie packte ihre Tüte und ging zur Tür.

»Dir auch! Und sag dem Holger einen schönen Gruß!«, fügte Ursula noch anzüglich hinzu.

Barbara drehte sich um und wollte noch etwas erwidern, aber Ursula war bereits auf dem Weg in die Backstube.

»Piotr? Piotr! Hast die Brezen schon fertig, die gehen bald aus!«

Diese Ursula, tut immer so lieb und kann eine echte Bissgurke sein, dachte Barbara, als sie zu ihrer Arbeitsstelle bei der Polizei fuhr.

Ob sie heute Holger sehen würde? Auf jeden Fall hatte sie Brezen und sogar ein Stück Kuchen dabei. So ganz hatte sie ihn noch nicht durchschaut. War sie ihm schon aufgefallen? Mit diesen Norddeutschen, da war das so eine Sache. Den Bernhard, einen der uniformierten Polizeibeamten, den kannte sie, und sie wusste, dass er längst in sie verliebt war. Bisher hatte sie ihn auch ganz nett gefunden, war sogar ein paar Mal mit ihm aus gewesen, aber dann war Holger gekommen, und jetzt hatte sie sich in ihn verschaut.

Als sie zum Polizeirevier kam, ging Bernhard gerade mit einem Kollegen aus dem Haus, zum Streifenwagen.

»Guten Morgen, Barbara!«, grüßte er freundlich und sah ihr nach, wie sie ins Haus ging.

»Jetzt komm, wir müssen los!«, drängte sein älterer Kollege, und als sie im Auto saßen, meinte er: »Die Barbara, die tät dir gefallen, hab ich recht?«

Bernhard seufzte. »Ja, schon! Und ich war mir schon fast sicher, dass sie mich auch mag. Aber seit der Neue bei der Kripo drüben da ist … jetzt weiß ich's nimmer recht!«

»Die Frauen! Die können einem das Leben manchmal ganz schön schwer machen!« Der andere lachte. »So ganz kennt man sich bei denen nie aus!«

Bernhard Klopfer nickte zustimmend, lenkte den Streifenwagen auf die Straße. Ja, da hatte der Kollege wohl recht. Frauen waren schwer zu durchschauen.

***

Andrea fuhr gegen Mittag, nach der Vorlesung, hinaus nach Laim zur Agentur, für heute war eine Besprechung wegen einer Veranstaltung auf dem Messegelände der Stadt München anberaumt, das sich auf dem Gebiet des früheren Flughafens befand. Tom würde auch dabei sein, und so würde sie ihn wiedersehen, nach dem gestrigen Abend am Bayrischen Hof.

Schon als sie die Agenturräume betrat, sah sie, dass heute etwas Besonderes los war. Gläser und Flaschen standen herum.

»Servus, Andrea!« Chris, einer der Angestellten, begrüßte sie. »Sollst gleich zum Tom reingehen.« Er machte eine Kopfbewegung zur Tür zu Toms Büro, die heute, im Gegensatz zu sonst, geschlossen war.

»Oh je!«, Andrea durchfuhr ein Schreck. »Er wird mich doch gestern Abend nicht gesehen haben? Das wäre echt peinlich!«, dachte sie.

Mit rotem Kopf klopfte sie an die Tür, und auf ein »Ja!« von drinnen trat sie ein.

Tom stand hinter seinem Schreibtisch, neben ihm stand die Frau von gestern Abend. Heute hatte sie einen eleganten Hosenanzug an und die blonden Haare locker im Nacken zusammengebunden.

»Andrea!« Tom streckte ihr die Hand entgegen, er strahlte sie an. »Vielleicht hast du es von den anderen schon gehört?« Er sah sie fragend an. Andrea schüttelte unsicher den Kopf.

»Dann darf ich es dir selbst sagen«, er nahm die Frau neben sich an der Hand. »Grit, also Frau Andersen, und ich haben uns verlobt!« Er wartete Andreas Reaktion nicht ab, sondern fuhr fort. »Ich weiß, heutzutage ist so etwas fast schon ein bisschen altmodisch, ich meine, sich offiziell zu verloben, aber uns beiden hat die Idee gut gefallen.«

»Ja, dann … herzlichen Glückwunsch!«, brachte Andrea hervor und war den Tränen nahe. So ernst war das also!

»Ich bin Grit, hallo Andrea! Wir wollen doch Du sagen?« Grit war auf Andrea zugegangen, gab ihr die Hand und lächelte sie herzlich an. »Tom hat mir schon von dir erzählt und wie gut du bist!«

Andrea schluckte.

»So eine Assistentin würde ich mir auch wünschen!«

»Grit hat auch eine Agentur, in Hamburg! Dort haben wir uns vor einem Jahr kennengelernt«, Tom lächelte seine Verlobte verliebt an.

»Ach ja?« Andrea schoss ein Gedanke durch den Kopf: Wenn diese Grit vom Fach war und Tom und sie heiraten würden, dann würde sie wohl nach München ziehen, hier in der Agentur mitarbeiten und sie, Andrea, wäre vermutlich ihren Job los! Verdammt noch mal, auch das noch!

Als hätte Tom ihre Gedanken gelesen, meinte er: »Grit wird vorerst, auch nach unserer Hochzeit, in Hamburg bleiben und dort ihre Agentur weiter betreiben. Das ist auch gut für uns, nicht wahr? Dann können wir, sozusagen, deutschlandweit operieren. Im Norden und im Süden!«

»Ja, das wird unseren Wirkungskreis erweitern«, stimmte ihm Grit zu. »Und wenn du Lust hast, Andrea, kannst du auch gerne mal in Hamburg arbeiten. Es ist eine wirklich schöne und interessante Stadt!«

Andrea nickte stumm, war noch immer überwältigt von der Nachricht. »Aber … wenn du nicht nach Hamburg ziehst, wie soll das denn gehen? Ich meine, wenn ihr verheiratet seid«, sie hatte sich fragend Tom zugewandt.

»Tja, das werden wir sehen, irgendwie wird es klappen. Vorerst führen wir eben eine Wochenendehe, dann sehen wir weiter!«

Andrea nickte, aber verstehen konnte sie das nicht, ihr würde das nicht gefallen.

»Aber jetzt an die Arbeit!« Tom klatschte in die Hände. »Nein, erst noch ein Glas Sekt, auch für dich, Andrea! Mit den anderen haben wir schon angestoßen!«

Er ging zu einem kleinen Tischchen im Hintergrund und schenkte drei Gläser voll, reichte eines Andrea, eines Grit.

»Auf unsere Zukunft!« Er stieß mit Grit an, dann mit Andrea.

»Auf euch!«, sagte Andrea mit belegter Stimme, dann fügte sie noch schnell hinzu: »Alles Gute für euch!«, und bemühte sich, ihre Stimme nicht zu sehr zittern zu lassen.

»Und? Wie findest du seine Zukünftige?«, fragte Chris neugierig, als Andrea an ihrem Schreibtisch saß.

»Nett«, murmelte sie.

»Nur nett? Ich finde, das ist ein Superweib!« Chris pfiff anerkennend durch die Lippen. »Die zwei, die passen doch bestens zusammen, sowohl für die Münchner als auch für die Hamburger Gesellschaft. Das passt!«

Andrea nickte, durch einen Tränenschleier sah sie auf die Tastatur ihres Computers, dann packte sie abrupt ihren kleinen Rucksack, den sie ständig mit sich trug, stand schnell auf und lief zur Toilette. Chris sollte ihre Enttäuschung nicht bemerken.

Dort betrachtete sie sich im Spiegel: Sie sah grässlich aus, blass und übernächtigt nach der fast schlaflosen Nacht.

Sie kramte aus dem Rucksack Creme und Makeup, machte sich ein bisschen zurecht, legte rosarotes Lipgloss auf, kniff sich in die Wangen, damit sie besser durchblutet wurden, strich sich mit den Fingern durch ihre kurzen Haare und massierte ihren schmerzenden Kopf. Okay, so musste es gehen!

Wenn gestern Abend noch eine Spur von Zweifel und Hoffnung gewesen war, nun wusste sie, es war vorbei! Tom hatte eine andere! Sie lächelte sich tapfer im Spiegel zu. Nein, es war nicht der Weltuntergang, sprach sie sich Trost zu. Sie würde es überstehen! Noch ein kurzes Schniefen, dann ging sie wieder an ihren Platz.

***

Mario fuhr in Richtung Bahnhof. Er hoffte, die Kerle zu finden, von denen ihm Semra erzählt hatte, und tatsächlich waren sie dort, lümmelten am Straßenrand herum, mit Bierflaschen in der Hand, Zigaretten lässig im Mund.

Mario musste fast schmunzeln, als er sie sah. Dieses unreife Machogehabe! Er war sich sicher, dass sie – noch – harmlos waren, Halbstarke halt. Andererseits konnte sich dieses Verhalten unter Gruppenzwang auch schnell verändern, in Kriminalität umschlagen. Mehmet hatten sie schon zum Stehlen verleitet.

Er betrachtete unauffällig, von der anderen Straßenseite aus, die Gruppe. Einer musste der Anführer sein, so war das doch immer! Er erinnerte sich an seine Jugendzeit, die noch nicht allzu lange zurücklag. Er und seine Freunde waren so fünfzehn, sechzehn gewesen, kamen sich supercool vor, hatten die ersten Kontakte mit Alkohol und Zigaretten schon längst hinter sich, heimlich!

Anfangs waren es Lausbubenstreiche gewesen, die sie gemacht hatten, dann aber hatten sie auch mal, vor allem, wenn sie zu viel getrunken hatten, die Mercedes-Sterne von Autos abgeknickt oder die Seitenspiegel abgebrochen, sogar mal Kratzer in den Lack von abgestellten Fahrzeugen gemacht. Sachbeschädigung war das gewesen, und er hatte nie ein gutes Gefühl dabei gehabt, die anderen allerdings auch nicht. Was für eine Ironie, dass er heute ausgerechnet bei Mercedes sein Geld verdiente und selbst einen Sportwagen dieser Marke fuhr.

Doch diese Phase jugendlicher Dummheiten war schnell vorübergegangen, und später war es ihnen peinlich gewesen. Der Unterschied zu diesen pubertierenden Jungs dort drüben war, dass sie alle aus einem ordentlichen Elternhaus gekommen und voll integriert waren. Die Burschen dort drüben, die hatten es als Migranten vermutlich nicht so leicht.

Er parkte seinen Wagen am Straßenrand und schlenderte hinüber auf die andere Straßenseite, die Hände in den Taschen seiner dunklen Lederjacke vergraben.

»Hey, guys!« Die Gruppe hatte ihn längst beobachtet, sah ihm jetzt misstrauisch entgegen. »Wisst ihr, wo hier der Bahnhof ist?«

»Hey, du!« sie grölten. »Bist du keine Augen, was? Hier, kannst du schauen!« Sie deuteten nach hinten, zum Bahnhofsgebäude.

»Ach, klar! Hab ich gar nicht gesehen!« Mario schüttelte den Kopf. »Ich geh schnell rüber, was kaufen. Passt ihr so lange auf mein Auto auf? Man weiß ja nie!« Er deutete auf seinen Wagen auf der anderen Straßenseite.

»Eh, ist der deine, was? Wir passen auf, kannst dich verlassen!«

Mario nickte. Schnell ging er ins Bahnhofsgebäude und kaufte ein paar Flaschen Bier. Er wusste, dass sie ihren Ehrenkodex hatten. Sie hatten versprochen, auf den Wagen aufzupassen, und das würden sie tun.

Er kam zurück, mit den Flaschen in der Hand. »Da! Fürs Aufpassen!« Die Jungen sahen ihn prüfend an, teils misstrauisch, teils interessiert.

»Du hast Geld, eh, geiles Auto!«

»Hättest auch gerne, was?«, fragte Mario provokant.

Einige grinsten. »Aber vom Rumlungern am Bahnhof, da könnt ihr euch nie eines kaufen!«

»Gibt auch andere Weg, hey!«

»Klauen meinst du?« Er hatte sich an den gewandt, der das Wort zu führen schien.

»Hey, du, was willst du?«

»Ich sag euch nur, dass das nichts bringt außer Knast! Ich weiß, dass die Polizei schon ein Auge auf euch hat! Also reißt euch besser zusammen!«

Einige lachten schrill, stießen sich gegenseitig an, andere sahen betreten auf den Boden.

»Was, Polizei? Bist du Bulle, eh?«

»Bullen fahren keinen Mercedes!« Er hatte eine Karte aus seiner Jacke gezogen, es war der Mitgliedsausweis seines Karate-Clubs, und er wedelte dem offensichtlichen Anführer damit vor der Nase, baute sich in seiner ganzen Größe vor ihm auf. »Auf jeden Fall«, er tippte ihm mit den Fingern auf die Brust, »keine krummen Sachen mehr, verstanden? Und Mehmet lasst ihr gefälligst in Ruhe! Kann ich euch nur raten!«

»Hey, du, was mit Mehmet, dieser Feigling! Komm du her!«

Er stellte sich in Boxstellung vor Mario auf, fuchtelte ihm mit der Faust vor dem Gesicht.

»Lass, Mustafa!«, einer der Gruppe packte ihn am Arm und wollte ihn wegziehen, doch der machte sich mit einer heftigen Bewegung frei.

»Ich hau ihm eine rein!«, rief er hitzig.

»Lass das lieber mal«, blieb Mario gelassen. »Dann muss ich dir nämlich vorher sagen, dass ich den fünften Dan habe, den schwarzen Gürtel, wenn du das verstehst?«

»Schwarzen Dan!« Mustafa lachte verächtlich, tänzelte vor Mario auf und ab, dann schnellte seine Faust vor, doch mit einem schnellen Griff hatte Mario ihn gepackt und mit einem Schulterwurf auf den Gehsteig geworfen. Das war so schnell gegangen, dass Mustafa vor Überraschung auf dem Rücken liegen blieb und Mario mit offenem Mund anstarrte. Mario gab ihm die Hand und zog ihn hoch. Er klopfte ihm kameradschaftlich auf die Schulter. »Alles okay, Mustafa? Nix für ungut! Und wenn du Lust hast, kommst mal in den Club, besser als Dummheiten machen!« Er drückte dem verdatterten Burschen die Karte mit der Adresse des Clubs in die Hand. »Und Mehmet, den lasst ihr in Ruhe, verstanden? Mehmet gehört zur Familie!« Er hob warnend den Finger. »Sonst gibt's echten Ärger!«

Er schlenderte über die Straße zu seinem Auto. Ganz so ruhig, wie er sich gab, war er nicht. Aber er hatte ein gutes Gefühl, er hatte Eindruck gemacht, und das würden sie wohl akzeptieren. Waren doch noch dumme Jungs!

Als er wegfuhr, winkte er ihnen noch zu, und sie winkten zurück, wie einem alten Freund! Na also, das schien erledigt zu sein!

Jetzt war Semra dran, ihr Versprechen einzulösen.

***

Ben packte seinen Laptop ein und wartete auf Andrea, mit der er nach Gernkofen fahren wollte. Auch Ramona sollte mit von der Partie sein.

Die ganze letzte Nacht hatte er, mit Lars' Hilfe, an den Fotos gearbeitet, und er war sehr zufrieden. Die Mädchen würden staunen, was er aus den Bildern gemacht hatte.

Wenn sie auch den Mädchen gefielen, könnte er den Druck in Auftrag geben, und bis Anfang November wären die Kalender fertig.

Es war ein hartes Stück Arbeit gewesen, und wenn er das vorher gewusst hätte, hätte er vermutlich die Finger davon gelassen. Egal, jetzt war der Kalender fertig, und er hatte viel gelernt, auch wenn er sich eingestehen musste, dass er das ohne Lars wohl nie so hingekriegt hätte!

Thilo war gestern Abend noch in der Agentur gewesen und hatte mit überheblichem Grinsen die Fotos kurz angeschaut.

»Musst noch viel lernen, vor allem vom Marketing. Was sich verkauft eben! Das da sicher nicht!«

Ben wollte etwas erwidern, doch Lars gab ihm einen leichten Stoß in die Seite. »Lass doch diesen Idioten!«, zischte er.

Ben hatte bemerkt, dass sich das Klima zwischen Lars und Thilo erheblich verschlechtert hatte, die beiden sprachen nur noch das Nötigste miteinander. Aber wie Lars eben war, er redete nicht darüber, und Ben wollte ihn nicht ausfragen.

Er hatte sich ohnehin entschlossen, das Praktikum zu beenden, und er war sich ziemlich sicher, dass Lars auch bald Leine ziehen würde, so wie sich die Stimmung hier in der Agentur entwickelt hatte.

Schade drum! Mit Lars zusammen zu arbeiten, das hätte ihm Spaß gemacht!

Es klingelte, und Ramona stand vor der Tür. »Sollst dich beeilen, Ben! Andrea steht im Halteverbot, man kriegt ja keinen Parkplatz hier!«

»Ich komm schon! Willst du nicht doch mit?«, fragte er Lars, wie schon am Nachmittag. Doch der schüttelte den Kopf. »Danke, ich hab was anderes vor!«

»Na, dann viel Spaß!« Sollte der verschwiegene Lars etwa eine Freundin haben? Er würde es ihm wünschen!

Die Mädels waren bereits alle im Nebenzimmer des »Il Girasole« versammelt, voller Erwartung.

Ben fuhr seinen Computer hoch. Die Mädchen drängten sich hinter ihm aneinander, um auf den Monitor sehen zu können.

»Also, hier, das ist das Titelbild!«

Dieses Foto war das letzte, das Ben gemacht hatte, und es war nicht einfach gewesen, einen Termin zu finden, an dem alle Zeit gehabt hatten und im Dirndl kommen konnten. Die meisten der Mädchen hatten zwar eines im Schrank, doch einige, zum Beispiel Paulina und Semra, mussten sich erst eines ausleihen.

Es war ein schönes Bild, wie sie alle, lachend in einer Reihe, vor einem bayrisch weiß-blauen Himmel standen, darunter der Schriftzug:

»Die Schönen vom Lande«

»Zeig mal! Ben, das sieht super aus!«

»Lass mich auch mal sehen!«, drängelte eine andere.

»Schau, da! Die Dritte von links, das bin ich! Igitt, findet ihr nicht, dass ich ziemlich fett rüberkomme?«

»Ach geh, du siehst gut aus!«

So schwirrte es durcheinander, bis Ben das nächste Foto zeigte:

Januar: Lena war im Nachthemd im ehelichen Schlafzimmer zu sehen, als Frau Holle. Die Bettfedern stoben wie Schneeflocken aus dem Plumeau, und sie blickte verliebt auf ein Foto ihres Mannes, das auf dem Kopfkissen lag.

»Mei, süß! Da warst aber noch dünn!«, meinte Ursula mit Blick auf Lenas kugelrunden Bauch im achten Monat.

Ben klickte das nächste Foto an, und so ging es weiter, Blatt für Blatt:

Im Februar: Sylvia im Katzenkostüm, sich um eine Metallstange windend, mit Schmollmund und Krallen im Konfettiregen. Sogar Daniela, die sich sonst ständig mit Sylvia kabbelte, fand das Foto nett.

März, ein ganz anderes Motiv: Im dunklen Stall, im Schein einer Laterne, sitzt Elisabeth auf einem Melkschemel vor einer Kuh, trinkt aus einem Holzschöpfer Milch, umgeben von zwei Schweinchen, einem Lämmchen und einigen Hühnern. Eine weiße Bluse, ein langer Rock, derbe Schnürstiefel und ein kariertes Kopftuch, nach hinten gebunden, vervollständigten das ländliche Idyll.

»Siehst du, Elisabeth, es war doch richtig, dass wir dich geschminkt haben, sonst würdest du bei dem gedämpften Licht im Stall ganz dunkel rüberkommen«, Ramona hatte sich an Elisabeth gewandt, die zustimmend nickte.

»Ja schon, aber weißt, ich bin halt Schminke gar ned g'wöhnt!«

»Aber auf Fotos, da ist es eben ganz wichtig.«

»Der Ben hat das Bild aber auch gut ausgeleuchtet am Computer«, fügte Andrea anerkennend hinzu.

»Den Trick hat mir der Lars gezeigt!«, meinte Ben bescheiden.

»Jetzt hört mit eurer Fachsimpelei auf, mach weiter, Ben. Jetzt komm ich dran! Im April, mit den Osterhasen!«

Die mollige Ursula mit Rosinenschnecken über den Ohren, in weißer Rüschenschürze in der elterlichen Bäckerei, mit einer Reihe von Schoko-Osterhasen vor sich.

»Das sieht aus wie die Fernsehreklame vom Dallmayer in München, so adrett«, lachte Andrea, und Ursula lächelte geschmeichelt.

Das Frühlingsbild für Mai mit Viola: Eine Blumenwiese in der Sonne in hellen Farben, mittendrin das junge Mädchen in einem zarten Sommerkleid, einen Blütenkranz im offenen, welligen Haar, einen Strauß pflückend. Ein zauberhaftes Bild!

»Da werden sich Oma und Opa freuen!«, strahlte Viola wie auf dem Foto. Einfach süß, da waren sich alle einig.

»Jetzt komme ich, ich bin das Junibild!« Paulina drückte sich hinter Ben, um alles genau zu sehen.

Die schöne Paulina steht barfuß auf der Leiter in Nachbars Kirschgarten, in weißer Bluse und weitem Sommerrock. Die dunklen, rötlich schimmernden Haare sind zu einem dicken Zopf geflochten, an den Ohren hängen Zwillingskirschen. Unten stehen die beiden Helmbrecht-Buben, Flori und Fabian, mit Körbchen voll Kirschen in den Händen und schauen mit großen Augen zu Paulina hinauf.

»Da werden sich die Helmbrechts sicher freuen, meint ihr nicht?« Paulina blickte, nach Beifall heischend, in die Runde.

»Na, klar, die beiden Buben sehen süß aus und du natürlich auch!« Semra legte ihrer Freundin den Arm um die Taille.

»Ui, jetzt kommt die Daniela, lasst mal sehen!« Alle waren neugierig auf Danielas Foto.

Da sah man eine riesige Holzschneidemaschine im Wald und darauf Daniela in Arbeitskleidung, vorne locker geöffnet, die Hosenbeine hochgekrempelt. Die Haare, sonst immer so ordentlich gekämmt, hängen ihr in Locken ins Gesicht, wie verschwitzt nach schwerer Arbeit. Lässig springt sie von dem technischen Ungetüm und strahlt dabei stolz über das ganze Gesicht.

»Echt toll, Daniela! Da werden sich deine Leut freuen«, gab Sylvia das Kompliment, das Daniela ihr bei ihrem Bild gemacht hatte, artig zurück.

Semra drängte sich vor. »Lasst mich mal sehen, jetzt komme ich, am Happinger See!«

Vor schöner Naturkulisse steht Semra am Ufer des Sees, prüft mit den Zehenspitzen eines Fußes die Wassertemperatur. Ein buntes Kopftuch hat sie lässig übers Haar gleiten lassen, hält es mit einer Hand fest. Statt eines Badeanzuges oder Bikinis trägt sie ein oberschenkellanges weißes T-Shirt, das ihre braunen Beine und Arme gut zur Geltung kommen lässt.

Die Mädchen betrachteten das Bild kritisch. »Schon schön, aber im Badeanzug tätest du viel besser aussehen, bei deiner Figur«, gab Ursula zu bedenken.

Semra sah ein bisschen traurig aus. »Stimmt schon, aber für die Leute, die ich beschenken will, ist es so besser!« Und sie dachte an ihre Eltern, de-nen sie demnächst sagen wollte, dass sie einen deutschen Schwiegersohn bekommen würden. Da wäre es äußerst unklug gewesen, sie auch noch mit einem in ihren Augen unzüchtigen Kalenderbild aufzuregen.

Ben hatte bereits das nächste Bild angeklickt.

»Ui, die Gerti, die Fußballerin! Der Wahnsinn!«

Gerti ist auf dem Septemberbild zu sehen, im Trikot ihrer Mannschaft, streckt sich hoch nach dem Ball und fängt ihn!

»Du hast gesagt, du fängst ihn nicht!«, protestierten die Zwillinge.

»Das haben wir uns dann anders überlegt, gell Ben?« Ben nickte. »Der Tommi soll nicht glauben, dass ich eine Flasche bin! Es war gar nicht so einfach, das Bild hinzukriegen. Ich weiß nicht mehr, wie viele Bälle mir die Mädels aus der Mannschaft zugeschossen haben, bis ich den Ball endlich fotogen gefangen hab. Ich hab immer so ein grausliches Gesicht gemacht.« Sie lacht laut auf. »Ich war ganz schön kaputt am nächsten Tag, das kann ich euch sagen!«

»Aber ich auch! So viele Aufnahmen habe ich von keiner gebraucht, bis es endlich gut war«, pflichtete ihr Ben bei, der sich freute, dass die Mädchen so begeistert von den Fotos waren.

»Jetzt kommt Andrea!« Ben war auf dieses Bild besonders stolz, war es doch seine Idee gewesen, auf die Schafweide zu gehen.

Unter der prächtigen, herbstlich gefärbten Eiche steht Andrea in Frack und Zylinder inmitten einer

Schafherde und dirigiert. Es sieht fast so aus, als würden die Schafe auf ihr Kommando hören, so aufmerksam schauen sie Andrea an. Fast glaubt man, ihr Blöken zu hören.

»Ist das nicht gut?«, fragte Ben in die Runde. »Also, ich finde es sehr gelungen!«

Die Mädchen zwinkerten sich nachsichtig zu, sie hatten längst alle bemerkt, dass Ben in Andrea verliebt war.

»Schon gut, aber auch nicht besser als die anderen«, ließ sich Daniela hören und Barbara, die neben ihr stand, puffte sie in die Seite.

Ben klickte das nächste Bild an:

November: Barbara auf Verbrecherjagd im Nebel. Eine alte, verfallene Scheune am Waldrand, Nebelschwaden und Barbara in Polizeiuniform, breitbeinig mit Pistole im Anschlag wie in einem Western.

»Hey, das sieht echt scharf aus. Da wird der Bernhard Klopfer aber schauen!«

»Oder der Holger, der aus Hamburg!« Die Mädels kicherten und Barbara warf genervt den Kopf zurück. »Ihr seid echt doof! Und außerdem ist er aus Oldenburg.«

»Ist doch wurscht, auf jeden Fall ein Fischkopf«, spottete Sylvia.

»Und jetzt das letzte Bild!« Ben klickte das Dezemberfoto an: Die Zwillinge Anna und Maria sitzen in weißen Flügelhemdchen an einem weihnachtlich dekorierten Tisch mit Kerzen, Strohdekorationen und Plätzchen. Ramona hatte ihnen schwarze Krissellocken gedreht und Sternenhaarreifen ins Haar gesetzt. Im Hintergrund, an der Wand, die besagte Rehbocktrophäe, geschmückt mit Weihnachtskugeln.

»Mei, ist das süß!«

»Das ist zum Schluss echt der Clou!«

»Alle Bilder sind ganz toll!«

»Danke, Ben!«

»Und danke, Ramona!«

Auch Ramona freut sich über die Begeisterung der jungen Frauen. »Also, ich finde die Idee mit dem Rehbock echt gut, das habe ich in einer Zeitschrift gesehen, und das fand ich so witzig!«

»Vielleicht ein bisserl kitschig«, beharrte Daniela.

»Also, ich finde es gut!«, verteidigte sich Ramona.

»Wir auch, Ramona!«, bekräftigten die Zwillinge.

Die Mädchen redeten wild durcheinander, man konnte kaum etwas verstehen.

»Seid ihr alle zufrieden mit euren Fotos?«, rief Andrea dazwischen und freute sich, dass alle Bilder so gut gelungen waren. Sie hatte sich nicht in Ben getäuscht, und natürlich hatte auch Ramona ihren Teil dazu beigetragen.

»Also, wenn ihr euch wieder beruhigt habt, dann können wir eure Bestellungen aufnehmen. Der Ben muss möglichst bald den Druckauftrag geben, damit wir bis zum nächsten Stammtisch im November die Kalender bekommen.

»Was soll er denn kosten?«

»Ich hab einen Sonderpreis ausgehandelt, aber so um 15 Euro rum, damit muss man schon rechnen! Es ist ein besonders schöner Druck, soll ja was hermachen, oder?« Ben sah fragend in die Runde.

»Wenn es eine größere Auflage wäre, zum öffentlichen Verkauf zum Beispiel, dann wäre es natürlich billiger. Dann könntet ihr sogar etwas damit verdienen, je nachdem, wie sich der Kalender verkauft. Aber das wollt ihr ja nicht, oder?« Er sah fragend in die Runde.

Es war, als hätte er mit dieser Frage in ein Wespennest gestochen.

»Warum eigentlich nicht«, verschaffte sich Sylvia lautstark Gehör.

»Du spinnst wohl, meinst du, ich will in irgendeinem Spind hängen und mich jeden Tag anglotzen lassen?

»Auf keinen Fall, das war nicht ausgemacht!«

»Ich fände es ganz nett, warum eigentlich nicht. Dann kostet es nicht so viel«, Viola versuchte vergeblich, sich Gehör zu verschaffen.

»Also, wenn ihr das macht, dann muss mein Bild raus!« Elisabeth war aufgestanden, alle Farbe war aus ihrem Gesicht gewichen, und sie wandte sich hilfesuchend an Andrea. Es war solch ein Tumult im Zimmer, dass Antonio, der Wirt, neugierig die Schiebetüre geöffnet hatte und erschrocken hereinspähte.

»Isse ein Problem? Kanne ich helfen?«

»Nein, nein, da ist nix, Antonio. Das ist gleich wieder vorbei!« Andrea schob den verdatterten Wirt wieder hinaus und schloss die Tür.

Energisch sprang sie auf einen Stuhl und schrie: »Ruhe jetzt!«

Die Mädchen verstummten auf einen Schlag und sahen erschrocken zu Andrea auf. »Seid ihr denn alle verrückt geworden? Wir machen es genau so, wie wir es vereinbart haben und nicht anders!« Sie sah streng auf die jungen Frauen herab. »Wenn ihr das anders wollt, dann könnt ihr euch irgendwo bewerben, wo Kalender gemacht werden. Dieser da«, sie zeigte auf Bens Laptop, »dieser da ist nur für den Privatgebrauch!« Sie sprang vom Stuhl. »Und jetzt setze ich mich da an den Nebentisch und jede von euch kann kommen und ihre Bestellung aufgeben.«

Ramona, die bisher bei der Fotopräsentation weitgehend beobachtend dabeigesessen war, klatschte ihr Beifall.

Ben klappte erschrocken seinen Laptop zu. So ein Aufruhr im Hühnerstall! Das hatte er mit seiner Frage nicht gewollt!

Langsam beruhigten sich die Gemüter wieder; eine nach der anderen kam zu Andrea an das kleine Tischchen und gab ihre Bestellung auf.

»Lasst mich mal durchzählen! Also«, sie murmelte leise vor sich hin, mit dem Stift die Liste abhakend. Es sind genau neununddreißig Stück!« Sie sah in die Runde. »Bleibt es dabei?«

Die Mädchen nickten.

»Also, dann bestelle ich fünfzig«, meinte Ben. Ramona und ich wollen auch welche und einen will ich Lars geben, der mir geholfen hat. Vielleicht wird's bei fünfzig sogar etwas billiger!«

»Aber dass der Lars keinen Unfug damit treibt!«, wandte Elisabeth ängstlich ein. »In die Öffentlichkeit darf der Kalender nicht kommen!« Wieder sah sie Andrea hilfesuchend an.

»Nein, Lieserl, da brauchst keine Angst haben!« beruhigte sie Andrea und fragte sich insgeheim, warum sie solche Angst vor ihrem Mann hatte. Da schien sich nichts an der Situation gebessert zu haben.

»Ach, ich freu mich!« Lena stand auf und streckte sich ins Kreuz. Das lange Sitzen tat ihr nicht mehr gut mit ihrem dicken Bauch. »Ich kann es gar nicht mehr erwarten. Vielleicht schenk ich dem Markus den Kalender schon zur Geburt vom Kind! Damit er sieht, wie ich bald wieder ausschau, ohne Bauch!«

»Jetzt sag uns endlich den Termin!«, drängte Gerti.

Lena zierte sich. »Meine Mama hat gesagt, ich soll's nicht verraten, weil es sonst so ein Stress wird, wenn's doch länger dauert.«

»Ach was, das ist doch ganz normal!«

»Also, dann: Am 16. November soll es so weit sein!«

»Und? Was wird's? Bub oder Mädel?«

»Ihr habt es euch doch sagen lassen beim Ultraschall, oder?«

Lena schaute etwas verunsichert, aber dann platzte es aus ihr heraus: »Ein Bub, und der Markus ist ganz verrückt vor Freude!«

Lena schien den »Schock« mit den Postern im Spind gut verwunden zu haben, dachte Andrea bei sich. War auch gut so! Ist ja lächerlich, wegen ein paar Sexfotos so einen Aufstand zu machen!

Es war wieder einmal spät geworden an diesem Abend, bis endlich alle den Heimweg durch die kühle Oktobernacht antraten. Sie waren beschwingt und voll Vorfreude auf den nächsten Stammtisch, an dem Ben die fertigen Kalender mitbringen würde.

Sie lachten und plapperten noch so lange vor dem Restaurant, bis wieder einmal der Gruber Girgl verärgert das Fenster aufriss und schrie: »A Ruah is endlich, ihr Ratschweiber!«

Autotüren wurden zugeschlagen, Motoren gestartet, Reifen quietschten, dann wurde es ruhig im Dorf.

Andrea fuhr mit Ben und Ramona nach München zurück.

»Ich bin froh, dass alles so geklappt hat! Die Mädels waren total begeistert!« Sie sah Ben, der auf dem Beifahrersitz saß, lobend an. »Das hast du wirklich gut gemacht«, sie wandte sich an Ramona auf dem Rücksitz, »und du auch.«

»Danke! War auch eine Menge Arbeit. Ein zweites Mal würde ich das nicht mehr machen wollen! Noch dazu ohne Bezahlung!«, hänselte er.

»Ich auch nicht!«, stöhnte Ramona von hinten. »Manche waren ganz schön schwer davon zu überzeugen, dass man für gute Fotos eben etwas mehr Schminke auftragen muss. Zum Beispiel die Elisabeth!«

»Ja, die Elisabeth! Unsere Naturschönheit«, Andrea dachte mit ungutem Gewissen an die Freundin, um die sie sich in den letzten Wochen wenig gekümmert hatte. Allerdings hatte sie das Gefühl gehabt, dass Elisabeth nicht mehr über ihre Schwierigkeiten reden wollte. Wenn sie, Andrea, eine vorsichtige Andeutung gemacht hatte, hatte Elisabeth abgeblockt.

Wie auch immer – sie war froh, dass das Projekt so glücklich beendet war. Dass zudem so viel Seelenmassage und psychologisches Feingefühl bei einigen nötig gewesen war, das hätte sie sich nicht vorgestellt.

Doch der Kalender war schön geworden, die Mühe hatte sich gelohnt, und das war die Hauptsache!

Andrea und ihre beiden Mitfahrer waren am Stadtrand Münchens angekommen.

»Lass mich bitte am Ostbahnhof raus, Andrea, ich fahr mit der S-Bahn weiter nach Pasing«, ließ sich Ramona von hinten hören.

»Okay!« Andrea lenkte den Wagen in Richtung Ostbahnhof. »Und du, Ben? Wo willst du raus?«

»Ich hab gedacht, wir trinken zum erfolgreichen Abschluss ein Glas. Hast du noch ein bisschen Zeit?« Er sah Andrea erwartungsvoll von der Seite an.

Eigentlich war sie müde, wollte am liebsten ins Bett, doch sie konnte Ben die Bitte nicht abschlagen.

Als Ramona ausgestiegen war, meinte er mutig: »Gehen wir zu mir oder gehen wir zu dir?«, und grinste ein wenig unverschämt.

»Du Spinner!« Andrea schüttelte den Kopf. »Natürlich gehen wir zu mir, ich will nicht mehr Auto fahren, wenn ich etwas getrunken habe.«

In Andreas kleiner Wohnung angekommen, sah Ben sich um. Lange war er nicht mehr hier gewesen, ihre Kontakte waren in letzter Zeit, zu seinem großen Bedauern, sehr eingeschränkt gewesen, hatten nur noch gelegentlich wegen des Kalenders stattgefunden. Das war nun auch vorbei!

Im Bücherregal waren einige Fotos aufgestellt. Ben besah sie sich neugierig. Kinderfotos von Andrea, ein Bild am Meer, da war sie noch einige Jahre jünger, ein Teenager. Das da mussten ihre Eltern sein, und das Kalenderbild stand auch da, gerahmt. Er hatte es ihr auf Fotopapier ausgedruckt, so wie er auch den anderen Mädchen vorab ein Foto, so wie es im Kalender erscheinen würde, kopiert hatte.

Von diesem Tom oder einem anderen Mann war nichts zu sehen.

Andrea kam ins Zimmer, mit zwei Gläsern und einer kleinen Flasche auf einem Tablett.

»Magst einen Schluck Prosecco? Oder wart mal, ich habe noch ein bisschen Aperol da, da kann ich uns einen Aperol-Spritz machen. Oder lieber was anderes?«

»Ist mir egal, ja ein Schluck Sekt ist vielleicht ganz gut, zur Feier des Tages!«

»Okay!« Andrea schenkte die beiden Gläser ein. »Na dann, prost! Auf das gute Gelingen.«

Sie hatte sich zu ihm auf die Couch gesetzt, und er war glücklich darüber. Endlich einmal, nach langer Zeit, war er wieder alleine mit ihr.

»Wie geht's dir denn so? Wir sehen uns nur noch so selten«, es klang vorwurfsvoll.

»Ach geh, du weißt doch, dass ich mitten in den Prüfungen bin, ich will nach dem Semester fertig sein mit dem Studium.«

»Ah ja? Und in der Agentur, bei diesem Tom, da bist auch noch, oder?«

Sie sah ihn verwundert an. »Na klar, das wird doch meine erste Anstellung werden! Ich freu mich schon riesig drauf!«

»Mhm«, Ben nahm wieder einen Schluck. »Und wie geht's mit diesem Tom?«

»Mit diesem Tom?«, spöttelte Andrea. »Mit diesem Tom geht es sehr gut!«

Sie sah, wie Ben bedrückt zu Boden schaute.

»Dieser Tom«, fuhr sie fort, »der heiratet im Sommer!« Sie lachte ihm ins Gesicht.

»Dich?«, entfuhr es ihm erschrocken.

»Nein! Eine Hamburgerin, Grit heißt die, und die ist wirklich sehr nett. Die passt zu ihm!«

»Ach so!« Ben war erleichtert. »Ich hab schon gedacht, du bist es. Weil du doch so von ihm geschwärmt hast!«

»Blödsinn! Nur, weil man jemanden gut findet, muss man ihn ja nicht gleich heiraten.« Sie sagte es leichthin, doch sie spürte immer noch ein kleines bisschen Herzschmerz, wenn sie an Tom dachte.

»Und du? Wie geht's dir so?«, wechselte sie das Thema.

Ben zuckte ratlos mit den Schultern. »Ich werd wohl doch mein Studium fertig machen und dann sehen, wie es weitergeht. Das mit dem Thilo, da hast du schon recht gehabt, das ist nichts.«

»Schade, hast dich so auf die kreative Arbeit gefreut! Lässt er denn immer noch nur den Lars und dich arbeiten?«

»Nein, in letzter Zeit war er sogar viel in der Agentur, aber meist nur nachts. Was er da genau gemacht hat, das wissen wir nicht. Der Lars sagt, an dem laufenden Projekt hat er jedenfalls nicht gearbeitet. Das macht der Lars alleine, aber darüber ist er ganz froh, die zwei verstehen sich nämlich gar nicht mehr. Ich vermute, der Lars wird bald gehen. Dann gehe ich auch!«

»Komm, sei nicht traurig«, sie legte tröstend den Arm um Ben. »Es ergibt sich immer wieder was. Sei einfach offen für alles, dann öffnen sich Türen, an die du gar nicht gedacht hast.«

Er legte den Kopf an ihre Schulter. Sie war immer so optimistisch, ließ sich nie unterkriegen. Er wäre so gerne mit ihr zusammen. Vielleicht hätte er, da dieser Tom nun heiratete, wieder Chancen bei ihr? Doch da rückte sie schon wieder etwas ab.

»Du, Ben, ich bin, ehrlich gesagt, richtig müde. Ich muss ins Bett, ich hab morgen einen anstrengenden Tag vor mir.«

»Ja, das versteh ich«, doch er machte keinerlei Anstalten, aufzustehen. Sie stand vor ihm, abwartend.

Er nahm all seinen Mut zusammen. »Ich könnt hier bleiben, wenn es dich nicht stört«, fügte er, über sich selbst erschrocken, noch schnell hinzu.

Fast musste Andrea lachen, doch er tat ihr leid, wie er da saß, auf eine positive Antwort von ihr wartend.

Sie setzte sich wieder zu ihm auf die Couch. Natürlich hatte sie längst bemerkt, dass Ben sich Hoffnungen auf eine Beziehung machte. Doch sie hatte ganz andere Pläne, das musste sie ihm endgültig klarmachen.

Sie nahm seine Hand. »Ben! Ich mag dich wirklich sehr, als besten Freund. Aber wir zwei als Paar? Nein, das wäre nichts! Ich glaube, ich würde dir mit meiner Umtriebigkeit bald gehörig auf den Wecker gehen.«

Er sah sie mit traurigem, enttäuschtem Blick an.

»Weißt du, ich habe ganz andere Pläne, als mich jetzt schon fest zu binden oder so. Ich geb zu, ich war in Tom verknallt, habe geglaubt, dass das Liebe ist.« Sie schnaubte hörbar. »Aber jetzt bin ich mir klar geworden, dass ich erst noch etwas erleben will, etwas von der Welt sehen! Raus aus meinem Dorf und raus aus München!«

»Raus aus München? Warum denn das?«

»Weil es woanders auch schön ist!«

»Und wo willst du hin?«, er sah sie fast entsetzt an. »Ich finde es hier perfekt! Hier haben wir doch alles: eine tolle Stadt, Kultur, Berge, Seen, nur das Meer haben wir nicht vor der Haustür – aber Italien ist auch nicht weit!

»Das stimmt schon, aber ... So ganz konkret hab ich ja noch nichts im Sinn. Vielleicht erst mal nach Hamburg – zumindest zeitweise. Weißt du«, jetzt redete sie sich fast in Begeisterung, »die Grit, also die zukünftige Frau vom Tom, die hat mir das Angebot gemacht, zeitweise in ihrer Agentur in Hamburg mitzuarbeiten. Der Tom und die Grit, die legen nämlich ihre Agenturen zusammen, das wird ganz groß! Und außerdem hat die Grit Kontakte nach

Amerika, da hat sie nämlich zwei Semester studiert und gearbeitet. Die ist polyglott!«

»Polyglott!« Ben schüttelte den Kopf.

»Ja, ich will auch hinaus in die Welt!« Sie drückte Bens Hand. »Entschuldige, jetzt hab ich dich ganz mit meinen Plänen überrannt.« Plötzlich kam ihr eine Idee. »Weißt du was? Ich könnte mal mit dem Tom reden. Vielleicht kannst du auch in der Agentur mitarbeiten, wenn du mit deinem Studium fertig bist! Oder auch vorher schon mithelfen, so wie ich. Was meinst du?«

Ben wehrte ab. »Nein, danke, Andrea. Das ist nett von dir gemeint, aber das wäre nichts für mich. Weißt du, Marketing, das ist nicht meine Stärke. Da bin ich nicht durchsetzungsfähig genug, das weiß ich!«

»Aber das kann man lernen«, Andrea wollte ihn für ihre Idee begeistern.

Ben stand auf. »Lass nur, Andrea! Ich habe ja noch Zeit, ich werde schon irgendetwas finden, das mir zusagt.« Er stand auf, nahm seine Jacke und ging zur Tür, Andrea folgte ihm.

»Also, dann bis November, zum letzten Stammtisch.«

Er stand da mit hängenden Schultern und versuchte tapfer, sich seine Enttäuschung nicht anmerken zu lassen.

»Bis dann! Ich ruf dich an!« Sie umarmte ihn und drückte ihm einen dicken Kuss auf die Wange.

»Wir bleiben Freunde, beste Freunde, oder?« Sie sah ihn bittend an.

»Klar bleiben wir Freunde, beste Freunde!« Er drückte sie an sich, dann wuschelte er ihr durchs Haar. »Aber jetzt ab ins Bett, es ist spät genug!«, meinte er liebevoll.

Als er unten vor der Haustür stand, in der kalten Oktobernacht, da wurde ihm klar, dass er seine Liebe zu Andrea begraben musste. Vermutlich hatte sie recht, ihre Vorstellungen von der Zukunft waren zu unterschiedlich. Doch diese Erkenntnis tat weh!

Er sah hinauf zum Himmel. Wegen des hellen Scheins der Lichter der Stadt waren die Sterne nur zu erahnen und genau so, ohne Sternenglanz, erschien ihm seine Zukunft.

Zurzeit schienen ihm alle Felle davon zu schwimmen: Erst seine beruflichen Träume, und jetzt war auch noch seine letzte Hoffnung auf eine Liebesbeziehung mit Andrea zunichte gemacht worden!

Er schlug den Kragen seiner Jacke hoch und machte sich zu Fuß auf den Heimweg. Der Spaziergang in der kalten Nacht würde ihm gut tun.

Wie hatte Andrea gesagt? Du musst offen sein für alles, dann gehen neue Türen auf! Er seufzte, er wollte es versuchen, doch er konnte sich nicht vorstellen, welche Türen das sein sollten.

6

Währenddessen saß Semra in ihrem Zimmer und hörte Musik. Sie war aufgewühlt von dem Abend.

Einesteils glücklich, weil das Foto so gut geworden war; es würde den Eltern und sogar den Verwandten in Anatolien gut gefallen, sicherlich würden Mama und Papa voller Stolz den Kalender im Sommer in den Urlaub mitnehmen. Und auch Mario würde das Bild gefallen, da war sie sich sicher!

Andererseits war sie bedrückt, denn sie wusste, sie musste endlich mit ihren Eltern wegen Mario sprechen. Er hatte ihr stolz erzählt, wie er die Gang rumgekriegt hatte, sie aber auch erinnert, dass sie jetzt ihren Teil des Deals einlösen musste. Sie musste es ihren Eltern sagen. Bald!

Mario wurde immer ungeduldiger, und sie konnte ihn verstehen. Bisher war sie seinen Zärtlichkeiten weitgehend ausgewichen, hatte sich nur küssen lassen. Doch neulich, am See, hatte sie ihm erlaubt, ihre Brüste anzufassen! Es hatte sie erregt, und sie spürte immer mehr das Verlangen, sich ihm hinzugeben!

Sie seufzte tief. Wäre sie doch nur ein deutsches Mädchen, die hatten da keinerlei Probleme, da war alles ganz einfach! Erstaunlich, wie sehr sie doch in den Wertvorstellungen ihrer türkischen Kultur gefangen war. Niemand, der sie im Alltag kannte, würde das von ihr denken!

Sie wollte sich Mehmet anvertrauen. Mario hatte recht, er war ihr etwas schuldig. Nicht nur, dass sie ihm bei der Diebstahlsache aus der Klemme geholfen hatte, jetzt hatte Mario auch noch dafür gesorgt, dass diese Kerle ihn in Ruhe lassen würden!

Sie sah auf die Uhr, es war kurz vor Mitternacht. Mehmet war sicher längst im Bett. Egal, sie musste die Sache endlich hinter sich bringen!

Leise schlich sie auf den Flur, hinüber zu Mehmets Zimmer. Vorsichtig drückte sie die Klinke herab und steckte den Kopf durch den Türspalt. Sie hörte Mehmets ruhigen Atem.

Leise trat sie ins Zimmer, schloss die Tür hinter sich und tapste an sein Bett.

»Mehmet!«

Mehmet schlief den Schlaf des Gerechten.

Sie rüttelte ihn an der Schulter. »Mehmet! Wach auf, ich muss mit dir reden!«

Mit einem Grunzen fuhr er hoch. »Hey, was ist los?«

»Mehmet, ich brauche dich! Du musst mir helfen!«

Er riss die Augen auf. »Semra! Wie spät ist es?«

»Es ist Mitternacht.«

»Warum weckst du mich?«

»Ich muss mit dir reden!«

»Jetzt?« Er verzog unwillig das Gesicht.

»Ja, jetzt!« Sie brach plötzlich in Tränen aus.

»Hey, du! Warum weinst du? Was ist passiert?«

Verwirrt schlug er die Bettdecke zurück um sie ins Bett zu lassen, wie in alten Zeiten, als sie noch klein waren. Doch sie setzte sich auf die Bettkante, ließ verzagt die Schultern hängen. Zusammen mit ihrem Bruder in einem Bett zu liegen, das war vorbei, das schickte sich nicht mehr!

Mehmet schwieg und wartete, ihm war unbehaglich zumute. So kannte er seine große Schwester nicht. Endlich legte er seine Hand auf ihren Rücken. »Hey, sag deinem Bruder, was los ist!«

Semra atmete tief durch, dann brach es aus ihr heraus: »Ich habe mich verliebt, und ich möchte heiraten!«

Mehmet verschlug es fast die Stimme. »Eh?!« Dann dämmerte es ihm. »Er ist ein Deutscher, oder?«

Semra nickte stumm, dann sah sie ihren Bruder an, mit schuldbewusstem Gesicht und doch voller Hoffnung.

»Ein Deutscher! Und? Ein guter Mann?«

Semra nickte und lächelte zaghaft. »Ein sehr guter Mann. Er liebt mich. Aber ich habe Angst, es Mama und Papa zu sagen, weißt du! Wirst du mir helfen, Mehmet?«

Mehmet überlegte, wie eine Ewigkeit erschien es Semra. Dann nickte er. »Klaro, ich werde dir helfen. Aber erst muss ich den Mann sehen, du musst ihn mir zeigen!«

Semra nickte. »Er wird dir gefallen, da bin ich ganz sicher!«

»Was macht er so, arbeiten, meine ich.«

»Er arbeitet bei Mercedes.«

»Mechatroniker?«, fragte Mehmet mit vorsichtiger Begeisterung. Semra wusste, dass es Mehmets Traumberuf wäre, doch er hatte keine Lehrstelle gefunden.

»Nein.« Semra schüttelte den Kopf. »Er verkauft Autos.«

Mehmet rümpfte die Nase. »So einer!«

»Nix so einer. Übrigens, er hat auch dir geholfen.«

»Mir?« Mehmet sah sie entrüstet an.

Da erzählte ihm Semra die Geschichte von der Gang und wie Mario sie eingeschüchtert hatte. »Die werden dich für immer in Ruhe lassen.«

Mehmet schien erleichtert, doch dann fragte er misstrauisch: »Hast du ihm erzählt, dass ich geklaut habe?«

Semra nickte.

»Eh, das ist scheiße! Was hat er gesagt?«

»Er hat gesagt, dass er auch blöde Sachen gemacht hat in deinem Alter.«

»Was? Hat er auch geklaut?«

»Nein! Aber er hat mit seinen Freunden Mercedes-Sterne an den Autos abgeknickt. Ausgerechnet Mercedes-Sterne, wo er jetzt bei Mercedes arbeitet.« Sie fing verhalten zu lachen an, und Mehmet stimmte ein.

»Also, ein verrückter Kerl. Ich glaube, der wird mir gefallen!«

Semra umarmte ihren Bruder stürmisch. »Ich bin ganz sicher, dass er dir gefällt!«

Als sie in ihrem Bett lag, war sie überglücklich. Wenn Mehmet auf ihrer Seite stand, war alles halb so schlimm! Dann würden auch die Eltern es leichter akzeptieren.

***

Diese kalte Oktobernacht hatte es in sich.

Elisabeth marschierte alleine auf Einöd zu. In der allgemeinen Aufregung hatte keines der Mädchen wie sonst gefragt, ob sie sie heimbringen konnten. Selbst Andrea war mit Ben und Ramona schnell ins Auto eingestiegen und davongebraust.

Aber das machte ihr nichts aus. Eine gute halbe Stunde, länger würde sie nicht brauchen für den Weg.

Schon von Weitem sah sie, dass die Hoflaterne, die sie immer brennen ließ, wenn sie wegging, gelöscht war. Das konnte nur heißen, dass Schorsch bereits zu Hause war. Oh je! Vermutlich läge er schon im Bett und würde, wie immer, seinen Rausch ausschlafen.

Doch als sie ins Haus kam, bemerkte sie einen schwachen Lichtschein aus der Küche, hinten im Flur. Ängstlich öffnete sie die Tür und sah Schorsch am Tisch sitzen. Den Kopf auf die Arme gestützt, stierte er sie an. Sie roch den widerlichen Alkoholdunst, der von ihm ausging.

»Bist endlich da! Wo hast dich denn wieder rumgetrieben?«

»Ich treib mich ned rum!«, entgegnete sie trotzig. »Ich war im Girasole, beim Frauenstammtisch.«

»Beim Frauenstammtisch!«, ätzte er. »Mir kannst viel erzählen.« Er stand auf und packte sie grob am Arm. »Schau, dass d' 'naufkommst ins Schlafzimmer.« Er wandte sich zum Kühlschrank und holte eine Flasche Bier heraus, knackte den Kronkorken am Türgriff des Kühlschrankes. »Ich komm gleich!«

Elisabeth floh aus der Küche hinauf ins Bad und hoffte inständig, dass er in der Küche über seinem Bier einschlafen würde. Sie lag im Bett, als sie seine schweren Tritte auf der Treppe hörte. Heute würde sie ihn noch weniger ertragen können als sonst! Sie zitterte vor Abscheu und Ekel.

***

Auch Gerti und Sylvia hatten sich gemeinsam auf den Heimweg gemacht, nachdem der Nachbar des »Il Girasole« sie wegen der nächtlichen Ruhestörung beschimpft hatte.

»Der alte Depp«, schimpfte Sylvia und hakte sich bei ihrer Freundin ein.

»Na ja, ein bisserl hat er schon recht«, meinte Gerti nachsichtig. »Wir sind schon recht laut gewesen, das geht halt nicht in der Nacht. Ist ja schon elf Uhr!«

»Na und! Der war sicher auch mal jung, aber vielleicht auch ned! Der wird wahrscheinlich schon immer so ein Grantler gewesen sein!«

»Geh, komm, Sylvie! Jetzt sag lieber mal, wie du den Kalender findest!«

»Spitze! Echt toll! Das einzig Dumme daran ist, dass man ihn nicht verkaufen kann! Hast g'sehn, wie die Elisabeth blass worden ist, wie der Benny das Thema ang'schnitten hat? Die hat ja direkt Angst vor dem Schorsch!«

»Der ist ja auch ein grober Kerl, da hätte die Elisabeth schon was anderes verdient!«

»Ja mei, wie man sich bettet, so liegt man«, spottete Sylvia.

Die beiden waren vor ihren Elternhäusern angelangt, standen unter der Straßenlaterne.

»Wie schaut's denn eigentlich mit deinen Kosmetikplänen aus, Sylvia?«

Sylvia warf die superblonden Locken zurück. »Ich weiß ned, das ist alles so viel Arbeit und Lernen und Prüfungen!« Sie stieß die Luft aus. »Ich hab mir jetzt was anderes überlegt.«

Gerti musste innerlich schmunzeln. Diese Sylvia! Dauernd neue Ideen, und nichts hielt sie durch! Doch sie beherrschte sich und fragte nur: »Und was?«

Sylvia fuhr sich mit den Fingern durchs Haar. »Weißt, Gerti, das Modeln für den Kalender, das hat mir so viel Spaß g'macht. Ich glaub, dafür bin ich geboren!« Sie sah die Freundin ernst an. »Ehrlich! Neulich hab ich im Fernsehen so eine Casting-Show gesehen, die suchen das Supermodel! Da werd ich mich bewerben.«

Gerti versuchte, das Lachen zu unterdrücken. »Das ist nicht dein Ernst, oder?«

»Doch das ist mein Ernst! Da mach ich mit! Weißt du, was so ein Mädchen verdient? Die reisen um die ganze Welt!«

»Aber doch nur wenige, und ob die zu beneiden sind? Ich weiß ned! Und außerdem – da musst noch ganz schön abspecken!«

»Du bist gemein, Gerti!«, schmollte Sylvia. »Aber du hast vielleicht recht, ich fang gleich morgen an. Ab morgen ess ich nix mehr!«

»Also ehrlich, du spinnst, und ich weiß genau, dass du das sowieso nicht durchhältst«, spottete Gerti.

»Wirst schon sehen! Aber wie geht's denn dir und dem Tommy?«

»Wie soll's uns gehen? Es ist aus, das weißt du doch!«, antwortete Gerti ärgerlich.

»Aber wenn er wieder daherkommt, jetzt, auf das Fußballfoto hin!«

Gerti machte eine verächtliche Handbewegung. »Mich ärgert es jetzt, dass ich ein Fußballfoto hab machen lassen. Das würd ich heute nimmer tun! Weil es mir nämlich, ehrlich gesagt, schnurzpiepe ist, was der denkt! Den interessiert doch eh nix außer Fußball. So ein Primitivling!«

»Ach geh!«

»Doch, ehrlich!« Sie sah hinüber zum Haus der Eltern. »Am liebsten tät ich von hier weggehen«, stieß sie jäh hervor. »ich schaff es nur nicht, irgendwie.«

»Wo willst denn hin? Du hast hier doch alles!«, wunderte sich Sylvia.

»Eben! Ich hab hier alles. Alles wird für mich gemacht. Ich bin kein bisschen erwachsen! Und der Job in der Bank, der geht mir manchmal echt auf die Nerven. Da hab ich keinerlei Aufstiegschancen. Hab ich dafür Abitur g'macht?«

»Siehst, da hast es! Das hab ich mir gleich erspart!«

Gerti stieß genervt die Luft aus. »Ich geh jetzt heim. Also, servus, Sylvie!«

»Ciao, Gerti! Du, ich freu mich schon riesig auf den Kalender. Da mach ich was draus, auch wenn ich ihn nicht verkaufen darf. Wirst schon sehen!«

»Mach, was d' willst!«, rief Gerti über die Schulter, als sie das Gartentürchen aufstieß. Diese Sylvia mit ihren ewigen Flausen im Kopf!

Es war schon spät, aber die Mama war noch wach und schoss aus der Küche, als Gerti ins Haus kam, mit einer Schüssel in der Hand.

»Na, da bist ja! Ich hab mir schon Sorgen gemacht!« Es klang vorwurfsvoll.

»Es ist doch erst elf Uhr, Mama! Ich bin kein kleines Kind mehr, und du hast doch gewusst, wo ich bin, beim Mädelstammtisch im Girasole!«

»Ja schon, aber ich hab einen Wackelpudding für dich gemacht, mit Erdbeergeschmack, den hast doch früher so gern gegessen!«

»Früher mal, Mama, als kleines Kind. Außerdem hab ich eine Pizza gegessen beim Antonio!« Sie wandte sich der Treppe zu. »Gute Nacht, Mama. und schlaf gut!«

»Gut' Nacht!« Sie hörte die Enttäuschung aus der Stimme ihrer Mutter, und wie immer, wenn sie ihr etwas abschlug, hatte sie ein schlechtes Gewissen.

Sie drehte sich um. »Also, dann ess ich ihn halt noch, aber nur ein ganz kleines bisserl.«

Die Mutter strahlte. »Siehst, ich hab's doch g'wusst, dass du Wackelpudding magst!« Sprach's und füllte eine große Schale voll mit dem rosaroten, glibbrigen Zeug.

***

Andrea lag im Bett, einen Schal um den Hals, auf dem Tischchen daneben eine Kanne mit Tee, Aspirin, Fieberthermometer und Halstabletten. Mein Gott, fühlte sie sich elend, und heute sollte der Novemberstammtisch mit den Mädels und die Übergabe der Kalender sein, worauf sich alle so freuten. Sie konnte sich nicht vorstellen, heute Abend da rausfahren zu können.

Ihr Handy klingelte, auch das noch!

»Andrea?« Es war Bens Stimme, kaum hörbar.

»Ben? Bist du das?«

»Ja«, krächzte die Stimme. »Du, ich bin saumäßig erkältet, eine Grippe mit Fieber, und ich lieg im Bett. Ich kann unmöglich heute mit dir aufs Dorf fahren. Kannst du nicht die Kalender bei mir abholen und alleine hinfahren?«

»Oh je! Nein, du, das geht auf keinen Fall. Ich bin selber krank und lieg im Bett! Das ist echt doof! Die Mädels haben sich so gefreut auf heute!«

Stille in der Leitung, dann wieder Ben. »Du, es geht einfach nicht! Wir müssen es verschieben, vielleicht auf nächste Woche. Organisierst du das?«

»Ja, mach ich! Also dann, gute Besserung!«

»Dir auch! Wir bleiben in Kontakt!«

Fast war Andrea froh, dass sie zu Hause bleiben konnte, so elend fühlte sie sich. Welches der Mädchen sollte sie anrufen? Am besten Barbara, die war die Verlässlichste. Oder vielleicht doch lieber Gerti?

Sie wählte Gertis Nummer, die sie gespeichert hatte.

»Gerti, da ist die Andrea! Der Ben und ich sind beide krank, wir können unmöglich heute rauskommen und die Kalender bringen!«

»Och!«, klang eine enttäuschte Stimme an Andreas Ohr. »Das ist aber schade!«

»Ja! Aber es geht nicht! Können wir das Treffen nicht auf nächste Woche verschieben? Bis dahin sind wir sicher wieder auf dem Damm! Organisierst du das für mich? Bitte!«

»Na klar, mach ich! Und gute Besserung!«

Gerti hängte sich ans Telefon und rief alle Mädels an, die Enttäuschung war auf allen Seiten groß. Letztlich beschlossen sie, sich trotzdem heute Abend im »Il Girasole« zum Stammtisch zu treffen.

Alle, bis auf Andrea, fanden sich zum Stammtisch bei Antonio ein. Sogar Lena, die kurz vor der Entbindung stand, war gekommen. Wie immer lebhaftes Geplauder, es ging um Gott und die Welt, Pizza und Antipasti schmeckten, und trotz der Enttäuschung, dass sie heute nicht die Kalender bekommen würden, waren alle in bester Stimmung.

»Lasst mich mal raus, ich muss mal!« Sylvia drängte sich von der Eckbank hervor.

»Ich geh auch mit, wart auf mich, Sylvia.« Das war Gerti, ihre Freundin, und auch Barbara kam mit.

Als Sylvia die Tür des Nebenzimmers aufschob, um durch den Gastraum auf den Flur zu den Toiletten zu gehen, sah sie an dem runden, großen Stammtisch eine Gruppe von jungen Männern sitzen. Als sie die drei Mädchen sahen, fing lautes Gelächter und Gejohle an.

»Hey, Sylvia, zeig her deine Titten! Ein schönes Katzerl bist du!«

»Und die Gerti! Stellst dich bei uns auch mal ins Tor?«

Die Mädchen waren so verdutzt, dass sie die weiteren zotigen Rufe nicht mehr verstanden. Verdattert standen sie kurz darauf im Waschraum.

»Was war jetzt das?« Gerti schüttelte verwirrt den Kopf.

»Ach, die spinnen doch!«, wehrte Sylvia leichthin ab. »Die haben zu viel getrunken!«

»Ich weiß ned! Was haben die gesagt?«

»Was von Busen und Katzerl und so«, Barbara war ebenso perplex wie die Freundinnen.

Dasselbe wieder, als die drei zurückgingen: lautes Geschrei, Anzüglichkeiten und Pfiffe, bis sie im Nebenzimmer verschwunden waren.

»Was ist denn da draußen los?«, fragte Daniela neugierig. »Sonst ist es doch am Donnerstag so ruhig im Girasole.«

»Ich weiß auch ned! Da hocken ein paar b'soffene Burschen vom Dorf und plärren allen möglichen Blödsinn, so von Ausziehen und Titten und Arsch! Eine Frechheit!«

Daniela stand resolut auf. »Das werden wir gleich wissen!« Sie öffnete die Tür zum Gastraum, steckte den Kopf hinein, und sofort begann, wie auf Kommando, wieder wüstes Geschrei und Gejohle. Schnell schob Daniela die Tür zu.

»Was haben die gesagt?« Elisabeth war blass geworden, dafür Daniela feuerrot.

»Die haben geschrien, ich soll meinen Blaumann ganz ausziehen!«

»Was? Woher wissen die ...?«

Da ging die Tür auf, und Antonio schob sich herein.

»Die sollen rauskommen!«, hörte man einen der Burschen von draußen schreien.

»Antonio, was ist denn los da draußen?«, Daniela hatte sich zur Wortführerin erhoben.

Antonio war erst etwas verlegen, doch dann grinste er über das ganze Gesicht.

»Isse wegen diese Kalender, weißt du!«

»Wegen welchem Kalender?«

»Na, eure Kalender! Mit die schöne, sexy Bilder! Habe nix gewusst, dass ihr solche Sache macht, hier in Girasole! Aber macht nix, ich finde Kalender sehr schön! Schöne Augen«, und dabei machte er eine unmissverständliche Handbewegung vor seiner Brust.

Die Mädchen starrten ihn an, fassungslos.

»Was quatschst du da?« Daniela fuhr ihn erbost an.

Antonio hob abwehrend die Hände. »Habe ich nix gewusst. Sind die junge Männer heute gekommen mit diese Kalender! Warte, ich bringe euch!«

Er ging nach draußen, und kurz darauf kam er zurück. »Hier, die Jungs haben mir geliehen! Muss aber zurückgeben! Ganz schwer zu bekommen, fast alle ausverkauft!«

Er legte zwei Kalender auf den Tisch, im Format DIN A3, bunt bedruckt, mit der Aufschrift:

»Heiße Mädels aus Oberbayern«

Vorne auf dem Titelbild, auf einer Blumenwiese, fünf der Stammtischmädels im Dirndl:

Barbara, Sylvia und Gerti in der Mitte, links und rechts flankiert von den Zwillingen. Alle mit blankem Busen!

Die Mädchen starrten entsetzt auf das Machwerk.

Daniela erholte sich als Erste, nahm einen der Kalender und blätterte ihn auf.

Da war Lena, noch rank und schlank, im ehelichen Schlafzimmer: In einem kurzen Babydoll-Nachthemd, das den Popo sehen ließ, der Busen hing über dem Hemdchen raus, und sie schüttelte die Federn aus über das Bett, in dem das Foto von Markus lag. Lena stieß einen spitzen Schrei aus und sank auf die Eckbank zurück, hielt sich den Bauch. »Mein Gott! Ich glaub, ich komm vom Kind!«

Daniela blätterte weiter.

Februar: Sylvia in einem knappen Tanga-Kätzchenkostüm, die üppigen Brüste frei, sich lasziv um eine Stange windend, im Konfettiregen!

Ein lauter Schrei von Sylvia: »Der Benny, dieses Schwein!«

»Mach weiter, Daniela!« Elisabeth war aufgestanden, beugte sich über den Kalender: Da saß sie breibeinig auf dem Melkschemel im Dämmerlicht des Stalles, in einem hoch geschürzten Rock, darunter blitzte ein weißer Slip hervor. Sie trank aus dem Schöpflöffel Milch, die ihr über die nasse Bluse rann und so den Busen durchscheinen ließ.

»Oh mein Gott«, war alles, was Elisabeth ächzend herausbrachte.

Daniela blätterte das nächste Kalenderblatt auf.

April, das Osterbild: Ursula in der Bäckerei, mit den Osterhasen vor sich. Auch sie barbusig ein Osterhase war zwischen ihren Brüsten versteckt, nur die Ohren und Augen lugten frech hervor.

»Mei, schaut euch das an! Ist das gemein! So einen Riesenbusen hab ich auch wieder nicht!«, empörte sich Ursula, doch Daniela blätterte schon weiter:

Mai: Viola, splitternackt auf der Blumenwiese, mit Blütenkranz im Haar. Man konnte jedoch nur den hübschen, kleinen Busen sehen, ab der Taille war ihr schlanker, mädchenhafter Körper im Gras verschwunden, konnte nur erahnt werden.

»Zeig mal!« Viola beugte sich über das Foto. Betroffen legte sie die Hand auf den Mund. »Also, das kann ich Oma und Opa nicht schenken!«

»Juni, das bin ich!« Paulina sah ängstlich auf das nächste Bild, die Kirschbaumszene.

Da stand sie in einem Minirock auf der Leiter, hatte kein Höschen an, sodass man einen wohlgeformten Po sehen konnte, und natürlich fehlte auch hier die Bluse. Unten standen mit offenen Mündern die Helmbrecht-Buben und starrten zu der halbnackten Paulina hinauf.

»Oh mein Gott!«, jammerte Paulina. »Wie soll ich das den Helmbrechts sagen? Sie werden mich hinauswerfen!« Tränen traten in ihre Augen.

Daniela blätterte weiter. Es war ihr eigenes Kalenderbild: Sie sprang von der Maschine, im Blaumann, der weit offen stand und ihre Brüste freiließ. Das Haar hing ihr wild ins Gesicht. Sie sah sehr lässig und sexy aus, die immer korrekte und gepflegte Daniela.

Daniela sagte kein Wort, schluckte nur hörbar. Nur Sylvia kicherte leise, worauf ihr Gerti einen Stoß in die Seite verpasste.

Semra hatte bisher schweigend dabeigesessen, nun war sie an der Reihe, das Augustbild: Sie stand, wie gehabt, am See, in dem weißen, den Po bedeckenden T-Shirt, hielt mit einer Hand das Kopftuch fest. Allerdings flatterte das Shirt nicht locker um den Körper, sondern war nass und modellierte ihren nackten Körper und die Brüste perfekt.

Semra beugte sich vor, entsetzt. »Wer hat diese Aufnahme gemacht? Ich hatte nie ein nasses Shirt an«, fragte sie verwundert.

»Das sind alles Fotomontagen! Da haben der Ben und dieser Lars die Aufnahmen manipuliert, das lässt sich alles am Computer machen. Diese Dreckskerle!«, stieß Gerti wütend hervor. »Mach weiter, Daniela! Jetzt komm ich!«

Gerti steht auf dem nächsten Bild im Fußballtor, in knapper Short. Sie springt nach dem Ball, fängt ihn und drückt ihn an ihren, natürlich nackten, Busen!

»Schaut gar nicht mal schlecht aus«, lachte Sylvia, worauf ihr Gerti einen bitterbösen Blick zuwirft. »Du blöde Kuh, du bist die längste Zeit meine Freundin gewesen!«, zischte sie.

»Jetzt kommt die Andrea, ob die auch nackert ist?«

Daniela blätterte betont langsam um.

Oktober: Andrea steht vor der Schafherde, dirigiert, das Frackhemd fehlt und die Frackjacke ist offen, sodass man ihre kleinen, festen Brüste sehen kann. Im Hintergrund schleicht sich ein lüstern blickender, alter, bärtiger Schäfer mit einem Schlapphut heran.

»Also, auch die Andrea! Dass die sich für so was hergibt? Das hätte ich nie von ihr gedacht!« Barbara klang erschüttert.

»Nein, das glaub ich ned, dass die Andrea das weiß, nie und nimmer!«, schaltete sich Elisabeth mit fester Stimme ein.

»Und? Warum ist sie dann heute nicht da? Glaubst du, das ist von der Grippe?«, gab Daniela zurück.

»Mach weiter, jetzt bin ich dran!« Das Novemberbild mit Barbara auf Verbrecherjagd: Sie steht breitbeinig im Nebel, statt der langen Uniformhose eine knappe Short und die Polizei-Jacke offen, wie bei den anderen quillt ein praller Busen daraus hervor. Die Pistole hält sie im Anschlag.

»Schaut einmal den Busen an! Als wenn ich so einen Silikonbusen hätte«, ruft sie entsetzt. »Mein Gott, was wird da mein Chef sagen, wo ich die Uniform doch nur ausgeliehen hab! Ich hab eh schon ein schlechtes Gewissen gehabt deswegen, aber jetzt erst!«, jammerte sie. »Eine Katastrophe! Das kann mich meinen Job kosten und vielleicht noch eine Anzeige wegen Verunglimpfung der Polizei oder so etwas!«

Daniela schlug das letzte Bild auf: Das Weihnachtsmotiv mit den Zwillingen als Engerln.

Hier schien sich Ben etwas Besonderes ausgedacht zu haben, etwas besonders Infames:

Statt der Sternenreifen im Haar hatte er den beiden goldene Hörner aufgesetzt, natürlich waren auch sie barbusig, und statt des lustigen Rehbocks mit den Weihnachtskugeln stand ein alter, lüsterner Weihnachtsmann mit Bart und roter Mütze hinter den Mädchen und streckte seine Hände links und rechts nach den kleinen Brüsten der Mädchen aus.

»Igitt, widerlich!«, schrien Anna und Maria. »So ein grauslicher alter Zausel! Pfui Teufel!«

Daniela klappte den Kalender zu. »So, das war's!«, meinte sie lakonisch.

Es war Stille im Raum, sehr ungewöhnlich für die jungen Frauen. Sie sahen sich entsetzt an.

Barbara fing sich als Erste: »Also, das ist eine ausgemachte Sauerei! Und anscheinend ist dieser Kalender öffentlich verkauft worden, sonst hätten die Burschen da draußen ja keinen!«

»Der Antonio hat doch gesagt, wir müssen ihn zurückgeben, sie wären fast alle ausverkauft!«

»Wo gibt's die zu kaufen? Mein Gott, das ist ja furchtbar. Wir können uns im Dorf nicht mehr sehen lassen.«

Stöhnen aus dem Hintergrund, es war Lena. Sie lag halb auf der Eckbank und hielt sich den Bauch.

»Lena! Geht's dir ned gut?«, Barbara sprang erschrocken auf und zu ihr hin.

Lena kämpfte mit den Tränen. »Ich glaub, es geht los, die Aufregung!«, stöhnte sie.

»Oh je! Hast denn schon Wehen?«

»Weiß ich doch nicht! Das ist mein erstes Kind!«

»Am besten ist, wir rufen einen Krankenwagen! Antonio!« Barbara hatte die Tür einen Spalt geöffnet und sofort begann draußen das Gejohle. Die Burschen warteten offensichtlich, bis die Mädchen rauskamen. Sie waren in dem Nebenzimmer wie in einer Mausefalle gefangen.

»Nein, keinen Krankenwagen! So schnell geht es auch wieder nicht!«, stöhnte Lena. Dann richtete sie sich auf. »Ich glaub, es wird schon wieder besser.« Sie lächelte tapfer in die Runde. »Es geht schon wieder, war halt der Schrecken wegen der Bilder! Es hat richtig gerumpelt in meinem Bauch!«

Die anderen nickten verständnisvoll und mitfühlend. »Uns ist's genauso ergangen, Lena. Wir sind alle total geschockt! Nie hätten wir das vom Ben und der Andrea geglaubt!«

»Die Andrea weiß das sicher nicht! Die ist doch selber betroffen«, versuchten Anna und Maria Andrea zu verteidigen.

»Vielleicht wollte der Ben der Andrea eins auswischen, aus verschmähter Liebe«, gab Gerti zu bedenken.

»Das könnte leicht sein!«, pflichtete Sylvia ihr bei.

»Ist doch egal! Wir sind auf jeden Fall alle blamiert und bloßgestellt. Den Ben, den zeig ich an! Wegen … wegen … – ach, ich weiß nicht was!«

»Am liebsten tät ich den erwürgen. Und jetzt hat er sich aus dem Staub gemacht, von wegen Grippe! Der Feigling!«

»Der macht mit dem Kalender jetzt die dicke Kohle. Siehst es jetzt, Gerti!«, fauchte Sylvia ihre Freundin an.

»Hört auf! Darüber können wir später nachdenken, was wir mit dem Ben und der Andrea machen!

Aber was machen wir jetzt?« Daniela, die die Wortführerin war, sah die anderen an.

»Keine Ahnung!« Schulterzucken, Ratlosigkeit, Betroffenheit und Wut bei allen.

Endlich öffnete sich die Tür, und Antonio drückte sich herein.

»Du haste gerufen, Daniela?«

»Antonio!« Sie hielt anklagend den Kalender in die Höhe! »Was ist das? Wer hat das gemacht?«

Antonio hob abwehrend die Hände. »Ich weiße nicht! Müsst ihr wissen! Aber die Kalender isse eine Verkaufsschlager. Einer der Burschen hat ihn gestern gekauft, in der Tankstelle. Wollte noch mehr kaufen, für Freunde, waren alle weg! Sogar am Bahnhofskiosk in Rosenheim – alle weg!«

»Um Gottes willen! Eine Katastrophe!« Daniela barg das Gesicht in den Händen.

»Ah, isse keine Katastrophe! Sind tolle Bilder! Gefallen gut!«

»Ja, euch Männern, euch Saubären, euch g'fällt so was!«, zischte Elisabeth.

»Ah, wird bald Gras darüber wachsen!«

»Gras darüber wachsen?«, empörte sich Gerti. »Weißt du, was das für uns heißt? Als Sexobjekt herumlaufen, hier im Dorf und an unseren Arbeitsstellen.«

»Und ich in der Schule!«, rief Viola klagend dazwischen. »Wenn ich an meine Eltern und an Oma und Opa denke!«

Semra saß still in der Ecke. Das war das Schlimmste, was hatte passieren können. Das war noch schlimmer als ein deutscher Schwiegersohn!

Ihr blieb nur noch übrig auszuwandern, weg von hier. Und Mario, den konnte sie auch vergessen!

Paulina setzte sich neben sie. »Ich weiß nicht, was ich den Helmbrechts sagen soll«, jammerte sie. »Es geht ja nicht um mich, aber die beiden Buben in einem Sexkalender, stell dir das vor! Und ich bin schuld daran!«

Semra drückte ihre Hand. »Du bist nicht schuld. Wir hatten nur etwas Nettes vor! Keine von uns hat Schuld.«

»Ich gehe zurück nach Polen!«, sagte Paulina entschlossen.

Die anderen sahen sie an.

»Du hast es gut, du kannst einfach verschwinden, aber wir! Ich steh jeden Tag in der Bäckerei und muss mich angaffen lassen! Ich kann nicht einfach weg!« Tränen kullerten über Ursulas rote Backen.

»Mei, was der Markus sagen wird! Ich als junge Mutter in einem Sexkalender!«, jammerte Lena aus dem Hintergrund.

»Geh, Lena! Das hast du doch nicht wirklich gemacht, das ist doch alles nur digital!«

»Digital!«, schnaubte Gerti. »Sag das diesen Deppen da draußen! Die hocken da und warten, bis wir rauskommen! Ein Spießrutenlaufen wird das!«

Antonio stand immer noch abwartend da.

»Antonio! Gibt's es denn keinen anderen Weg aus dem Zimmer als über den Gastraum?«, fragte Paulina verzweifelt.

Antonio schüttelte den Kopf. »Nur aus die Fenster!«

»Genau! Aus dem Fenster!«

Anna und Maria waren aufgesprungen und hatten eines der kleinen Fenster geöffnet. »Komm, wir hauen ab!«

Lena war aufgestanden und fragte klagend: »Und ich?«

»Na, du kommst da nie raus!«, entgegnete Sylvia mit einem kritischen Blick auf die Hochschwangere. »Dir bleibt nur der Vorderausgang! Also, ich quetsch mich auch durch!«

»Ich auch! Mich darf hier keiner sehen!« Elisabeth stand mitten im Raum, käseweiß.

Ein Mädchen nach dem anderen stieg auf die Eckbank und schlüpfte durchs Fenster nach draußen, mehr oder weniger gewandt, was nicht zuletzt an der jeweiligen Körperfülle lag und verschwand in der Dunkelheit.

»Nein! Das nicht!« Die stolze Daniela war aufgestanden. »Kommt, Lena und Ursula! Wir gehen jetzt erhobenen Hauptes nach draußen und lassen uns von den Kerlen nicht beleidigen. Es wird sich alles aufklären. Irgendwie.«

»Ich komme auch mit euch, das wär ja noch schöner, sich wie ein Dieb davonzuschleichen! Wir haben nichts Schlechtes gemacht!« Das war Barbara.

So gingen die vier, von Antonio geleitet, durch die Gaststube hinaus, von hämischem Gelächter und vulgären Rufen begleitet. Sie blickten weder nach links noch nach rechts. Nur Lena sah aus dem Augenwinkel, dass Max, ein Freund und Kollege von Markus, bei den Männern saß. Oh je, wenn der das wusste, dann wusste es Markus auch!

»Soll ich dich heimbringen, Lena?« Daniela fragte besorgt die junge hochschwangere Frau.

Lena schüttelte den Kopf. »Nein, nein, das ist lieb von dir, Daniela. Aber ich hab's ja nicht weit, bin gleich daheim. Die paar Schritte an der frischen Luft tun mir ganz gut. Nach der Aufregung!«

Als sich Lena dem Wiesinger-Haus näherte, in dem sie mit Markus im Oberstock wohnte, unten wohnten seine Eltern, sah sie Licht in ihrem Wohnzimmer brennen. Markus war da!

Leise schlich sie sich an der Wohnungstüre der Schwiegereltern vorbei. Die Holztreppen in dem alten Haus knarzten unter ihrem Gewicht. Im Flur zog sie ihren Mantel aus, Markus war nicht zu sehen, sonst kam er ihr immer entgegen, wenn er sie kommen hörte.

Sie ging ins Wohnzimmer, Markus saß auf der Couch, auf dem Tisch lag der Kalender. Schweigend sah er sie an.

»Markus! Ich kann dir alles erklären!«, begann sie.

»Was gibt es da zu erklären?«, fragte er dumpf. »Da sprechen doch die Tatsachen!« Er klappte das Januarbild auf.

»Das war alles ganz anders!«

»Ach so! Wie denn?« Er stand auf, stand vor ihr, sah sie ernst an. »Ich bin so enttäuscht von dir, Lena! So etwas hätte ich dir nie zugetraut! Aber vielleicht haben dich die anderen dazu gebracht. Mir hat euer Stammtisch noch nie gepasst, da kommt meistens nix Gescheites dabei raus, wenn man den Weibern zu viel Freiheit lässt«, sagte er verächtlich. »Da hat mein Vater schon recht und die Mama auch!«

Jetzt stieg in Lena heiße Wut hoch, sie hatte es ohnehin nicht leicht mit den Schwiegereltern im Haus, die dauernd an ihr rummeckerten und denen sie nichts recht machen konnte.

»So? Ist das wirklich deine Meinung, Markus? Ja, leben wir denn noch im Mittelalter oder was? Jetzt werde ich dir mal was zeigen!«

Sie stürmte, so gut sie noch konnte, ins Schlafzimmer, holte das Bild, das ihr Ben ausgedruckt hatte, aus dem Versteck im Schrank.

»Da! Das ist das Bild, das ich hab machen lassen. Für dich! Als Überraschung! Wer das da gemacht hat«, sie fegte mit einem Handstreich den Kalender vom Tisch, »das weiß ich nicht. Ich und die anderen, wir haben damit jedenfalls nichts zu tun!«, zischte sie. Markus sah das Bild an. »Und noch etwas!«, fuhr Lena fort. »Du hast es grad nötig, mir Vorschriften zu machen. Du mit deinen nackerten Weibern! Schämen tät ich mich! Ein werdender Vater!«, redete sie sich in Rage.

»Schrei ned so! Du weckst die Eltern auf!«, fauchte er. »Von was für nackerten Weibern redest du überhaupt?«

»Die in deinem Spind!«, geiferte sie. »Ich hab's gesehen, wie ich dir neulich den Anzug gebracht hab!«

Markus sah sie verblüfft an, dann fing er an zu lachen. »Das ist doch dem Max sein Spind gewesen. Er hat mir den Anzug gegeben und gemeint, da hätt ihm jemand einen falschen Anzug in den Spind gelegt. Ach, du warst das!« Dann wurde er ernst. »Hättest du mir das wirklich zugetraut?«, fragte er misstrauisch.

»Und du? Traust du mir so etwas zu?« Lena traten die Tränen in die Augen. »Wir sind doch alle von diesem Kerl, dem Fotografen, hintergangen worden!«

Markus sah betreten drein. »Das tut mir leid, Leni«, begann er und wollte sie umarmen, doch er kam nicht dazu. Lena stieß einen spitzen Schrei aus und sah an sich herunter. Auf dem Boden unter ihr bildete sich eine kleine Pfütze, die sich unaufhörlich vergrößerte. Markus sah verblüfft darauf.

»'s Wasser ist 'brochen!«, stammelte Lena. Sie war weiß im Gesicht vor Schreck.

»Schnell, fahren wir ins Krankenhaus!«

»Nein! Der Arzt hat gesagt, falls das Wasser bricht, muss ich einen Krankenwagen rufen!« Sie sah Markus ängstlich an. »Markus, es geht los! Unser Kind kommt!«

Kurze Zeit darauf stand ein Sanitätsauto mit Blaulicht vor dem Haus der Wiesingers, und die Schwiegereltern, der alte Wiesinger im Schlafanzug und seine Frau in einem abgewetzten Morgenmantel, wuselten aufgeregt herum.

So geschah es, dass noch in dieser verrückten Nacht der kleine Sohn von Markus und Lena auf die Welt kam.

***

Andrea hatte den Tag krank im Bett verbracht. Nun, am Abend, war sie war heilfroh, dass sie nicht aufs

Dorf gefahren, sondern gemütlich zu Hause geblieben war.

Die Ausgabe der Kalender hatte Zeit bis nächste Woche.

Sie brühte sich eine große Kanne Tee auf, schluckte zwei Aspirintabletten und legte sich wieder ins Bett. Langsam, so hatte sie das Gefühl, wurde die Nase etwas freier, und der Kopf war nicht mehr wie in Watte gepackt. Sie kuschelte sich in ihr warmes Federbett und war bald eingeschlafen.

Plötzlich erklang die Melodie ihres Handys, das sie neben dem Kopfkissen liegen hatte. Verwirrt setzte sie sich auf. Wie spät war es denn? Der Wecker auf dem Nachttisch zeigte auf ein Uhr nachts!

Wer konnte denn das sein? Mitten in der Nacht? Sicher hatte sich jemand verwählt oder ein Irrer redete irgendeinen Schwachsinn daher. Verärgert nahm sie das Handy, aus dem Gerät klang eine unklare weibliche Stimme, schwer zu verstehen.

»Andrea?«

»Ja?!« Andrea versuchte die Stimme einzuordnen, doch es gelang ihr nicht.

»Ich bin's, Elisabeth!«

»Elisabeth?« Plötzlich war Andrea hellwach. »Wo bist du denn, und warum redest du so komisch?«

»Ich sitze in der kleinen Kapelle, droben am Wald. Du weißt schon!«

Natürlich kannte Andrea die kleine Kapelle außerhalb des Dorfes. Dort hatte sie früher oft mit Elisabeth gespielt und später, als Teenager, hatten sie auf der Bank davor ihre großen und kleinen Geheimnisse ausgetauscht.

»In der Kapelle? Was machst du denn da mitten in der Nacht?«

»Bitte, Andrea, hol mich ab!« Die Stimme klang weinerlich. »Ich weiß nicht, wo ich hin soll!« Die Stimme klang so undeutlich, dass sich Andrea nicht sicher war, ob sie alles richtig verstanden hatte.

»Ich soll dich in der Kapelle abholen?«

»Ja, bitte! Mir ist so kalt! Bitte, komm! Schnell!«

»Ja, klar, ich komme! Aber es dauert, muss mich erst noch anziehen und rausfahren!«

»Ich weiß schon, so lange halte ich es schon noch aus!« Sie hatte aufgelegt.

Andrea schaute verdutzt auf ihr Handy. Was war denn da passiert? Sie verließ ihr warmes Bett, zog sich schnell ihren Trainingsanzug über, klatschte sich im Badezimmer kaltes Wasser ins Gesicht. Sie sah schrecklich aus, aber das war egal, vermutlich würde sie kein Mensch sehen um diese Zeit.

Andrea fuhr so schnell sie konnte hinaus nach Gernkofen. Die Straßen waren frei, und so war sie in einer guten Dreiviertelstunde dort.

Außerhalb des Dorfes, auf einer kleinen Anhöhe, stand die Kapelle. Ein schmaler Wiesenpfad führte hinauf, eigentlich ein Wanderweg, doch das war Andrea egal. Sie lenkte ihren kleinen Wagen die Anhöhe hinauf.

Oben angekommen, schaltete sie vorsorglich die Scheinwerfer aus, es musste nicht jeder aus dem Dorf sehen, dass dort oben nachts ein Auto vorgefahren war.

Alles war still, kein Mensch zu sehen. Sie nahm die Taschenlampe aus dem Handschuhfach, stieg aus und ging um die Kapelle herum zum Eingang. Irgendwie war ihr unheimlich zumute. Was, wenn sie in eine Falle gelockt worden war?

Vorsichtig leuchtete sie ins Innere des kleinen Gotteshauses, und da sah sie Elisabeth, hingekauert auf der Bank vor der Nische mit der Figur der Gottesmutter.

»Elisabeth!« Sie ging hinein und kniete sich vor die Freundin. »Was ist los?«

Elisabeth hob das Gesicht, und da sah Andrea ihre Verletzungen. Das Gesicht verquollen, ein Auge zu, die Lippen blutig aufgesprungen.

»Elisabeth!« Sie umschlang die Freundin. »Was ist passiert?«

»Der Schorsch hat mich so zugerichtet!« Jetzt verstand Andrea auch, warum Elisabeth so undeutlich sprach.

»Oh mein Gott! Komm, Lieserl, steh auf! Lass mal sehen!« Vorsichtig betastete sie das Gesicht und den Mund der Freundin. »Gott sei Dank sind die Zahne noch heil! Komm, ich hab das Auto gleich draußen stehen.«

Sie half der Freundin aufzustehen und Elisabeth humpelte hinaus zum Wagen.

»Da setz dich rein, da ist es schön warm.« Gottlob hatte sie eine Decke auf dem Rücksitz liegen, die wickelte sie jetzt um Elisabeth, die vor Kälte zitterte und schlotterte.

»Wie lange bist denn schon da heroben?«

»Vielleicht eine Stunde. Ich bin auf und davon und hierher gelaufen. Gott sei Dank habe ich noch das Handy mitgenommen, sonst hätte ich dich nicht mal anrufen können.« Erst jetzt bemerkte Andrea, dass Elisabeth nur eine dünne Jacke trug und das in der kalten Novembernacht! Andrea war außer sich.

»Jetzt fahren wir heim zu mir, dann mache ich dir einen heißen Tee und steck dich mit einer Wärmflasche ins Bett. Dann wird es schon wieder.«

Sie fuhren durch die Nacht, schweigend. Andrea kochte vor Zorn auf Schorsch.

»Hat er dich schon öfter geschlagen?«, fragte Andrea mitfühlend nach einer Weile.

Elisabeth schüttelte den Kopf. »Nein, geschlagen nicht. Es ist halt wegen dem Kalender gewesen, weißt. Den haben s' ihm zum Stammtisch mitgebracht, und dann kannst dir vorstellen, was dann los war!«

»Welchen Kalender?«, fragte Andrea ahnungslos.

»Na, den Sexkalender halt, vom Benny! Das ist ja auch eine Sauerei, das muss ich dir schon sagen.«

»Was!? Ich weiß überhaupt nicht, was du meinst!«

»Ja, das hab ich mir schon denkt, dass du nicht mit dem Ben unter einer Decke steckst. Die anderen, die haben dich auch verdächtigt.«

»Also, Elisabeth, jetzt klär mich mal auf, wovon du redest!«

Elisabeth erzählte die Geschehnisse des heutigen Abends, wie sie sich zum Stammtisch getroffen hatten bei Antonio, vom Gejohle der Männer draußen in der Gaststube und wie Antonio dann den Sexkalender brachte und die Mädels durchs Fenster geflohen waren, zumindest die Schlankeren. »Weißt, es ist schon eine Sauerei, da kann ich den Schorsch fast verstehen, dass er mich geschlagen hat!«, beendete sie ihre Erzählung.

Andrea verschlug es die Sprache. Ben soll die Bilder sexistisch verändert und den Kalender zum Verkauf gebracht haben? Sie erinnerte sich, wie er neulich gesagt hatte, dass er den Kalender nie gemacht hätte, wenn er gewusst hätte, dass das so viel unbezahlte Arbeit wäre. Hatte er auf diese fiese Weise versucht, Geld rauszuholen? Ben? Noch konnte sie es sich nicht vorstellen!

»Der Kalender liegt überall auf, in jedem Kiosk und in jeder Tankstelle, hat der Antonio gesagt, und er ist schon fast ausverkauft. Ein Verkaufsschlager, hat er gemeint«, fügte Elisabeth sarkastisch hinzu.

Andrea schwieg, zu viele Gedanken gingen ihr durch den Kopf. Als sie an einer Tankstelle vorbeikamen, hielt Andrea abrupt an.

»Wart mal, Elisabeth! Ich schau, ob es den Kalender auch hier gibt!« Sie sprang aus dem Auto, rannte ins Gebäude. Vorne an der Kasse lag der Kalender, Andrea erkannte ihn sofort:

»Heiße Mädels aus Oberbayern«

prangte als Titel und fünf der Mädels auf dem Deckblatt waren abgebildet, im Dirndl, oben ohne!

»Geben's mir alle Kalender, die Sie haben«, herrschte sie den Tankwart an.

»Na, na, nix da! Ich kann immer nur einen abgeben, ich hab nicht mehr viele, und die gehen weg wie die warmen Semmeln!«

»Sie geben mir sofort die Kalender, oder ich hol die Polizei!« Sie wusste sich in ihrer Verzweiflung keinen anderen Rat mehr. »Die ... die Kalender sind illegal! Der Verkauf ist strafbar!«

»Was? Illegal?« Der Tankwart griff unter die Theke, schüttelte den Kopf. »Da, fünf Stück hab ich noch! Ist doch mir egal, wer die kriegt. Das macht hundertfünfzig Euro!«, murrte er.

Andrea gab ihm ihre Kreditkarte, gottlob hatte sie trotz aller Eile noch ihre Geldbörse eingesteckt. Sie packte die Kalender und rannte hinaus. »Da, da ist der Schweinskram«, meinte sie und legte die Kalender Elisabeth auf den Schoß.

»Dieser Ben! Der kann was hören von mir! So etwas Gemeines! Das hätte ich nie gedacht von ihm«, meinte sie grimmig, als sie das Auto anließ und davonschoss.

Als sie Elisabeths Verletzungen versorgt hatte und die malträtierte Freundin in Andreas Bett lag, sah sie sich in Ruhe den Kalender an.

Was für ein Machwerk! Die Fotos waren nicht schlecht, das musste Andrea zugeben, und natürlich gab es auf dem Markt viel pornografischere Sachen als das hier! Über einige der Bilder musste sie fast lachen, zum Beispiel von der vollbusigen Ursula in der Bäckerei, mit einem Schokoladenosterhasen zwischen den prallen Brüsten, die aussahen wie aus Marzipan geformt. Oder das von Sylvia, recht kess!

Das passte eigentlich zu ihr, und sie konnte sich kaum vorstellen, dass sich Sylvia sehr darüber aufregte.

Sie betrachtete ihr eigenes Foto. Sie fand es gar nicht so schlimm, eher komisch! Sie konnte sich nicht vorstellen, dass sie deswegen irgendwelche Schwierigkeiten haben würde. Ihre Eltern droben an der Mosel würden den Kalender sicherlich nie zu sehen bekommen, außer sie würde ihnen selbst von der Geschichte erzählen, und wie sie sie kannte, würden die höchstens herzlich lachen.

Aber für die Mädels aus dem Dorf war das sicherlich kein Spaß. Das war eine kleine, traditionelle und manchmal recht spießige Welt dort draußen.

Ihr Problem war, dass Ben die Mädels und auch sie selbst so hintergangen hatte. Das war eine absolute Gemeinheit! Hatte er wirklich gedacht, das würde nicht rauskommen? So bescheuert konnte er ja wohl nicht sein!

Inzwischen war es drei Uhr morgens, aber das war ihr völlig egal! Wütend klopfte sie Bens Nummer ins Handy. Sie musste nicht allzu lange warten, bis er sich verschlafen meldete.

»Ben! Was hast du dir eigentlich bei dieser Schweinerei gedacht!? Und mir vorlügen, dass du krank bist!«, schrie sie ins Telefon.

»Andrea? Bist du das?«

»Ja! Wer denn sonst?«

Ben fing zu stottern an. »Sag mal, wie spät ist es eigentlich?« Und, nach kurzer Pause: »Drei Uhr! Spinnst du oder was?«

»Dir spinn' ich gleich! Du kommst jetzt hierher, aber sofort!«, befahl sie. »Und dann kannst du dir ein paar saftige Ohrfeigen abholen!«

»Jetzt mal langsam, Andrea!« Er sprach ruhig, aber Andrea konnte die Anspannung in seiner Stimme hören. »Vielleicht sagst du mir erst mal, worum es geht.« Seine Stimme klang rau.

»Ja, ja, stell dich nur dumm! Auf jeden Fall ist der Sexkalender ein Verkaufsschlager, da kannst du stolz drauf sein!«, höhnte sie.

»Also, ich versteh nur Bahnhof!«

»Du bewegst jetzt gefälligst deinen Arsch hierher, und falls du irgendwo einen offenen Zeitungsstand siehst, dann kauf gleich alle Kalender auf. Weißt ja, wie er heißt: Heiße Mädels aus Oberbayern!«

»Ich komme!« Ben hatte aufgelegt.

Es dauerte keine halbe Stunde, bis Ben an Andreas Haustüre läutete. Sie hatte sich inzwischen etwas beruhigt, sah Ben aber bitterböse an, als er hereinkam, einen Packen Kalender unter dem Arm.

Er legte sie auf den Tisch.

»Und? Was sagst du?« Sie funkelte ihn zornig an.

Er schien ganz ruhig zu sein. »Was soll ich dazu sagen? Ich habe diese Kalender noch nie gesehen. Unseren Kalender habe ich gestern in der Druckerei abgeholt, sie liegen bei mir zu Hause, wir wollten sie ja gestern aufs Dorf bringen.«

»Und? Woher stammt dann dieser Mist?« Sie stieß verächtlich an den Stapel.

»Ich weiß es nicht.« Er hob, wie abwehrend, die Hände.

»Aber es sind unsere Mädels«, beharrte Andrea.

»Das sehe ich auch!«, meinte er trocken. »Wie bist du denn mitten in der Nacht zu dem Kalender gekommen?«

Jetzt erzählte sie ihm von Elisabeths Anruf und von den Prügeln, die ihr Schorsch verpasst hatte. »Sie liegt in meinem Bett, ich habe ihr ein Schlafmittel gegeben. Die Arme ist völlig fertig. Und ich frage mich«, fügte sie besorgt hinzu, »wie es den anderen draußen geht. Auf dem Dorf! Die können sich nicht mehr unter die Leute trauen! Ich darf gar nicht dran denken!« Verzweifelt verbarg sie das Gesicht in den Händen.

Ben sah nachdenklich vor sich hin. »Ja, das tut mir auch leid!«, murmelte er.

»Die Mädels haben natürlich eine Sauwut auf dich, und mich haben sie auch verdächtigt. Dass ich mit dir unter einer Decke stecke und wir mit diesem Kalender«, sie stieß wieder voller Wut an den Packen auf dem Tisch, »den großen Reibach machen wollen!«

Ben schüttelte den Kopf. »Ich hab damit nichts zu tun, Andrea, das schwöre ich dir! Aber ... ich hab da einen Verdacht!« Andrea sah ihn fragend an.

»Thilo! Der hat sich immer wieder über meine Fotos lustig gemacht, weil die so bieder seien und weil man die ganz anders vermarkten müsste.«

Er nickte wie zur Bekräftigung. »Jetzt ist mir auch klar, was er in der letzten Zeit nachts in der Agentur gemacht hat. Der hat meine Fotos geklaut und sie auf seinem Computer bearbeitet. Garantiert, so war es!« Es fiel ihm wie Schuppen von den Augen.

»Der Thilo! Ja, dem tät ich so was zutrauen, den hab ich schon immer fies gefunden. Aber wie geht denn das?«

»Ach, das ist nicht so schwierig, das ist technisch schon zu machen, Arbeit halt.« Er nahm einen der Kalender zur Hand und blätterte ihn auf. Da zum Beispiel, die Semra im Wet-Shirt. Das ist nicht Semras Körper, die hat keinen so großen Busen!« Er hielt das Bild näher an die Augen. »Sogar noch schlampig gemacht, man sieht alle Konturen, wenn man genau hinschaut.«

»Aber warum? Da hätte er doch gleich einen eigenen Kalender machen können!«

Ben zuckte mit den Achseln. »Die Bilder sind gut, die Mädels nett und er hätte ja erst mal zwölf Mädchen finden und fotografieren müssen. Du weißt doch, wie viel Arbeit das war. Da ist es immer noch einfacher, die Bilder zu verfälschen. Vielleicht wollte er auch mir und dem Lars eins auswischen, so schlecht wie die Stimmung in der Agentur jetzt ist. Diese fiese Ratte!« Er holte sein Handy aus der Jackentasche und tippte eine Nummer ein. »Ich muss mal telefonieren, Andrea!«

»Lars? Entschuldige dass ich dich mitten in der Nacht störe, aber …«

Mehr konnte Andrea nicht verstehen, weil ein Aufschrei aus ihrem Schlafzimmer kam. Schnell rannte sie zu Elisabeth, die im Schlaf aufgeschreckt, aber bereits wieder eingeschlafen war.

Als sie zurückkam, stand Ben schon im Flur. »Ich fahre mit Lars in die Agentur. Wir schauen, ob mein

Verdacht stimmt, ob die Bilder auf Thilos Computer sind.«

»Und dann?«

»Dann nehmen wir ihn gleich mit, als Beweisstück. Das werden wir uns nicht gefallen lassen!«

Er stand vor ihr, sah auf sie herab, ernst.

Andrea schämte sich. Wie hatte sie Ben nur verdächtigen können, so etwas Infames zu tun. Ben, ihren treuen, zuverlässigen Freund!

»Es tut mir leid, Ben, dass ich dich verdächtigt hab. Ich hätte wissen müssen, dass du so etwas nicht machst. Bitte, sei mir nicht böse!« Schuldbewusst sah sie zu ihm auf.

»Passt schon!«, meinte er nur kurz, aber sie sah ihm seine Enttäuschung an. Dann ging er.

Nein, es passt nicht, überhaupt nicht!, dachte Andrea traurig bei sich. Verdammt aber auch!

7

Nicht nur Elisabeth und Andrea, Ben und Lars, Markus und Lena hatten eine schlaflose Nacht.

Nachdem ein Teil der Mädels durch das Fenster geflohen war, zerstreuten sie sich schnell in alle Richtungen.

Semra und Paulina gingen, wie immer, zusammen nach Hause.

»Die Helmbrechts, wie werden sie enttäuscht sein von mir! Vielleicht sind sie sehr böse!«, jammerte Paulina.

»Ach, du kannst doch nichts dafür! Wir haben es nur gut gemeint! Der Ben, so etwas Fieses. Ob die Andrea auch dahintersteckt? Deshalb sind sie heute nicht gekommen, von wegen krank sein!«, ätzte Semra.

»Ich weiß nicht, ich kann mir das von Andrea nicht vorstellen, aber ...«, fügte sie hinzu, »von Ben eigentlich auch nicht. Weißt du, Semra, es geht gar nicht um mich, sondern um die Jungs! Die Kinder von Helmbrechts in einem Sexkalender! Ich werde jedenfalls nach Polen zurückgehen! Ganz schnell, vielleicht verschwinde ich noch heute Nacht!«

»Nein, Paulina, das kannst du nicht machen, einfach abhauen! Die Helmbrechts, die sind in Ordnung. Denk doch dran, wie Herr Helmbrecht Mehmet geholfen hat. Du musst ihnen alles erklären!«

Paulina nickte bekümmert.

»Du hast es gut«, fuhr Semra fort, »du kannst im Notfall weg, aber was mache ich? Was glaubst du, was das für meine Familie bedeutet! Das ist die größte Schande, die ich ihnen antun konnte. Das ist noch schlimmer als ein deutscher Schwiegersohn. Und Mario!«

»Ach, Mario wirst du es sicher erklären können!«

»Ich hoffe es!«

Sie waren an der Abzweigung angekommen, an der sich ihre Wege trennten. Unter der Straßenlaterne verabschiedeten sie sich.

»Ich habe Angst, nach Hause zu gehen«, meinte Semra leise.

»Ich auch!« Paulina umarmte die Freundin. »Sei tapfer, Semra!«

Semra nickte. »Du auch, Paulina!«

Als sich Semra dem Haus der Eltern näherte, war alles dunkel und ruhig. Sie wussten offensichtlich nichts, sonst hätten sie sicher auf sie gewartet.

Leise schlich sie ins Haus, hinauf in den ersten Stock. Auch aus Mehmets Zimmer drang kein Lichtschein, auch er schien nichts zu wissen, sonst hätte er sie sicher abgepasst.

Dabei hatte in letzter Zeit alles so gut ausgesehen. Sie hatte Mehmet und Mario miteinander bekannt gemacht, und es war gut gelaufen. Die beiden hatten sich gleich verstanden, und nachdem Mario Mehmet auch noch in den Karateclub mitgenommen hatte, war Mehmet total begeistert von seinem künftigen Schwager. Somit hatte Semra in Mehmet einen

Verbündeten für die Aussprache mit den Eltern gefunden. Sie hatte sich fest vorgenommen, nächste Woche ihr Versprechen einzulösen und Mario den Eltern vorzustellen. Und jetzt das! Das mit diesem Foto, das würde auch Mehmet nicht verstehen. Sie hatte Schande über die Familie gebracht, dabei konnte sie nichts dafür, doch der Kalender existierte nun mal und hatte sich im Dorf verbreitet. Da war nichts mehr dran zu ändern! Wie Mario darauf reagieren würde?

Sie legte sich, schweren Herzens, in ihr Bett. Sie wusste nicht mehr ein noch aus.

Auch das Haus der Helmbrechts lag dunkel und ruhig da, als Paulina näher kam. Wie auch Semra schlich sie sich leise auf ihr Zimmer.

Semra hatte recht: Sie musste mit den Helmbrechts sprechen. Gleich morgen früh würde sie den Stier bei den Hörnern packen und den Helmbrechts alles erzählen. Und je nach deren Reaktion würde sie entscheiden, ob sie nach Polen zurückkehren oder hier bleiben würde.

Arme Semra, wie es ihr wohl ergangen war? Und den anderen? Vor allem Lena, die kurz vor der Entbindung stand und so eine Aufregung verkraften musste. Ganz blass war sie gewesen, als sie das verdammte Foto gesehen hatte!

***

Nachdem Ben gegangen war, hatte sich Andrea, völlig erschöpft von den Ereignissen der Nacht, auf das Sofa im Wohnzimmer gelegt.

Jetzt, am Morgen, saß sie in der kleinen Küche bei einer Tasse Kaffee und einem Hörnchen, das sie beim Bäcker unten gekauft hatte. Elisabeth schien noch zu schlafen.

Ob Ben und Lars in der Agentur etwas gefunden hatten? Das wäre ein starkes Stück von diesem Thilo, wenn er Ben die Fotos geklaut und dann verfälscht hätte.

Während sie noch über diesen Gedanken grübelte, öffnete sich die Küchentür, und Elisabeth, in einem Schlafanzug von Andrea, lugte herein.

»Guten Morgen!«, klang es verzagt.

»Guten Morgen, Elisabeth! Komm rein, ich habe ein kleines Frühstück für uns gemacht!«

Elisabeth schob sich durch die Tür und setzte sich auf einen der Hocker an dem kleinen Tischchen. Sie schnupperte: »Ah, das riecht gut. Schon lange hat niemand mehr Frühstück für mich gemacht!« Sie lächelte Andrea traurig an.

Andrea erschrak, wie verquollen und durch Blutergüsse teilweise blaugrün verfärbt das Gesicht von Elisabeth war, trotz der nächtlichen Behandlung mit Eiswürfeln aus dem Gefrierfach.

»Gell, ich schau furchtbar aus!« Elisabeth schien Andreas Blick bemerkt zu haben und sah die Freundin besorgt an.

»I wo, das ist halb so schlimm. Das kann man gut verdecken mit Make-up. Dann siehst du fast wieder wie neu aus!«

Elisabeth verzog das Gesicht wie zu einem Lächeln, biss, auf ihre aufgesprungene Lippe achtend, vorsichtig in das Croissant und seufzte tief.

»Vorerst bleibst du bei mir, Elisabeth, dann sehen wir weiter.« Elisabeth nickte stumm.

»Du weißt gar nicht, was heute Nacht noch los war, du hast so tief geschlafen«, begann Andrea, und dann erzählte sie von Bens nächtlichem Besuch und von dem Verdacht auf Thilo.

Elisabeth atmete erleichtert auf: »Da bin ich fast froh drüber. Es hätte mir wirklich weh getan, wenn der Ben das gemacht hätte. So kann man sich doch nicht in einem Menschen täuschen, oder?«

Andrea hob die Schultern. »Ich schäme mich so, ich hab in der ersten Aufregung auch Ben verdächtigt, dabei kenne ich ihn doch! Nie würde der so etwas Gemeines tun!«

»Und was jetzt?«

Wieder zuckte Andrea mit den Schultern. »Ich weiß auch nicht recht. Warten wir mal ab, was Ben rausbekommen hat.«

Schweigsam saßen sie da und frühstückten.

»Magst ein Glaserl Sekt?«

Elisabeth sah erschrocken von ihrem Teller auf. »Einen Sekt!?« Dann schüttelte sie sich. »Nein, wirklich nicht!«

»Ich hab ja nur gemeint«, beruhigte sie Andrea.

»Ein bisserl verrückt bist du schon, oder?«, meinte Elisabeth und schüttelte den Kopf. »Einen Sekt, am frühen Morgen! Das, wenn der Schorsch hören tät!«

»Der Schorsch«, kam es verächtlich aus Andrea. »Was hat er denn überhaupt gesagt, der Schorsch, wie du heimgekommen bist?«, fragte Andrea.

»Gesagt? Kein Wort! Der hat gleich zugeschlagen. Ich war so überrascht, irgendjemand muss ihm den Kalender zugesteckt haben. Ich kann ihn ja fast verstehen.«

»Verstehen? Ich glaub du bist nicht ganz richtig im Kopf, Elisabeth!«, entrüstete sich Andrea. »Deswegen muss man doch nicht gleich zuschlagen und dazu noch so brutal!«

Elisabeth fing an zu weinen. »Ich glaub, der hätte mich krankenhausreif geschlagen, aber in seinem Rausch war er nicht mehr fest auf den Füßen, und wie ich ihm einen Schubs gegeben hab, da ist er gestürzt, und ich bin schnell abgehauen. Weiß gar nicht, wie es ihm geht.«

»Der hält schon was aus!«, meinte Andrea trocken. »Mach dir wegen dem keine Gedanken. Du denkst doch nicht etwa dran, zu ihm zurückzugehen, oder?«, fragte Andrea misstrauisch.

Elisabeth schüttelte vehement den Kopf. »Nein, nie mehr! Nur die Viecher tun mir leid. Was aus denen jetzt wird? Der Schorsch ist doch so unzuverlässig.«

Andrea sah die Freundin nachsichtig an. »Darum tät ich mir jetzt keine Sorgen machen. Wenn er muss, dann wird er es schon machen!«, sagte sie bestimmt. »Jetzt hat er keine Elisabeth mehr, die sich um alles kümmert.«

Sie stand auf und stellte Tassen und Teller in die Spüle.

»Weißt was? Heute machen wir uns einen richtig gemütlichen Tag, und ich leg dir ein paar kalte Kompressen auf das Gesicht. Ich selber hab auch einen Ruhetag nötig, nach all der Aufregung, und ganz gesund bin ich auch noch nicht. Morgen, da mach ich dich zurecht, mit Make-up, dass du wieder gut ausschaust, und dann gehen wir in die Stadt. Die Kaufhäuser sind so schön weihnachtlich geschmückt, das musst du dir anschauen. Und über alles andere mach dir vorerst mal keine Sorgen! Der Schorsch, der weiß doch nicht, wo du bist, oder?«, fragte sie vorsichtshalber.

Elisabeth schüttelte den Kopf. »Nein, das weiß er g'wiss ned, der hat keine Ahnung, wo ich bin. Ich hab niemanden, wo ich hingehen könnt außer dir, und dich kennt er ja kaum!« Sie sah Andrea dankbar an.

***

Im Mercedes-Autohaus war heute Korkentag, das heißt, einer der Angestellten, heute war es Fred, hatte Geburtstag, und da wurde traditionsgemäß mit einem Glas Sekt angestoßen.

»Schaut mal her, was ich dem Fred mitgebracht hab«, grinste einer der Mechaniker. »Der Kalender da ist der Renner, musst grad schau'n, dass d' noch einen kriegst.«

Er knallte einen Kalender auf den Tisch: »Heiße Mädels aus Oberbayern« stand drauf.

»Hey, zeig mal!« Im Nu hatten sich die jungen Männer um den Tisch geschart, auch Mario war dabei.

»Nicht schlecht!«, pfiff einer anerkennend durch die Zähne, als er Sylvia im Kätzchentanga sah. »Die tät mir auch gefallen!« Die Männer amüsierten sich köstlich über die Bilder der halbnackten jungen Frauen.

»Da, schau mal die auf der Leiter an und wie die zwei kleinen Buben schauen!«

»Da tät dir auch das Maul offen stehen bleiben, wenn du da unten stehen tätest«, witzelte einer.

Sie blätterten weiter. »Ui, die im Wet-Shirt ist auch nicht schlecht. Tut mit ihrem Kopftuch wie die Unschuld vom Lande und hat's faustdick hinter den Ohren.«

»Einen strammen Busen hat die!«

»Ich glaub, das ist eine Türkin!«

Jetzt erst wurde Mario, der nur so halb zugesehen hatte, aufmerksam. »Zeig mal!«, er drängte sich vor und erstarrte vor Schreck. Das war Semra, seine Semra! Ohne jeden Zweifel. Er riss dem anderen den Kalender aus der Hand.

»He, gib her!«, rief der und holte sich den Kalender zurück. »Gell, die tät dir auch gefallen, Mario!« Alle lachten.

»Wo hast du den Kalender her?«, fragte der barsch.

»Liegt an jedem Kiosk und jeder Tankstelle auf. Musst schauen, ob du noch einen kriegst!«

Mario rannte mehr als er ging aus dem Verkaufsraum und setzte sich in sein Auto, fuhr zur nächsten Tankstelle.

»Habt ihr diesen Kalender? Den mit den Mädchen?«

Der Tankwart grinste. »Da bist aber ein bisserl spät dran!«

Mario sah ihn ärgerlich an. »Gar nichts mehr da?«

Der Tankwart grinste wieder, ziemlich unverschämt, und griff unter die Verkaufstheke. »Weilst es du bist! Für Stammkunden hab ich ein paar zurückbehalten. Da!« Er schob ihm den Kalender über den Tisch. »Dreißig Euro!«

Draußen im Auto besah sich Mario die Bilder. Er kannte keines der Mädchen – bis auf das im August: Ohne jeden Zweifel, es war Semra! Er spürte, wie ihm die Hitze ins Gesicht schoss. Er konnte es nicht fassen! Semra!

Er kannte den Platz, an dem das Bild aufgenommen worden war, es war die Stelle am Happinger See, an der sie ihm von Mehmet erzählt hatte, vom Diebstahl, und er erinnerte sich daran, wie verzweifelt sie gewesen war. Genau dort hatten sie vereinbart, dass er, Mario, mit der Gang reden würde und sie, Semra mit ihren Eltern.

Er für seinen Teil hatte sich an ihre Abmachung gehalten, sogar mit Mehmet hatte er sich angefreundet, alles getan, damit es Semra leichter fiel. Doch auf den Besuch bei ihren Eltern wartete er noch immer. Und jetzt das!

Er starrte auf das Bild, auf die prallen Brüste, die sich plastisch unter dem nassen T-Shirt abzeichneten. Er spürte, wie Wut und Enttäuschung in ihm hochkamen. Dieses leicht verschämte, schüchterne Lächeln kannte er nur zu gut! So hatte sie immer geschaut, wenn er ihr näher kommen wollte. Einmal hatte sie ihm erlaubt, ihre Brüste anzufassen. Er hatte sie als kleine, feste Äpfelchen in Erinnerung, da musste ihm die Aufregung einen Streich gespielt haben. Dieser Busen war mindestens Körbchengröße C, wenn nicht mehr, so weit kannte er sich aus!

Er ließ den Kalender sinken. Jetzt war es wiederum gut, dass sich Semra nie mit ihm hatte blicken lassen, so kannte sie auch keiner der Kollegen. Das wäre für die eine Gaudi gewesen, die Verlobte von Mario als Sexobjekt in einem Kalender!

Er legte die Stirn auf das Lenkrad, ihm war fast übel vor Enttäuschung. Und ihm hatte sie immer von Keuschheit, dem strengen Bruder und den konservativen Eltern vorgeheuchelt. Alles Lug und Trug! Er musste vor Liebe blind gewesen sein!

Er startete den Wagen und fuhr zurück zur Arbeit. Was sollte er tun? Semra zur Rede stellen, ihr den Kalender vor die Füße werfen?

Nachdem er sich etwas beruhigt hatte, beschloss er, erst einmal gar nichts zu tun, abzuwarten, wie Semra sich verhalten würde. Sie musste ja von dem »Verkaufsschlager« wissen, dachte er bitter.

Semra beriet einen Kunden im Reisebüro.

»Ach, Frau Güner«, der Chef war dazugekommen, »wenn Sie mit der Beratung fertig sind, kommen Sie doch bitte in mein Büro!«, und mit einem entschuldigenden Blick zu dem Kunden: »Aber lassen Sie sich Zeit!«

Semra schwante nichts Gutes, sie war den ganzen Tag schon sehr nervös gewesen.

»Chef, was gibt's?«, sie gab sich betont forsch, als sie das Büro ihres Chefs betrat. Dann sah sie den Kalender auf dem Tisch liegen, das August-Foto war aufgeschlagen, mit ihrem Bild!

»Na, was sagen Sie dazu?« Herr Beck sah sie herausfordernd an.

»Ich kann Ihnen alles erklären«, stammelte Semra, vor Scham rot im Gesicht. »Das bin nicht ich, äh, ich will sagen, das Foto habe ich nicht machen lassen!«

Herr Beck beugte sich über das Bild. »Na so was! Ich finde schon, dass Sie das sind! Sogar das Kopftuch kenne ich, das Sie da aufhaben!«

»Ja, schon«, Semra fing an zu stottern. »Das, das Bild, das ich habe machen lassen, das, das sah ganz anders aus. Und überhaupt – ich habe keine solche Brust!« Sie schaute Herrn Beck trotzig an, hochrot im Gesicht.

Er starrte interessiert auf ihren Pullover. Dann meinte er: »Wenn Sie sich am Meer oder vor einem antiken Motiv, zum Beispiel vor einem alten Tempel, hätten fotografieren lassen, Semra«, er nannte sie jetzt vertraulich beim Vornamen, obwohl er sonst großen Wert auf Distanz legte, »dann könnte man das draußen aufhängen, sozusagen als Appetitmacher für eine Türkeireise!«

Semra starrte ihn fassungslos an. Das also war der seriöse Herr Beck, der immer so ehrenhaft tat.

»Nun schauen Sie nicht so böse, Semra!« Er lächelte spöttisch. »War doch nur ein Scherz!«

»Ein Scherz?« Semra hatte Tränen in den Augen. »Mir ist nicht nach Scherzen zumute, Herr Beck!« Sie drehte sich auf dem Absatz um, rannte in die Garderobe, raffte alle ihre Sachen zusammen und verließ, wie gehetzt, das Reisebüro. Erst draußen auf der Straße wurde ihr bewusst, was sie getan hatte. Sie war einfach abgehauen, obwohl Kunden im Laden waren! Vermutlich war sie jetzt auch noch ihren Job los, wenn nicht Schlimmeres!

Was sollte sie tun? Mehmet anrufen? Das war unmöglich, er durfte, nach allem was geschehen war, während der Arbeitszeit keine Privatgespräche führen – und ob er das mit dem Foto verstehen würde? Das war wohl zu viel verlangt.

Mario? Ihr Herz klopfte ängstlich, wenn sie an ihn dachte. Aber sie liebten sich doch, er würde sie verstehen, wenn sie ihm alles erklären würde!

Langsam, wie in Trance, ging sie die Straßen der kleinen Stadt entlang, ihr war innerlich und äußerlich kalt. Sie setzte sich in ein Café. Hier drinnen war es gemütlich, und als eine große Tasse mit heißer Schokolade vor ihr stand und sie ihre Hände darum legte, wurde ihr warm, und sie beruhigte sich ein bisschen.

Sie nahm ihr Handy aus der Tasche und wählte Marios Nummer.

»Mario? Hier ist Semra!«, ihre Stimme zitterte vor Aufregung.

»Ah, Semra!« Seine Stimme klang belegt.

»Ich muss dringend mit dir sprechen, Mario!«

»So? Schon wieder? Was ist denn dieses Mal los? Hat wieder jemand geklaut oder was?«

Semra erschrak, so sarkastisch kannte sie Mario nicht. »Nein, etwas anderes! Etwas ganz Dummes ist passiert! Ich muss es dir erklären, Mario!«

»Meinst du das mit dem Sexkalender? Was gibt es da zu erklären, Semra! Außer, dass du mich ganz schön an der Nase rumgeführt hast!«

»Nein! Das habe ich nicht, Mario! Glaub mir!«

»Ehrlich gesagt, ich weiß nicht mehr, was ich glauben soll, Semra!«

»Können wir uns sehen, Mario?«

Er zögerte, dann: »Ich denke, erst mal nicht! Lassen wir etwas Gras über die Sache wachsen, Semra!« Er legte auf.

Semra kamen die Tränen. Offensichtlich hatte auch Mario diesen verdammten Kalender gesehen. Ihre Wut auf Ben wuchs. Der hatte sie alle betrogen, dieser gemeine Kerl! Was konnte sie jetzt tun? Ins Reisebüro zurückgehen?

Doch sie verwarf den Gedanken gleich wieder, Herr Beck würde ohnehin bald schließen.

Draußen war es bereits dunkel geworden. Sie nahm wiederum ihr Handy und tippte Paulinas Nummer. Wie es Paulina wohl ergangen war bei ihrer Unterredung mit den Helmbrechts?

Frau Helmbrecht war am Apparat.

»Hier ist Semra! Kann ich bitte Paulina sprechen?«

Frau Helmbrecht antwortete nichts, aber Semra hörte sie rufen: »Paulina! Da ist Semra für dich!«

Endlich kam Paulina an den Apparat. »Hallo, Paulina, ich bin's Semra! Wie geht's dir? Hast du schon mit den Helmbrechts gesprochen?«

Sie hörte Paulina wispern: »Ich kann jetzt nicht, Semra. Ich bin gerade dabei, den Helmbrechts alles zu erzählen. Ich rufe dich später an, okay?« Sie legte auf.

Verdammt! Sie hatte aber auch kein Glück! Am besten, sie würde nach Hause gehen, zur gewohnten Zeit, damit ihre Eltern keine Fragen stellten, und sie hoffte inständig, dass ihr Vater oder gar Mehmet den Kalender nicht gesehen hatten. Doch nachdem der überall auflag, war es wohl nur eine Frage der Zeit.

Zu Hause war alles wie immer. Die Mutter hatte, wie jeden Abend, ein opulentes Mahl für die Familie gekocht, der Vater las in der Hürriyet, der großen türkischen Tageszeitung, sogar Mehmet blieb heute zu Hause und schaute sich mit dem Vater zusammen ein Fußballspiel im Fernsehen an. Bayern gegen die Sechziger, das Lokalderby! Da würden die Wogen hochgehen, denn Mehmet war fanatischer Bayern-Fan und der Vater ein eingeschworener Sechziger!

Nachdem Semra der Mutter in der Küche geholfen hatte, trollte sie sich auf ihr Zimmer. Ob sie Mario nochmals anrufen sollte? Vielleicht hatte er sich etwas beruhigt. Aber dann ließ sie es sein, anbiedern wollte sie sich nicht. Sie hatte ihren Stolz! Immerhin hatte sie nichts verbrochen!

Sie nahm ein Buch zur Hand, aber sie konnte sich nicht konzentrieren. Von den anderen Mädels hatte sie nichts gehört, auch Andrea hatte sich nicht gemeldet. Ob die von der ganzen Sache gewusst hatte? Das wäre gemein! Vor Wut, Enttäuschung und Hilflosigkeit fing sie zu weinen an.

Später, sie lag schon im Bett, klopfte Mehmet an die Tür, streckte den Kopf ins Zimmer. »Kann ich reinkommen, Semra? Die Bayern haben gewonnen! Das habe ich gleich gewusst!«, rief er triumphierend und hob die Arme in Siegerpose. Erst wollte sich

Semra schlafend stellen, in Ruhe gelassen werden, dann setzte sie sich doch auf.

Mehmet knipste das Licht an. Die Freude über den Bayernsieg verging ihm jedoch schnell, als er Semra sah. »Hey, Semra, was ist los? Hast du geweint?« Besorgt sah er sie an. Semra nickte nur. Er setzte sich an den Bettrand.

»Was ist los, Schwester? Sag es deinem Bruder!«

Semra schüttelte den Kopf. »Du wirst es nicht verstehen!«

Mehmet sah sie eine Weile schweigend an. »Ich werde versuchen, es zu verstehen. Ist es wegen Mario oder wegen den Eltern? Hast du Angst, es ihnen zu sagen?«

Semra schniefte. »Ja, auch! Aber es ist etwas anderes!«

Er nahm eine Strähne ihres Haares und zupfte sanft daran.

»Hey, komm, red mit mir!«

Jetzt erzählte ihm Semra alles: Von der Idee, diesen Kalender machen zu lassen als Geschenk für die Familie und Mario, und von dem Kalender mit den Sexaufnahmen, der jetzt erschienen war. Und auch die Sache mit Herrn Beck und wie sie aus der Arbeit weggelaufen war.

Mehmet war erregt aufgestanden und ging, wie ein Löwe im Käfig, in dem kleinen Zimmer hin und her. »Das ist echt scheiße! Den bring ich um, diesen Ben! Und … was sagt Mario dazu?«

Jetzt erzählte ihm Semra von dem heutigen Anruf. »Ich glaube, es ist aus. Mario liebt mich nicht mehr, er ist so enttäuscht von mir. Dabei kann ich nichts dafür!« Sie fing haltlos zu schluchzen an.

»Was? Spinnst du? Das glaube ich nicht von Mario! Du musst ihm alles erzählen!«

»Wenn er mir doch nicht mal zuhört! Er hat einfach aufgelegt, will sich nicht mehr mit mir treffen!« Sie fing wieder an zu weinen.

Mehmet sah auf die Uhr. »Heute ist es schon zu spät. Aber morgen, da gehen wir zusammen zu Mario. Ich werde mit ihm reden. Er ist mein Freund!«, fügte er großsprecherisch hinzu, und Semra musste unter Tränen lächeln, putzte sich die Nase mit einem Taschentuch.

»Und dann werde ich mir diesen Ben vorknöpfen, am besten mit Mario zusammen. Der wird ihn ordentlich aufs Kreuz legen, diesen Drecksack!«

Er ging zur Tür. »Mach dir keine Sorgen, Schwester, das kriegen wir hin. Und morgen«, er deute streng mit dem Zeigefinger auf sie, »morgen gehst du wieder zur Arbeit. Man schmeißt seinen Job nicht so einfach hin. Nimm das richtige Foto mit, das dir dieser Ben gegeben hat, und zeig es deinem Chef. Wenn er es nicht versteht und dir blöd kommt, dann kündigst du! Sofort! Du bekommst auch eine andere Stelle!«

Semra nickte erleichtert, und als Mehmet draußen war, dachte sie, was für einen tollen Bruder sie doch hatte, trotz allem!

***

Fast zur gleichen Zeit saß Paulina mit den Helmbrechts im Wohnzimmer. Auch hier hatte es Tränen gegeben.

Paulina hatte sich das Corpus delicti besorgt, nun lag es auf dem Tisch, das Junifoto war aufgeschlagen.

Unter Tränen hatte sie den Helmbrechts die ganze Geschichte erzählt. »Wenn Sie wollen, reise ich gleich morgen ab nach Polen!«, hatte Paulina gemeint, als sie sich die Tränen getrocknet hatte.

»Ach was, Paulina! Sie können uns doch nicht so einfach im Stich lassen!«, hatte Frau Helmbrecht fast vorwurfsvoll gemeint, während Herr Helmbrecht interessiert die Bilder betrachtete.

»Die Fotos sind gar nicht mal schlecht, und soo schlimm finde ich es auch wieder nicht! Das Ärgerliche ist nur, dass Sie und die anderen Mädels hintergangen wurden!«

»Na ja, dass unsere Jungs mit drauf sind, das finde ich so toll auch wieder nicht!« Frau Helmbrecht sah, die Nase rümpfend, auf das Bild.

»Aber geh, Marion!« Herr Helmbrecht lachte. »Sie haben doch Paulina nicht in Wirklichkeit nackt gesehen! Das ist doch eine Fotomontage!«

»Ja, schon, aber …!«

»Weißt du was, Marion, morgen kaufe ich ein paar von diesen Kalendern für uns und je einen für Fabian und Flori.« Frau Helmbrecht sah ihn entgeistert an.

»Sollen sie den in ihrem Kinderzimmer aufhängen?«, fragte sie pikiert.

»Nein, natürlich nicht!« Herr Helmbrecht lachte. »Für später, meine ich«, beruhigte er sie. »Was glaubst du, was für ein Spaß das für die Buben mal ist: Als kleine Jungs in einem Erotikkalender.« Er lachte schallend, und Paulina sah ihn zweifelnd an, fragte sich, ob er das ernst meinte.

»Aber diesen Ben, den werde ich mir mal vorknöpfen. Zuerst muss mal der Verkauf des Kalenders gestoppt werden und dann muss man gegen diesen Ben vorgehen. Allerdings«, er sah Paulina an, »kann ich nur tätig werden, wenn ihr alle, oder zumindest einige, das wollt. Ihr Mädchen seid die Geschädigten an der Sache.«

Paulina nickte, dankbar darüber, dass die Helmbrechts das so locker nahmen. Dass Herr Helmbrecht bereit war, ihnen gegen Ben zu helfen, darüber wären die anderen sicher auch froh!

»Na, dann!« Er sah auf die Uhr und gähnte. »Ich bin rechtschaffen müde, Gott sei Dank ist morgen ein freier Tag!« Er legte beruhigend den Arm um Paulinas Schultern. »Machen Sie sich keine Sorgen, das ist alles halb so schlimm. Was glauben Sie, was wir täglich alles in der Kanzlei oder am Gericht erleben. Da sind das Peanuts!«

Paulina wusste zwar nicht, was »Peanuts« waren, aber sie war erleichtert, dass die Helmbrechts hinter ihr standen und dass sie bleiben konnte.

Was die Leute im Dorf über sie denken würden, das war ihr egal. Sie kannte fast niemanden, und irgendwann würde sie ohnehin von hier weggehen. Doch sie wusste auch, dass es für die anderen ein riesiges Problem sein konnte!

***

Wieder hatte Andrea eine unruhige Nacht hinter sich gebracht. Sie hatte den ganzen gestrigen Tag nichts von Ben gehört. Sie und Elisabeth hatten einen, den Umständen entsprechend »gemütlichen« Tag zu Hause verbracht.

Immer wieder hatte sie versucht, Ben zu erreichen – vergeblich. Es war nur der Anrufbeantworter eingeschaltet gewesen. Aber er musste doch sehen, dass sie verzweifelt versuchte, ihn zu erreichen. Wieder kamen leise Zweifel in ihr hoch.

Jetzt, am Morgen, brühte sie in der Küche Kaffee auf, und Elisabeth deckte den Tisch. Sie sah heute schon viel besser aus, durch die kalten Kompressen waren die Schwellungen weitgehend abgeklungen, ein paar blaue Flecken waren übrig geblieben, nur die geplatzte Lippe sah nicht schön aus. Elisabeth betrachtete sich kritisch im Spiegel im Flur, betastete ihre Verletzungen.

»Das kriegen wir hin, Lieserl. Komm ins Bad, da stehen meine Schminksachen. Ich werd dich schön machen!«

Elisabeth folgte ihr zögernd ins Badezimmer. Eine halbe Stunde später war Andrea fertig. »Super schaust du aus, besser als je zuvor, finde ich.«

Elisabeth besah sich kritisch im Spiegel, dann lächelte sie. »Hast recht, schaut gar ned schlecht aus!«

Sie saßen in der Küche beim Frühstück, als das Handy klingelte. Andrea sprang, wie von der Tarantel gestochen, hoch. »Das kann nur der Ben sein!« Aufgeregt schaute sie auf das Display. »Ben! Was ist los? Warum meldest du dich nicht? Ich sitze hier wie auf glühenden Kohlen!«

Er lachte kurz. »Das geschieht dir recht! Warum hast du mich auch verdächtigt. Strafe muss sein!« Dann wurde er ernst. »Der Lars und ich, wir hatten gestern einen stressigen Tag, und spätabends wollte ich dich nicht mehr anrufen!«

»Erzähl, Ben, was war los?« Andrea war gespannt wie ein Flitzebogen.

»Natürlich war es Thilo, wie vermutet. Wir haben die Fotos und alles auf seinem Mac gefunden und den Rechner mitgenommen. Dann haben wir Thilo angerufen und mit ihm Klartext geredet!«

»Und jetzt?«

»Der war so was von wütend. Erst wollte er alles abstreiten, aber als wir ihm gesagt haben, dass wir seinen Computer mitgenommen haben, als Beweismittel, da ist er erst richtig explodiert. Er wird uns anzeigen, wegen Diebstahls, hat er geschrien. Aber wir sind ganz cool geblieben. Wir seien schon beim Anwalt gewesen, er würde demnächst ein Schreiben bekommen und seinen Computer auch wieder zurück. Und dann haben wir ihm noch gesagt, dass er in Zukunft seinen Scheiß alleine machen kann!«

»Oh je! Wenn das mal nicht schief geht. Habt ihr denn keinen Vertrag mit ihm?«

»Ich nicht! Habe ja kostenlos für ihn gearbeitet, einfach so, ohne Vertrag. Und Lars' Probezeit ist bald aus. Hab gar nicht gewusst, dass er nur auf Probe da war. Er wollte ohnehin wieder weg, hat er mir erzählt.« Dann fügte er hinzu: »Du, der Lars, das ist ein ganz feiner Kerl, ohne den hätte ich das gestern alles nicht geschafft!«

»Aber was machen wir jetzt?«

»Ich weiß es auch nicht so genau! Auf jeden Fall müssen wir uns mit den Mädels treffen, möglichst bald, am besten gleich morgen! Ich will das nicht länger auf mir sitzen lassen! Kannst du das organisieren und mir Bescheid geben?«

»Klar, das mache ich! Ich geh heute mit Elisabeth in die Stadt, wir brauchen beide ein bisschen Abwechslung. Können wir uns vielleicht im Café Bader treffen, so gegen zwölf?«

»Gut, und ich bringe den Lars mit.«

»Also, dann! Bis später!« Und zu Elisabeth gewandt: »Auf in die Stadt, Elisabeth! Um zwölf treffen wir uns mit Ben und Lars.«

***

Wie üblich hatte die Bäckerei Eggl bereits um sieben Uhr geöffnet, und heute, am Samstag, würden besonders viele Kunden kommen, um sich Semmeln und Brezen zu holen.

Ursula stand, wie immer in adretter, weißer Schürze, hinter der Theke. Sie war nervös. Gestern, am Freitag, hatte sie niemand wegen des Kalenders angesprochen, und die Eltern wussten offenbar auch nichts davon, auch nicht Piotr. Der hätte ihr den Kalender sicherlich längst unter die Nase gehalten! Vielleicht war doch alles nicht so schlimm, und der Kalender hatte sich nicht so gut verkauft, wie Antonio behauptet hatte.

»Piotr, sind die Brezen fertig?«, rief sie geschäftig in die Backstube. »Gleich geht der Ansturm los!« Sie ging zur Ladentür und schloss auf, die ersten Kunden warteten schon.

»Was darf's sein, Herr Kleinert?«, begrüßte sie den ersten Kunden. »Fünf Brezen und drei Semmeln, wie immer?«

Herr Kleinert, ein älterer Herr aus der Neubausiedlung, verbiss sich schier das Lachen. »Ja, wie immer, Fräulein Ursula! Hübsch schauen Sie aus, das hätte ich gar nicht erwartet von Ihnen!«

Ursula sah ihn verdutzt an, noch nie hatte der Kleinert irgendeine persönliche Bemerkung gemacht.

Auch die anderen Kunden, die heute in den Laden kamen, waren anders als sonst. Entweder sie grinsten anzüglich, meist waren das die Männer, oder sie waren unfreundlich und kurz angebunden, das waren meist Frauen. Ursula wurde es allmählich ungemütlich, aber sie kam nicht zum Nachdenken; das Geschäft ging gut, besser sogar als sonst zum Wochenende.

»Piotr! Die Brezen sind schon wieder aus, und von den Krustis brauchen wir auch noch welche! Beeil dich!«

»Ja, ich mach ja schon!«, kam Piotrs Stimme aus der Backstube.

Jetzt kam die alte Frau Gmeiner herein, Ursula kannte sie seit Kindertagen. »Dass du dich ned schämst, du Flitscherl, du«, zischte sie Ursula zu. »Eigentlich sollt man bei euch nix mehr kaufen, aber wir haben ja nur den einen Bäcker am Ort!«

Ursula war verdutzt, wollte etwas erwidern, doch die Frau Gmeiner war schon aus dem Laden gegangen.

Da kam schon der nächste Kunde. Es war der Anderl Hofstetter, ein immer lustiger Bauer aus Pups. Er lachte schallend, als er die Tür geöffnet hatte, hielt diese offen. »Ned schlecht, kann ich da nur sagen, auf jeden Fall besser als die Schürze da, die du immer anhast!«

Ursula sah neugierig zu ihm hin, er hielt die Ladentür immer noch weit offen und da sah Ursula es: Jemand hatte ihr Foto aus dem Sexkalender an die Ladentür gepinnt, und alle Kunden, die heute gekommen waren, hatten die brave, adrette Ursula oben ohne gesehen, mit prallem, weißem Busen!

Ursula glaubte, im Boden versinken zu müssen. Schnell rannte sie hinter der Theke hervor und riss das Bild von der Tür.

»Eine solche Sauerei, so eine Gemeinheit!«, jammerte sie.

»Ah geh, so schlimm ist es auch wieder nicht. Das belebt das Geschäft oder ned?«, feixte der Bauer.

In diesem Moment kam Piotr, seine kesse Bistromütze auf dem Kopf, mit einem Blech voller Backwaren aus der Backstube.

»Was ist denn los?«, fragte er, als er die feuerrote Ursula und den grinsenden Hofstetter stehen sah.

»Da! Das war draußen an der Eingangstür.« Der Hofbauer hatte Ursula das Blatt aus der Hand genommen und hielt es Piotr hin. »Da, deine fesche Juniorchefin.«

Piotr nahm das Foto und starrte verblüfft darauf, dann fing er schallend zu lachen an. »Nein! Das darf nicht wahr sein! Ursula, du?« Er konnte nicht aufhören zu lachen.

»Was gibt's da so blöd zu lachen?«, schrie sie wütend, riss dem Hofstetter das Foto aus der Hand, zerknüllte es und warf es auf den Boden, vor Piotrs Füße.

»Halt!«, schrie der, bückte sich nach dem Bild, strich es fast liebevoll glatt und meinte, über das ganze Gesicht strahlend: »Ursula, jetzt liebe ich dich noch mehr!«

Ursula schnaubte vor Wut, hob die Hand, als wollte sie Piotr eine Ohrfeige verpassen, dann dampfte sie ab in die Backstube. »Heut geh ich nicht mehr in den Laden!«, schrie sie wütend über die Schulter zurück.

Piotr sah ihr hinterher, zuckte hilflos mit den Schultern. »Die beruhigt sich schon wieder«, meinte er lakonisch zum Hofstetter. »Was brauchst denn?«

Der Hofstetter-Anderl schmunzelte. »Sechs Brezen und sechs Semmeln und ein Brot. Und am liebsten noch den Osterhasen, den sich die Ursula in den Busen gesteckt hat!«

»Nein! Der gehört mir!«, gab Piotr schlagfertig zurück.

»Versteh ich, den tät ich auch nimmer hergeben! Obwohl, wahrscheinlich ist der schon geschmolzen, wo er doch so eingeklemmt war!« Der Hofbauer tippte sich beim Rausgehen an den Hut. »Servus dann und viel Spaß heut noch, und das Bild, gell, das tät ich wieder an die Tür hängen. Das bringt's!«, feixte er.

***

»Semra, wann macht der Mario denn Schluss im Autohaus?« Mehmet flüsterte es seiner Schwester am Frühstücktisch zu. Die saß da wie ein Häufchen Elend, mit müden Augen.

»So um zwei Uhr!«

»Also, dann hole ich dich um ein Uhr im Reisebüro ab, und wir machen uns auf die Socken. Ich werde mit ihm sprechen.«

Semra seufzte. »Ach, ich weiß nicht.«

»Aber ich weiß! Ich werde mit ihm sprechen, von Mann zu Mann! Du wirst sehen, es wird alles gut!«

Um ein Uhr stand Mehmet vor dem Reisebüro, wartete auf seine Schwester. »Und wie war's mit deinem Chef? Hat er dich gefeuert?«, fragte er seine Schwester, als sie herauskam.

»Ach, gar nicht so schlimm! Er war ganz nett. Hat sich sogar entschuldigt, als ich ihm alles erklärt habe. Ich glaube, er war froh, dass ich wieder gekommen bin.«

»Na, dann ist es ja gut!«, Mehmet atmete auf. Das wäre also wieder in Ordnung, jetzt kam die Sache mit Mario dran!

Sie waren inzwischen in der Nähe des Autohauses angekommen.

»Du bleibst hier im Auto sitzen, ich gehe!«, bestimmte Mehmet gebieterisch.

Er schlenderte zu dem exklusiven Mercedes-Schauraum, in dem die neuesten, chromglänzenden Modelle standen. Ganz wohl war ihm nicht in seiner Haut. Normalerweise wäre er nie hierhergegangen, doch heute war es nötig. Betont lässig öffnete er die Tür.

Die Damen an der Rezeption sahen erstaunt auf. Was wollte denn dieser Typ mit der gegelten Igelfrisur und den ausgebeulten, zerrissenen Jeans hier? Der konnte sich doch nur verlaufen haben!

Mehmet baute sich vor ihnen auf, die Hände locker in den Hosentaschen.

»Ich möchte mit Mario sprechen. Bitte«, fügte er noch schnell hinzu.

Die beiden Frauen wechselten einen Blick. »Sie meinen Herrn Altmann?«

»Ist mir egal, Mario ist mein Freund!«

Wieder wechselten die beiden Damen einen Blick.

»Warten Sie bitte. Wir rufen Herrn Altmann!« Dann, leise ins Telefon: »Mario, da ist so ein komischer Typ für dich da, er sagt, er wäre dein Freund!« Leises Kichern.

Mehmet wandte sich betont gelangweilt ab, schlenderte in den Ausstellungsraum und besah sich die neuesten, hochglanzpolierten Modelle.

Plötzlich eine Stimme hinter ihm. »Ach, Mehmet, du bist es!« Es klang nicht allzu begeistert.

»Ja, ich bin es! Ich muss mit dir sprechen, Mario, wegen meiner Schwester!«

Mario verzog verärgert das Gesicht. »Meinst du nicht, das sollte sie selbst tun?«

»Hey, wie kann sie, wenn du einfach auflegst, eh? Wie kann sie dir erklären, was passiert ist? Dass sie einem Betrüger auf den Leim gegangen ist. Wollte dir eine Freude machen, zu Weihnachten!«

Mario sah ihn skeptisch an. »Weißt du was?« Mehmet tippte sich an die Schläfe. »Ihr zwei seid ein bisschen plem-plem!«

»Na, jetzt reicht's aber!«, empörte sich Mario.

»Nix reicht es jetzt! Semra weint die ganze Nacht, und alles nur wegen einem blöden Foto, für das sie gar nix kann! Morgen wollte sie dich unseren Eltern vorstellen, Mama kocht schon die ganze Woche!« Mehmet wusste, dass das geflunkert war, aber jetzt waren alle Mittel geheiligt.

»Was sagst du da?«

»Ja, ich sag dir doch! Morgen ist der große Tag! Und du lässt Semra einfach sitzen!«

»Das tu ich doch nicht!«, verteidigte sich Mario. »Aber dieser Kalender, und Semra drin, das ist schon ein starkes Stück, oder? Wenn du weißt, wovon ich rede!«

»Klar! Aber das hat nicht Semra gemacht. Schau hier!« Er zog das »echte« Kalenderbild aus der Tasche. »Das hat Semra machen lassen, für dich! Und dieser Dreckskerl, der Fotograf, der hat das so sexy verändert! Ich werde ihn töten!«

Mario nahm das Bild in die Hand. Semra lächelte ihn so lieb an, wie sie es oft tat, ein langes T-Shirt verdeckte züchtig ihren Körper.

»So eine Schweinerei«, entfuhr es Mario.

»Sag ich doch! Wenn ich diesen Kerl zwischen die Finger bekomme! Da bleibt kein Knochen auf dem anderen!«

Mario schüttelte den Kopf, konnte es nicht fassen. »Das lass mal schön bleiben, Mehmet. Das ist meine Sache!« Er sah auf. »Wo ist Semra?«

»Sie wartet im Auto, um die Ecke. Traut sich nicht rein!«

»Komm, Mehmet!« Er packte ihn am Arm und verließ mit ihm, unter den erstaunten Blicken der Damen am Empfang, das Autohaus.

»Semra!« Semra war aus dem Auto gestiegen, als sie die beiden kommen sah und stand, ängstlich abwartend, da.

Mario eilte auf sie zu und umarmte sie. »Semra, bitte verzeih mir. Nie hätte ich das von dir glauben dürfen!« Er sah sie bittend an. »Aber ich konnte doch nicht ahnen …«, er verstummte.

Semra war nur noch glücklich. »Ach, das macht doch nichts! Ich verstehe, dass du geschockt warst. Ich war es ja auch, als ich den Kalender gesehen habe!«

Er drückte sie an sich. »Wann soll ich morgen kommen?«

Semra sah ihn verwirrt an, doch Mehmet schaltete sich schnell ein: »Um zwölf Uhr wird am Sonntag gegessen, und verspäte dich nicht! Das würde meine Mutter nicht verzeihen. Und vergiss die Blumen nicht!«, fügte er noch schnell hinzu, dann gab er Semra, die etwas sagen wollte, einen Puff.

»Also, dann bis morgen! Ich muss zurück! Ein Kunde wartet!« Mario gab Semra einen langen Kuss, auf offener Straße! Dann rannte er davon, über die Straße, fast hätte ihn ein Auto gerammt, dem er mit einem eleganten Sprung auswich. Von der anderen Straßenseite winkte er ihr noch einmal zu, strahlte über das ganze Gesicht.

»Was meint er? Was ist morgen?« Semra sah Mehmet völlig verdattert an.

»Na eben, was er sagt! Er kommt morgen zu uns zum Mittagessen, und wir stellen ihn Mama und Papa vor.« Und auf Semras bestürzten Blick: »Ihren Schwiegersohn! Deinen Mann! Also wirklich, Semra! Wenn ich mich nicht einmische, wird das nie was. Ihr seid ja so was von bescheuert, ihr zwei!«

Er setzte sich auf den Beifahrersitz. »Komm, wir müssen nach Hause! Mama sagen, dass Mario morgen kommt. Ich weiß, sie wird die ganze Nacht in der Küche stehen und das Essen vorbereiten!« Er lachte, aber dann wurde er ernst. »Diesen Fotografen, den werden sich Mario und ich gemeinsam vornehmen!« Grimmig sah er aus dem Fenster.

***

Unterdessen saßen Andrea und Elisabeth im Café Bader, einem gemütlichen Lokal im Stil der Sechzigerjahre in der Nähe des Glockenbachviertels in München.

Andrea konnte es vor Spannung kaum mehr aushalten.

»Wo bleiben denn die beiden nur?«

»Da! Da kommen sie!«, Elisabeth zeigte auf den hinteren Eingang des kleinen Cafés.

»Na, endlich! Ihr spannt mich aber auch auf die Folter!«

Die beiden Männer setzten sich zu Andrea und Elisabeth an den Tisch.

»Wir haben das Corpus delicti«, grinste Ben. »Wir haben den Computer einfach mitgenommen, er steht bei mir in der Wohnung. Da ist alles drin, was wir so brauchen, um ihn zu überführen. Die Fotos, die Schreiben an die Druckerei und so weiter! Alle Beweismittel!«

Lars mischte sich in Bens aufgeregte Schilderung. »Ja, aber bis dahin müssen wir wissen, wie wir vorgehen wollen, das heißt ihr! Ich meine, was ihr machen wollt gegen Thilo! Denn eigentlich ist es Diebstahl, den Rechner einfach so mitzunehmen!«

»Pah, ist doch mir egal! Er bekommt ihn ja wieder, ist doch nur ausgeliehen! Vielleicht ist es eh das Beste, wenn wir die Fotos auf seinem Mac löschen, dann sind die Bilder ein für alle Mal weg!«

Lars wiegte nachdenklich den Kopf. »Nee, das würde ich nicht machen, dann hast du ja keinen Beweis mehr! Ich an eurer Stelle würde mir einen Anwalt nehmen, mich beraten lassen. Denn geklaut hat er die Fotos, damit hat er auf jeden Fall gegen das Urheberrecht verstoßen. Aber so genau kenne ich mich da auch nicht aus.«

Ein Handy klingelte, und Lars wühlte aufgeregt in seiner Jackentasche. »Entschuldigt mich für einen Moment!«, meinte er zu den anderen und verließ das Café, ging hinaus auf die Straße und telefonierte dort.

Ben sah ihm nach. »Habt ihr gesehen, wie er sich gefreut hat? Ich glaube, der hat eine Freundin! Das würde ich ihm echt gönnen! Vielleicht bleibt er dann sogar in München.«

»Aber doch nicht beim Thilo, oder?«, rief Andrea empört.

»Nein! Bei dem sicher nicht!«, meinte Ben verächtlich. »Aber sag mal, Andrea, wie soll es denn jetzt weitergehen? Ich finde, wir müssen das schnellstens aufklären und vor allem den Mädels den Kalender bringen, den echten! Auch, damit ich reingewaschen bin und du auch, Andrea! Immerhin verdächtigen die uns oder zumindest mich, diesen Kalender unter die Leute gebracht zu haben!«

Andrea nickte. »Habe schon die Buschtrommeln aktiviert. Ich hab die Barbara angerufen, die die Mädels informiert, wenn was los ist. Die war ganz schön giftig, sag ich euch! ›Da hast uns ja schön ang'schmiert, Andrea!‹, hat sie erst mal losgelegt. Die sind alle extrem sauer auf dich und mich. Ich hab ihr gesagt, das wird sich morgen alles aufklären. Der Ben kann überhaupt nix dafür und ich erst recht nicht. Aber zum Antonio, das hat sie gleich gesagt, da wird keine hingehen – nach der Blamage neulich.«

»Das kann ich schon verstehen, nach dem fürchterlichen Abend«, mischte sich Elisabeth ein.

»Ich versteh's ja auch! Sie hat ein anderes Lokal vorgeschlagen, den Dorfwirt in Berganger. Da ist ein neuer Wirt, der kennt uns nicht. Da sind wir sozusagen inkognito! Morgen Abend um sechs Uhr haben wir ausgemacht! Und dann erklären wir alles und bringen vor allem die Kalender mit, die richtigen!«

»Gut! Bringen wir das erst mal hinter uns! Kommst du auch mit, Lars?«

Lars schüttelte den Kopf. »Ich hab für morgen eine Verabredung!« Doch als er Bens enttäuschten

Blick sah, meinte er: »Okay, ich fahre mit raus, aber mit meinem Auto, dann bin ich unabhängig und kann jederzeit wieder weg, falls es mir zu lange dauert. Eigentlich habe ich nicht direkt damit zu tun, aber wenn es gegen den Thilo geht, da bin ich dabei!«, fügte er grimmig hinzu.

Als Andrea und Elisabeth am Abend zusammensaßen, Elisabeth nippte sogar an einem Glas Wein, lehnte sich Andrea entspannt zurück.

»Bin ich froh, dass das morgen ein vorläufiges Ende hat! Die Mädels bekommen ihre Kalender, und Ben und ich können unsere Unschuld beweisen!«

Elisabeth wiegte nachdenklich den Kopf. »Ein vorläufiges Ende? Ich weiß nicht! Für dich vielleicht. Aber für manch andere? Ich bin gespannt, was die Mädels so erzählen, wie es den Einzelnen ergangen ist.« Ihre Stimme klang skeptisch.

»Ja, da hast du recht! Vor allem brauchen wir einen Rechtsanwalt! Dem Thilo, dem müssen wir echt eine überbraten. Kennst du einen Anwalt, Elisabeth?«

»Ich kenn nur den Helmbrecht aus dem Dorf. Aber wie der so ist, das weiß ich nicht. Hab bis jetzt noch nie einen Anwalt gebraucht!« Sie sah nachdenklich vor sich hin. »Vielleicht aber bald, einen Scheidungsanwalt!«

Sie blickte zu Andrea auf.

»Morgen, Andrea, da fahr ich mit dir nach Berganger hinaus, aber – ich komm nicht mit zurück!«

»Was!?« Andrea sah sie erschrocken an. »Du willst doch nicht etwa zum Schorsch zurück!«

Elisabeth lächelte. »Nein! Aber ich werd abgeholt! In Berganger!«

»Und von wem, wenn ich fragen darf?« Andrea war misstrauisch.

»Vom Hannes!«

»Vom Hannes? Von welchem Hannes denn?«

»Vom Hannes Huntgeburth!«

Andrea zog die Nase kraus. »Wie heißt der?«

Elisabeth kicherte. »Huntgeburth! Ja, das ist schon ein komischer Name. Noch dazu für einen Tierarzt.« Dann wurde sie ernst.

»Ich hab den Hannes heute angerufen. Der Hannes, das ist der Tierarzt, der gelegentlich bei uns auf dem Hof war, wenn es mal gar nicht mehr anders ging. Kostet ja Geld! Also, der Hannes, der hat natürlich mitgekriegt, was bei uns los war. Einmal hat er zu mir gesagt: ›Elisabeth, wenn du mal Hilfe brauchst, ruf mich an!‹« Sie lächelte versonnen. »Und jetzt ist es so weit. Jetzt brauch ich Hilfe!«

»Ja, aber«, Andrea war perplex. »Wie alt ist der denn? Und wo wohnt der? Jetzt komm, erzähl mal!« Sie rückte näher an die Freundin ran.

»Ich weiß ned genau, wie alt er ist. Ich denk, so Mitte dreißig. Und wohnen tut er auf einem Bauernhof Richtung Walkersdorf. Da hat er auch seine Praxis, aber er behandelt meistens Großvieh, fährt zu den Bauern.«

»Und – verheiratet, oder?«

Elisabeth schüttelte den Kopf. »Seine Frau ist vor zwei Jahren gestorben, an Krebs, Brustkrebs glaub ich. Er hat zwei Kinder, die werden so sieben bis zehn Jahre alt sein. Ein Mädel und ein Bub.«

»Und der holt dich morgen in Berganger ab.«

»Ja«, sagte Elisabeth einfach.

In Andreas Kopf rumorte es. »Aber pass auf, dass der nicht nur eine billige Arbeitskraft sucht!«

»Ach geh, Andrea!«, lachte Elisabeth. »So einer ist der Hannes ned!« Sie stand auf. »Ich werd mir die Sach' dort zumindest mal anschauen. Fürs Haus, für die Kinder oder für die Praxis kann er auf jeden Fall jemanden brauchen, und alles andere, das seh ich dann«, meinte sie sachlich. »Und jetzt geh ich ins Bett! Gute Nacht, Andrea!«

Doch bevor sie im Schlafzimmer verschwand und eine völlig verdutzte Andrea zurückließ, drehte sie sich noch einmal um.

»Kannst du mir den warmen Mantel, den ich heut angehabt hab, leihen? Nur für ein paar Tage, so lange, bis ich meine Sachen vom Hof geholt hab? Und vielleicht kannst mir ein bisserl ein Make-up machen, aber nur ganz leicht!«

»Freilich, kein Problem!«

Da schau an, die Elisabeth!, dachte Andrea verwundert und nahm einen tiefen Schluck Rotwein. So etwas! Hatte die doch glatt einen Verehrer in der Hinterhand!

Sie lehnte sich zurück. Gönnen würde sie es der Freundin ja, aber ob dieser Hannes mit dem unaussprechlichen Namen es auch ehrlich mit ihr meinte? Aber – ermahnte sie sich wieder – es ist Elisabeths Leben und »Ratschläge sind auch Schläge!«

8

Zwei Autos starteten am Sonntag am späten Nachmittag von München zu ihrer Fahrt nach Berganger. In einem saßen Andrea, Elisabeth und Ramona, die sich auch dazugesellt hatte, im anderen Lars und Ben.

Etwas verspätet kamen sie in dem kleinen Dorf Berganger an, es hatte zum ersten Mal geschneit, und die Straßen waren schlecht befahrbar.

Leises Gemurmel, bedrückte Stimmung erwartete sie in der Wirtstube, ganz ungewöhnlich für die Mädels, die üblicherweise in gehöriger Lautstärke durcheinanderplapperten.

Eisiges Schweigen, als die fünf aus München ankamen, böse Blicke.

»Hallo, wie geht's euch?« fragte Andrea, betont forsch, um das Eis zu brechen. »Schön, dass ihr da seid!« Mit einem schnellen Blick hatte sie bemerkt, dass einige der Freundinnen fehlten.

»Wie's uns geht?« Barbara hatte sich zur Sprecherin der anderen gemacht. »Das fragst du auch noch, nachdem ihr uns in so eine Schweinerei hineingeritten habt?«

»Damit haben wir gar nichts zu tun!«, verteidigte sich Andrea. »Der Ben wird euch gleich alles erklären. Und dann überlegen wir gemeinsam, was wir machen wollen!«

Ben hatte einen großen Karton dabei, in dem die »echten« Kalender waren, und wuchtete ihn auf den Tisch.

»Da! Da habe ich die Kalender dabei, die ich gemacht habe für euch! Und jetzt will ich euch sagen, wie das alles gelaufen ist. Ihr dürft mir glauben, ich bin mindestens genauso sauer wie ihr!«

Als Ben den jungen Frauen erzählt hatte, wie alles gekommen war, die ganze Sache mit Thilo, waren die Meinungen geteilt.

»Das kann schon sein, dass das so gelaufen ist! Aber für uns ist das eigentlich egal! Hättest halt die Daten sichern müssen. Wir müssen schauen, wie wir damit fertig werden im Dorf! Oder glaubst, mir macht das Spaß, dass mich die Kundschaft jeden Tag blöd anschaut!«, ereiferte sich Ursula.

»Und ich, ich hab von meinem Chef einen Rüffel gekriegt, weil ich mir eine Polizeiuniform ausgeliehen hab. ›Entwendet‹, hat er gesagt! Das war eine echte Verwarnung!«

Andrea sah in die Runde, machte einen unglücklichen Eindruck. »Ich versteh euch ja voll und ganz! Aber es ist passiert, und jetzt müssen wir schauen, wie wir das Beste draus machen.

»Das Beste! Du redest dich leicht, wohnst in München, wo dich keiner kennt!«, höhnte Ursula.

Andrea sah in die Runde, zählte kurz die Mädchen ab. Drei von den zwölf fehlten. Es waren Lena, Semra und Maria. Immerhin waren die meisten gekommen.

»Wo ist denn die Lena?«, fragte sie in die Runde.

»Die Lena, die hat in der Nacht von Donnerstag auf Freitag entbunden. Ich glaub, die ist vor lauter Schreck vom Kind kommen!«, berichtete Gerti. »Ich hab sie schon besucht im Krankenhaus.«

»Was! Und? Wie geht's ihr und dem Baby?«

»Sehr gut, und sie sind ganz hin und weg mit dem Kleinen, vor allem der Markus!«

»Na, da hat sie ja Glück gehabt, da geht die Sache mit dem Kalender wahrscheinlich ganz unter!«

»Und wie heißt der Kleine?«

»Na, wie wird er schon heißen, Markus natürlich! Nach dem stolzen Vater!«

»So wie es halt der Brauch ist«, warf Elisabeth ein.

Durch diese freudige Nachricht kam Leben in die Runde, die Stimmen schwirrten durcheinander.

»Wisst ihr was? Wenn sie daheim ist, dann besuchen wir sie alle, gemeinsam!«, rief Sylvia laut.

»Genau, und was bringen wir mit?«

Lautes Durcheinander um die große Frage, was man Lena und ihrem Baby schenken sollte.

»Also, wenn ihr wollt, dann sammeln wir nachher, und ich kauf was Nettes«, rief Barbara in das Durcheinander.

»Gut! Und den echten Kalender, den bringen wir ihr auch mit, damit dem Markus auf jeden Fall der Wind aus den Segeln genommen ist.«

»Wenn er den Sexkalender überhaupt kennt!«

»Geh, den kennt doch jeder, zumindest hier im Dorf, auf jeden Fall die jungen Männer!«

Andrea klopfte energisch an ihr Glas. »Und wo ist die Maria, Anna?«

»Ach, die! Der war der Weg von Passau hierher zu weit.« Enttäuschung klang in ihrer Stimme mit.

»Wie ist es euch zweien denn ergangen mit dem Kalender?«, fragte Andrea.

»Also ehrlich, uns ist das ziemlich egal. Wir sind ja nicht mehr hier, und was die Leute im Dorf reden, das ist uns schnurzpiepe! Ich frag mich nur, was der Papa am Montag in der Schule zu hören kriegt, wenn rauskommt, dass wir in so einem Titten-Kalender drin sind?« Sie kicherte. »Aber der wird sich schon zu helfen wissen, der Herr Direktor!«

»Mir graut auch vor morgen, wenn ich wieder in die Schule muss! Womöglich werd ich recht gemobbt? Am Freitag hab ich geschwänzt, aber morgen muss ich wieder hin.« Violas Stimmchen klang ängstlich.

»Ach was, da wirst eher noch bewundert! Dein Bild ist doch wirklich süß! Die anderen Mädels in der Schule, die sind höchstens neidisch!«

»Also, ich muss euch erzählen, wie das bei mir war.« Alle Augen richteten sich auf Ursula. »Da hat jemand in der Früh das Bild von mir draußen an die Ladentür geheftet. Ich hatte keine Ahnung, warum die Leut so komisch zu mir waren! Meine Eltern, die waren erst recht verschnupft, vor allem die Mama. Aber wie ich ihr dann gesagt hab, dass der Ben«, sie sah entschuldigend zu Ben hin, »also, wie ich erzählt hab, dass ich da gar nix dafür kann, dann waren sie doch wieder beruhigt. Und der Peter«, fügte sie stolz hinzu, »der hat sehr zu mir geholfen.« Sie kicherte. »Der hat mir sogar einen Heiratsantrag gemacht.«

»Was!?«

»Der Bäckergeselle?«

»Und? Heiratest ihn?« Aufregung und Gelächter bei den jungen Frauen. Ursula zierte sich mit einer Antwort.

»Ich hab g'meint, der heißt Piotr?«, fragte Barbara spitz.

»Nein! Ab jetzt heißt er Peter!«, gab Ursula zurück und wurde ein bisschen rot, doch ihre Augen leuchteten verdächtig hell.

Jetzt mischte sich Ben in die Runde.

»Hört mal! Was wichtig ist, wie gehen wir vor? Gegen den Thilo, meine ich. Zuallererst müsste der weitere Verkauf der Kalender gestoppt werden.«

Zustimmendes Rufen.

»Und dann, denke ich, müsste der Thilo irgendwie Schadenersatz zahlen, immerhin sind wir alle geschädigt, oder nicht?« Er sah, auf Zustimmung wartend, in die Runde. »Aber wie das zu bewerkstelligen ist, davon habe ich keine Ahnung!«

»Ich denke, ihr solltet euch einen Anwalt nehmen!«, Lars, der sich bisher, wie für ihn üblich, nicht an der Diskussion beteiligt hatte, meldete sich ruhig zu Wort.

Paulina hob aufgeregt den Arm.

»Ich habe den Helmbrechts gleich am nächsten Tag alles erzählt. Ich war so verzweifelt, nicht so sehr wegen mir, wegen der Jungs, versteht ihr?«

Die anderen nickten verständnisvoll.

»Ich wollte schon meine Koffer packen und zurück nach Polen gehen! Aber die Helmbrechts, die haben das gar nicht so schlimm gefunden! Ich sag euch, ich war so froh und erleichtert.«

In dem Moment öffnete sich die Tür der Gaststube, und Semra kam herein, mit einem jungen, gut aussehenden Mann. Die Mädchen starrten sie an, einige verärgert. Das war hier ihr Stammtisch, und heute gab es besondere Entscheidungen zu fällen. Und da kommt die Semra mit einem Mann daher, einem Fremden!

Doch Semra ließ sich nicht beirren. »Das ist Mario. Mein Verlobter!«

Den Mädchen verschlug es die Sprache. Keine hatte geahnt, dass Semra einen Freund hatte.

»Entschuldigt, dass wir so spät sind, aber ich habe heute Mario meinen Eltern vorgestellt, und bei türkischen Familien dauert so etwas lange! Viel Essen und viel Palaver! Nicht wahr?« Sie lachte glücklich und hakte sich bei Mario ein, strahlte ihn an.

Mario nickte, lächelte zurück. »Wir konnten uns gerade noch loseisen!« Er sah angriffslustig zu den beiden Männern, die mit am Tisch saßen. »Welcher von euch ist jetzt dieser Ben?«

»Lass mal, das hat sich alles bereits geklärt! Setzt euch her!«, Andrea schob die Stühle zurecht. »Ben ist völlig unschuldig und ich auch. Aber das erkläre ich euch später. Jetzt geht es darum, wie wir weiter verfahren wollen! Paulina, du warst grad dran, zu erzählen!«

»Ja, ich habe mit den Helmbrechts gesprochen, und ihr wisst ja, dass Herr Helmbrecht Anwalt ist. Er hat gemeint, wenn wir das wollen, würde er den

Fall übernehmen. Ich glaube, Herr Helmbrecht ist ein guter Anwalt!«

»Ja, das ist er! Er hat mir einmal sehr geholfen«, warf Semra ein, und auf die neugierigen Blicke der anderen fügte sie schnell hinzu: »Nein, nicht mir, sondern meinem Bruder!«

»Was meint ihr? Sollen wir uns Herrn Helmbrecht anvertrauen?« Andrea sah in die Runde. »Was meinst du, Ben?«

»Mir ist das recht. Machen wir doch einen Termin mit ihm aus! Aber möglichst schnell, ich muss wissen, ob ich den Computer noch behalten darf oder nicht.«

»Ich rufe Herrn Helmbrecht an und frage ihn!« Paulina ging nach draußen, kam kurz danach wieder zurück. »Wenn ihr wollt, können wir morgen Abend bei ihm in der Kanzlei sein!«

»Passt das?« Andrea fragte in die Runde.

Die meisten der Mädchen nickten, auch Elisabeth war dabei.

Nur Daniela, die bisher geschwiegen hatte, schüttelte den Kopf. »Lasst mich noch darüber nachdenken!« Sie, die sonst immer so selbstsicher war, machte einen niedergeschlagenen Eindruck.

»Was hat denn dein Sebastian gesagt, weiß er es schon, ich meine, das mit dem Foto?«

Sylvia erkundigte sich ausnahmsweise einmal teilnahmsvoll. Daniela traten die Tränen in die Augen. »Ich möchte nicht darüber sprechen«, meinte sie steif und stand auf. »Ich glaub, ich geh jetzt lieber! Also, dann!«

Die anderen jungen Frauen sahen sich betroffen an, als Daniela weg war.

»Oh je! Das klingt nicht gut!«

»Vielleicht ist es wegen heute, in der Kirche. Ich glaub, das hat die Daniela recht getroffen.« Sylvia sprach, ganz gegen ihre Art, sehr ernst.

»Das war echt gemein vom Pfarrer, vor der ganzen Gemeinde«, pflichtete Barbara bei.

»Was war denn los, Sylvia?«, fragte Elisabeth.

»Also, die Daniela, die Barbara, die Gerti und ich waren, wie jeden Sonntag, in der Messe. Ich hab schon bemerkt, dass uns die Leut blöd angegafft haben. Die Männer mehr neugierig und die Frauen recht bös. Aber mir war das egal«, meinte sie trotzig. »Erst lief alles ganz normal ab, wie immer, aber zum Schluss, vor der Verabschiedung der Gemeinde, da hat sich der Pfarrer vorn hingestellt und eine saublöde Rede gehalten. Von wegen, der Satan der Unzucht hätte sich in unserem Dorf breitgemacht und einige aus unserer Mitte hätte der Teufel zu schlimmen Taten verführt und so weiter.«

Barbara fiel ihr ins Wort. »Das war so peinlich! Die Gerti und ich, wir sind gleich geflüchtet. Wie wir kapiert haben, dass er uns und den Kalender meint, sind wir schnell raus aus der Kirche. Aber fragt mich nicht, wie viele böse Blicke uns verfolgt haben, grässlich war das!«

»Ich war auch da«, meldete sich Paulina aufgeregt zu Wort. Heute hatte sie helle Strähnchen und das Haar lockig geföhnt. »Mit Fabian und Flori, ganz vorne! Ich wäre auch so gerne raus, aber das ging mit den beiden nicht. Die haben die Ohren gespitzt wie sonst nie, und hinterher haben sie mich mit Fragen gelöchert, wo jetzt der Teufel sei und was der im Dorf gemacht habe und so weiter.«

»Und du und Daniela? Was habt ihr gemacht?« fragte Andrea Sylvia.

»Ich bin neben der Daniela gestanden. Eigentlich wollte ich auch raus, aber die Daniela, die ist stocksteif dagestanden und hat nur leise gesagt: ›Ich bleib hier!‹ Und da bin ich auch geblieben, ich wollte die Daniela nicht alleine lassen. Aber ehrlich gesagt, wie der Pfarrer dann die Gemeinde aufgefordert hat«, sie versuchte ein Lachen zu unterdrücken, stellte sich in Positur und ahmte die salbungsvolle Sprechweise des alten Dorfpfarrers nach, »ein Vaterunser zu beten zum Herrn, zur Vergebung der armen, verirrten Schäfchen, und die Gemeinde das Gebet angestimmt hat, da wäre ich auch gerne gegangen. Aber wir haben es ausgehalten, die Daniela und ich. Mir hat es nicht so viel ausgemacht, aber die Daniela, die war wie versteinert. Na ja, ihr wisst ja, wie konservativ und auf ihren guten Ruf bedacht ihre Leut sind.«

»Aber der Sebastian, das ist doch ein ganz moderner Mann, der wird doch wegen so einem Bild kein Drama machen!«, empörte sich Anna. »Noch dazu, wo das Foto echt gut ist, da ist sie mal nicht so spießig drauf!«

»Er vielleicht nicht, aber seine Eltern? Oder ihre Eltern, ihr wisst doch, wie die alle sind!«

»Ach geh! Wir sind doch nicht im Mittelalter!« Wieder war es Anna.

»Ja, du! Du redest dich leicht! Du bist, genau wie die Andrea, in München, wo dich keiner kennt! Aber hier im Dorf ...«, ärgerte sich Sylvia.

»Da hat die Sylvie recht! Meine Eltern, die haben ja ganz vernünftig reagiert, wie ich ihnen alles erklärt hab, auch wenn sie nicht begeistert waren. Aber der Tommi, der hat mich angerufen! Stellt euch vor, nach Monaten zum ersten Mal!« Das war Gerti, sie war aufgebracht.

»Der Tommi?« Alle wussten inzwischen längst, dass Gerti und Tommi sich vor Monaten getrennt hatten.

»Ja, der Tommi!«, ereiferte sich Gerti. »Stellt euch das vor! Der hat mich doch glatt gefragt, ob ich nicht künftig das Maskottchen ihrer blöden Mannschaft sein will. Oben ohne! Das fände er super!«

»So eine Frechheit!«

»Genau! Aber dem hab ich's gegeben. Jetzt bin ich wirklich heilfroh, dass ich diesen Idioten los bin! Aber morgen steht mir ein Gespräch mit unserem Filialleiter in der Bank bevor!«

»Die werden dich doch nicht rausschmeißen!«

»Ich hoffe es nicht, und wenn – dann ist es mir auch egal!«, meinte Gerti trotzig.

Andrea sah auf die Uhr. Halb zehn war es bereits, dreieinhalb Stunden diskutierten sie bereits miteinander. Sie sah aus dem Fenster, es schneite jetzt in dicken Flocken, es wurde höchste Zeit, dass sie die Heimfahrt antraten.

»Ich teile jetzt die Kalender aus! Ramona, hilfst du mir bitte beim Kassieren?«

»Und ich kassier von jeder drei bis fünf Euro zusätzlich für der Lena ihr Baby, wie viel ihr halt geben wollt oder könnt«, rief Barbara in die Runde.

Endlich hatten die Mädels ihre Kalender vor sich und blätterten darin.

»Wirklich, so schöne Fotos! Ehrlich Ben, das hast du super gut gemacht und du auch Ramona! Wenn nur nicht dieser Scheiß mit dem Thilo passiert wäre.«

»Immerhin könnt ihr jetzt zu Hause beweisen, wie es wirklich war! Und du, Ursula, du kannst morgen das nette Bild mit der Schürze an die Tür heften!« Ben wirkte wie erlöst.

Andrea hatte längst bemerkt, wie unruhig Elisabeth neben ihr war, auch wenn sie nicht viel gesprochen hatte. Immer wieder sah sie heimlich auf die Uhr, blickte aus dem Fenster.

Zehn Uhr war es inzwischen. Kein Wunder, dass sie so müde war, dachte Andrea bei sich, jetzt, wo die ganze Anspannung von ihr abfiel. Auch Ben sah man die Erleichterung an. Elisabeth sah wieder unruhig aus dem Fenster, sprang plötzlich auf. »Ich muss gehen!« Hastig nahm sie ihre Kalender und den Mantel, den ihr Andrea geliehen hatte, und ging zur Tür. »Also, dann bis morgen beim Herrn Helmbrecht in der Kanzlei!«

Schnell kam sie noch einmal zurück, gab der verdutzten Andrea einen Kuss auf die Backe und raunte ihr ins Ohr: »Danke für alles! Du bist eine echte Freundin!« Dann war sie weg.

»Was ist denn mit der los? Wie kommt sie denn heim? Holt sie der Schorsch ab?«, ging es durcheinander.

Andrea sah verstohlen aus dem Fenster. Draußen, im Schein der Außenlampe, stand ein Geländewagen, daneben ein kräftiger Mann in einem Parka. Jetzt kam Elisabeth dazu. Sie schüttelten sich die Hand, dann öffnete der Mann die Beifahrertür und ließ Elisabeth galant einsteigen. So etwas hatte der Schorsch sicher noch nie gemacht.

Liebe Elisabeth, ich wünsch dir alles, alles Gute, dachte Andrea bei sich.

Langsam löste sich die Runde auf, und wie üblich dauerte es eine geraume Zeit, bis vor dem Gasthaus Ruhe einkehrte.

»Wann treffen wir uns denn wieder zu einem Stammtisch?«, fragte Andrea in die allgemeine Verabschiedung hinein.

»Lieber nicht mehr!«

»Ach, nein, ich hab keine Zeit!«

»Jetzt kommt eh bald Weihnachten, da ist so viel zu tun!«

»Ich glaub, ich brauch erst mal Ruhe und Abstand!«

»Also, ich bin nimmer dabei!«

Andrea stand da wie ein begossener Pudel, enttäuscht.

Sie hatte verstanden.

***

Die beiden Autos steuerten hintereinander München zu.

In dem einen saßen Andrea und Ramona, im hinteren Ben und Lars.

Ben sah auf die Uhr. »Wie fandest du das Treffen heute, Lars?«

»Ehrlich gesagt, ziemlich anstrengend diese Frauen. Aber das Resultat, das ist in Ordnung. Hoffentlich holt dieser Helmbrecht was raus für dich und für die Mädchen.«

Ben zuckte nur mit den Schultern. »Mal sehen! Morgen steht mir erst noch die Auseinandersetzung mit Thilo bevor.«

»Mir auch!«

»Dir?«

Lars sah kurz zu Ben auf dem Beifahrersitz. »Ich habe noch eine Abrechnung mit ihm vor. Habe letzte Woche etwas erfahren, etwas, was er gemacht hat, in Köln! Womit er mich dazu gebracht hat, meinen guten Job dort aufzugeben.«

Er schwieg, und Ben wusste, dass es wenig Sinn hatte, ihn zu drängen. Zu gegebener Zeit würde er es ihm erzählen, oder auch nicht.

Ben sah wieder auf die Uhr. »Ich hoffe, du kommst nicht zu spät zu deiner Verabredung. Wie heißt sie denn?«, fragte er forsch.

Lars warf ihm einen prüfenden Blick zu, dann sagte er knapp:

»Sepp!«

»Wie?« Ben glaubte, sich verhört zu haben.

»Sepp!«

»Was? Wie? Sepp?« Plötzlich fiel es ihm wie Schuppen von den Augen. Lars war schwul! Deshalb offensichtlich sein manchmal sehr verschlossenes Verhalten. »Du bist schwul«, stellte er sachlich fest. »Stimmts?«

»Ich bin schwul. Ist das ein Problem für dich?«

Ben schüttelte den Kopf. »Ich hab da, ehrlich gesagt, nicht viel Ahnung davon. Aber es ist okay!«

Lars atmete tief durch. »Weißt du, ich hatte in Köln einen Freund. Wir waren schon einige Jahre zusammen, fest. Da kam Thilo. Er wollte mich abwerben, für München, in seine Agentur. Aber ich hatte keine Lust – mein Freund, Mike, hatte einen guten Job in Köln, der wäre nie nach München mitgegangen. Plötzlich hat er sich von mir getrennt, das war schlimm für mich. Das ist bei uns nicht anders als bei euch Heteros. Und dann bin ich mit Thilo nach München.«

»Und warum? Warum hat sich Mike von dir getrennt?«

»Ich habe es erst jetzt erfahren. Thilo steckte dahinter. Hat Mike so eine Räuberpistole erzählt, dass ich jetzt mit ihm zusammen wäre und so!«

»So ein Schwein!« Ben war entrüstet.

»So ist er! Das, was er mit dir gemacht hat, ist dieselbe Gemeinheit, halt anders.«

»Und dieser Sepp?«, fragte Ben vorsichtig. »Ist der aus München?«

Lars fing zu lachen an. »Ob du es glaubst oder nicht, er ist aus einem Dorf in der Nähe von Gernkofen. Er arbeitet dort in einer Zimmerei, und«, wieder lachte Lars, »er ist dort im Trachtenverein.«

»Nein!«, entfuhr es Ben. »Das glaub ich nicht! Ein Trachtler, der schwul ist?«

»Ach weißt du, es gibt viel mehr Homosexuelle, als man glaubt. In der Politik, beim Film, sogar im Fußball! Für Sepp ist es natürlich schwer, sich zu outen, im Dorf, im Verein. Das käme vermutlich nicht gut an. Aber das haben wir gelöst. Er zieht weg von dort, zu mir nach München, und er hat sogar schon eine neue Stelle, beim Messebau!«

Ben war sprachlos, er hatte zwar immer gespürt, dass Lars irgendwie anders war, aber für schwul hätte er ihn nicht gehalten.

»Dann bleibst du also in München?«

»Ja, sieht so aus, vorerst!«

»Aber doch nicht beim Thilo, oder?«

»Nee, das sicher nicht. Das Projekt, an dem ich gerade arbeite, mache ich noch fertig. Will den Kunden nicht vergraulen, hab einen guten Kontakt zu ihm. Beruflich, meine ich!« Er lachte Ben offen an, und Ben dachte, wie befreiend es für Lars wohl war, dass er sich endlich zu seiner Art zu leben bekannt hatte.

Er sah zu ihm hinüber. »Vor morgen graut mir, ich bin kein Mann für Konflikte.«

»Ich auch nicht! Aber auf morgen, da freue ich mich fast! Dem Thilo, dem werden wir es zeigen, und gemeinsam sind wir stärker!«

Auch Andrea und Ramona fuhren im dichten Schneetreiben nach München.

»Das hast du gut gemacht heute Abend, Andrea«, begann Ramona die Unterhaltung. »Zum Schluss, finde ich, waren doch alle wieder recht vergnügt.«

»Ich weiß nicht.« Andrea fühlte sich erschöpft und ausgelaugt. »Ich fürchte, uns steht noch einiges bevor! Ich meine, das mit Herrn Helmbrecht und Thilo.«

»Meinst du? Mit dir hat das eigentlich nicht viel zu tun. Eher mit Ben! Der muss sich in erster Linie mit diesem Thilo auseinandersetzen.«

»Da hast du recht. Aber unser Stammtisch, der hat sich offensichtlich erledigt. Keine scheint mehr Lust dazu zu haben«, meinte Andrea, ihr Mund zitterte leicht vor Enttäuschung, und sie bemühte sich, die Tränen nicht hochkommen zu lassen.

»Ich versteh das irgendwie! Lass einfach mal Gras drüber wachsen, Andrea, und kümmere dich um deine anderen Sachen.«

»Mhm!« Andrea seufzte. »Die letzten Prüfungen stehen mir noch bevor, und die Arbeit in der Agentur wird immer mehr. Aber es macht Spaß!«, fügte sie tapfer hinzu.

»Na, siehste! Was hast du denn für Pläne?«

»Die Grit, die hat mir ein Angebot gemacht: Ein halbes Jahr Praktikum bei ihr in Hamburg! Aber bezahltes, nicht so wie Ben bei Thilo! Ja, vielleicht tut es mir ganz gut, mal rauszukommen, etwas ganz anderes zu machen. Eigentlich hält mich hier in München nichts.«

»Und Ben?«, fragte Ramona neugierig.

»Ben? Nein«, sie schüttelte den Kopf. »Ben ist nur ein Freund, wenn auch ein sehr guter. Das weiß er auch!«

Als Andrea endlich in ihrer Wohnung war, fühlte sie erst, wie anstrengend der Abend gewesen war. In der Küche stand die angebrochene Flasche Rotwein von neulich, und sie schenkte sich ein Glas ein.

In Gedanken ging sie noch einmal den Abend durch, die Erzählungen der Mädchen. Wie unterschiedlich die Reaktionen gewesen waren: Während es die einen, zum Beispiel die Zwillinge, relativ gelassen nahmen, hatten andere, vor allem Elisabeth, einen Berg von Problemen vor sich.

Was manchen noch bevorstand? Zum Beispiel der stolzen, oft recht hochnäsig wirkenden Daniela? Oder Gerti und Barbara, denen in der kommenden Woche eine Unterredung mit ihrem jeweiligen Chef bevorstand? Sogar die immer laute und manchmal recht freche Sylvia hatte kleinlaut gewirkt.

Sie lehnte sich auf dem Sofa zurück, der Wein hatte ihr den Rest gegeben. Sie gähnte tief. Jetzt würde sie erst mal schlafen, morgen war ein anstrengender Tag! Ramona hatte recht, sie sollte sich jetzt vorrangig um sich selbst kümmern.

Es war eine verrückte, aber auch schöne Zeit gewesen.

Ihre Zusammenkünfte mit den Mädels bei Antonio im »Il Girasole«, das viele Gequatsche, selbst die ewigen Zickereien zwischen Daniela und Sylvia, die sie manchmal genervt hatten, fand sie im Nachhinein ganz lustig, und erst die Fotoshootings! So begeistert waren alle gewesen.

Dann das dicke Ende! Vielleicht wurde noch alles gut. Am meisten hoffte sie das für Elisabeth!

Irgendwie war Andrea traurig, niedergeschlagen.

Etwas war zu Ende gegangen, unwiderruflich. Es schien ihr, als wäre mit dem Ende des Stammtisches auch ihre unbeschwerte Jugend endgültig dahin.

9

Ein wahrhaft goldener Oktober war das in diesem Jahr!

Die Sonne schien warm und mild und verzauberte mit ihrem Glanz die herbstliche Landschaft an der Mosel.

Die Weinlese war in vollem Gange, ab und an hörte man Schüsse knallen, die von in den Weinbergen installierten Schießanlagen kamen, mit denen man die naschhaften Vögel von den reifen Trauben fernhalten wollte.

Andrea war, nach längerer Zeit, wieder einmal zu Besuch bei ihren Eltern. Sie war gekommen, um dem Vater und seinen Freunden bei der Traubenernte zu helfen. Eine schöne Abwechslung war das für sie nach den langen Monaten in Hamburg und New York.

Sie saß mit ihrer Mutter auf der Terrasse des elterlichen Hauses, inmitten eines Weingartens, an einer hübsch gedeckten Kaffeetafel.

»Magst noch ein Stück Kuchen, Andrea?«, fragte die Mutter und schnitt ein Stück von dem köstlichen Zwetschgenkuchen ab. Andrea lehnte sich im Gartensessel zurück und hielt sich den Bauch.

»Nein, Mama, danke! Wirklich nicht!«

»Schmeckt er dir nicht?«, fragte die Mutter leicht vorwurfsvoll.

»Mama! Bitte hör auf! Ich hab schon vier Stück gegessen. Ich platze fast!«

»Na, von platzen kann bei dir ja keine Rede sein, so dünn wie du bist!« Sie musterte ihre Tochter mit einem besorgten Blick.

»Mama, ich bin völlig okay! Vielleicht ein bisschen abgespannt. Aber jetzt erhole ich mich ja bei dir!« Sie nickte der Mutter zu.

»Ja, da magst du recht haben, etwas abgespannt schaust du schon aus! Erzähl mal, was so los war bei dir. Wir haben dich ja seit Monaten nicht gesehen!« Das klang leicht vorwurfsvoll.

»Aber wir telefonieren doch mindestens einmal pro Woche, Mama!«, schob Andrea diesen Tadel zur Seite.

»Ja, schon, aber da kann man nur das Wichtigste reden, und wie es dir geht, davon erzählst du eigentlich nichts! Nur, wo du gerade bist und wo du demnächst wieder hinfährst.«

»So ist das mal in meinem Job! Das ist keine gemütliche Schreibtischarbeit, wie sie der Papa früher gehabt hat!«

Andreas Mutter lachte. »Lass das mal den Papa nicht hören!«

»Ist doch wahr! Heute ist alles ganz anders, zumindest bei mir!«

Die Mutter rührte in ihrer Tasse. »Ich mach mir halt manchmal Sorgen, bist eben unsere Einzige!« Sie sah auf.

»Wie schaut's denn so mit der Liebe aus? Gibt's da jemanden?«

Andrea rollte genervt die Augen zum Himmel. »Niemanden festen, wenn du das meinst.«

Die Mutter sah nachdenklich drein. »Mhm! Willst du denn so ganz allein leben?« Bedauern schwang in ihrer Stimme mit.

Andrea lachte herzhaft. »Allein ist gut! Du hast keine Ahnung, wie es in meinem Leben zugeht! Ich bin heilfroh, wenn ich mal alleine bin! Ich rase von einer Veranstaltung zur anderen! Lerne Tausend Leute kennen, übrigens auch ganz Berühmte! Der Tom und die Grit, die machen einen Superjob, die sind sehr erfolgreich! Und ich mitten drin!« Sie sah ihre Mutter unternehmungslustig an.

»Tja, wenn man das mag!«, gab die gedehnt zurück.

»Ich mag's! Auch wenn es manchmal recht anstrengend ist, das geb ich zu! Aber erzähl mal, wie es euch so geht hier an der Mosel.« Sie blickte um sich, auf das Haus, die Weinberge. »Schön habt ihr es hier ja! Weiß Gott! Da vermisst ihr Gernkofen sicher nicht, dieses langweilige Nest.«

Die Mutter schüttelte den Kopf. »Eigentlich nicht! Und der Papa, der geht richtig auf in der Winzerei. Der Weinberg, das ist seine ganze Leidenschaft, und darüber bin ich recht froh, weil ... ich selbst bin auch gerne hier, es ist ja meine Heimat. Obwohl es eine schöne Zeit in Gernkofen war. Die bayrische Landschaft, die Berge, das Skifahren im Winter, und du hattest dort auch eine schöne Kindheit und Jugend, nicht wahr?«

»Ja, das stimmt schon. Obwohl – heute möchte ich dort nicht mehr leben. In dieser engen, kleinen Welt!«

»Kommst denn noch manchmal hin, wenn du in München bist, oder hast den Kontakt zu den Mädels ganz verloren? Ich hab das immer schön gefunden, wie ihr euch regelmäßig getroffen habt, so unterschiedlich ihr auch wart! Weißt du denn, wie es der Elisabeth geht? Die hat es nicht einfach gehabt als Kind. Die hat mir oft leid getan.«

Andrea sah nachdenklich vor sich hin, ihre Miene verdüsterte sich.

»Hab ich was Falsches gesagt?«, fragte die Mutter.

»Nein, nein! Nur – ich hab ein bisschen ein schlechtes Gewissen. Seit letztem November war ich nicht mehr dort und hab auch nichts mehr gehört. Außer von der Elisabeth, die hab ich einmal angerufen, zu Weihnachten. Aber sonst ...«, sie zuckte mit den Schultern.

»Hat's was gegeben? Habt ihr euch zerstritten?«

»Zerstritten kann man so nicht sagen, aber es hat sich halt alles irgendwie zerschlagen. Wegen so einer dummen Geschichte!«

Damit hatte sie die Neugier der Mutter erst richtig geweckt. Sie zog ihren Stuhl näher an Andreas Sessel. »Was war los? Willst es mir nicht erzählen?«

Andrea zögerte, doch die Mutter ließ nicht locker.

»Jetzt komm, Andrea, erzähl doch!«

Nun, warum eigentlich nicht, dachte Andrea bei sich.

Nur selten hatte sie noch an das Dorf und an die Mädchen gedacht oder sich gefragt, wie es ihnen wohl weiter ergangen war. Doch irgendwie steckte die damalige Geschichte noch wie ein Stachel in ihr, zwar versteckt, aber doch da.

Sie wusste noch, dass Herr Helmbrecht juristisch die Angelegenheit übernommen und sich außergerichtlich mit diesem Thilo geeinigt hatte. Die Mädchen hatten alle, auch Andrea, Geld als Entschädigung bekommen. Es war keine Riesensumme gewesen, dreitausend Euro pro Nase, aber für die meisten von ihnen war das eine Menge Geld.

Auch von Ben hatte sie lange nichts mehr gehört. Der gute Ben! Das Ganze war damals auch für ihn eine einschneidende Erfahrung gewesen.

»Magst noch eine Tasse Kaffee, bevor er kalt wird?« Die Frage der Mutter riss sie aus ihren Gedanken. »Was schaust denn gar so finster? So schlimm wird es doch nicht gewesen sein, oder?«

Andrea lächelte die Mutter fast wehmütig an. »Nein, so etwas Schlimmes war es auch nicht. Und ich kann eigentlich nichts dafür, auch wenn ich das Ganze angeleiert habe. Es war ursprünglich eine Projektarbeit fürs Studium, und alle waren auch begeistert. Aber dann hat es eine«, sie lachte etwas nervös, »dann hat es eine unerwartete Wendung genommen.«

»Jetzt machst mich aber neugierig, Andrea!«

»Also, Mama, das war so.« Jetzt begann Andrea zu erzählen: Wie sie auf die Idee mit dem Kalender »Die Schönen vom Lande« gekommen war, wie sie die Mädels, erst mal den »harten Kern«, dazu überredet hatte, wie noch einige andere aus dem Dorf dazugekommen waren, zum Beispiel die Zwillinge Anna und Maria und die junge Viola, die eigentlich vom Alter her gar nicht so recht zu den anderen passte, aber so begeistert von der Idee gewesen war und unbedingt mitmachen wollte.

Das alles erzählte sie der Mutter jetzt, auch von Elisabeth und ihren Eheschwierigkeiten, von der Daniela von der Brauerei und dem Lagerhaus Kirmaier, der Sylvia und der Gerti, Barbara und Ursula von der Bäckerei Eggl, wo sie täglich Brot und Semmeln gekauft hatten. Sie alle kannte die Mutter, als sie noch Kinder gewesen waren. Sogar an Semra, das kleine Türkenmädchen erinnerte sie sich; nur Paulina, die junge Polin, die bei den Helmbrechts als Kindermädchen arbeitete, kannte sie nicht.

»Weißt, der Ben, der mit mir studiert hat, der hatte sich bereit erklärt, die Fotos zu machen, und die waren alle sehr nett und witzig. Lieb halt, als Geschenk für die Familien oder Freunde«, schloss Andrea ihre Erzählung.

»Und wo ist das Problem?«, fragte die Mutter.

»Tja, das kam dann im November, kurz bevor der Kalender gedruckt worden war«

Andrea fuhr fort zu erzählen: Wie der Sexkalender auftauchte, der Skandal im Dorf und die unterschiedlichen Reaktionen darauf, soweit sie von diesen wusste. Vor allem von Elisabeth erzählte sie, wie diese Andrea in der Nacht angerufen hatte und sie die Freundin, fürchterlich zugerichtet, in der Kapelle gefunden hatte.

Dann kam sie zum Schluss, das letzte Treffen in der Dorfwirtschaft in Berganger, und dass Herr Helmbrecht sich bereit erklärt hatte, die Mädels gegen diesen Thilo zu vertreten.

»Und? Wie ist das dann ausgegangen?«

»Ich weiß nur, dass jede von uns von diesem Thilo dreitausend Euro Entschädigung bekommen hat. Dafür hat Herr Helmbrecht auf eine Anzeige verzichtet, wegen Verletzung des Urheberrechts oder so.« Andrea sah ihre Mutter an, verzog unglücklich den Mund.

»Na, das ist doch etwas! Immerhin! Und wie ist es den Mädels weiter ergangen im Dorf?«

»Ich weiß es nicht!« Andrea zuckte mit den Achseln. »Ich hab noch vorgeschlagen, uns wieder zu treffen, zum Stammtisch, aber keine wollte mehr. Ich glaube, die hatten alle die Nase voll! Na ja, es war auch bald Weihnachten, und dann ... dann hab ich mich auch nicht mehr drum gekümmert. Hatte selbst genug zu tun. Ich bin ja auch nicht mehr so oft in München«, fügte sie entschuldigend hinzu.

Die Mutter tätschelte den Arm ihrer Tochter. »Du musst dir keine Vorwürfe machen, Andrea! Du kannst ja nix dafür, bist ja selbst eine Geschädigte gewesen.«

»Na ja, so kann man es auch sagen, Mama. Ich persönlich hab die Bilder gar nicht so schlimm gefunden, wenn man bedenkt, was heute so alles auf den Markt kommt. Aber ich rede leicht, das haben sie mir auch gesagt, damals. Ich lebe weit weg vom Dorf, das ist doch etwas ganz anderes, als in dieser engen, konservativen Welt.«

»Tut es dir denn leid, dass du keinen Kontakt mehr hast? Das könntest du leicht ändern! Ruf doch einfach mal an, zum Beispiel die Elisabeth!«

»Die Elisabeth! Das tät mich schon interessieren, was aus ihr geworden ist. Ob das mit diesem Hannes geklappt hat? Oder ob sie etwa wieder zum Schorsch zurück ist?« Andrea schüttelte es bei dem Gedanken.

»Mich tät es schon interessieren, was in einem Jahr aus den Mädchen geworden ist«, sinnierte die Mutter.

»Mhm«, pflichtete Andrea bei. »Ich wüsste nicht mal, wie ich das anstellen sollte.«

»Na hör mal, du als große Eventmanagerin!«, protestierte die Mutter lachend. »Das ist doch wohl ein Klacks für dich. Schreib doch einfach allen eine Karte, an ihre alte Adresse im Dorf. Selbst wenn die eine oder andere nicht mehr dort wohnen sollte, ihre Familien werden ihnen die Nachricht schon weiterleiten.«

Andrea zögerte.

»Komm, Andrea! Mach das! Du bist ohnehin zum Jahresende in München, hast du erzählt.«

»Und wenn sie sich nicht mehr melden?«

»Das glaub ich nicht«, war die Mutter überzeugt. »Vielleicht die eine oder andere, und wenn schon! Dann hast du es auf alle Fälle versucht und brauchst dir keine Gedanken mehr zu machen!«

»Vielleicht hast du recht, Mama! Dann ist es irgendwie abgeschlossen. Und interessieren würde mich schon, was es Neues gibt und wie es den Mädels geht!«

»Siehst du! Gleich heute Nachmittag gehen wir runter in den Ort und kaufen ein paar Karten. Dann suchen wir die Adressen raus, vielleicht auch im Internet, da kennst du dich ja bestens aus, oder nicht?«

Andrea nickte. »Klar, das ist kein Problem!«

»Na, also!« Die Mutter stand energisch auf und begann, den Kaffeetisch abzuräumen.

Am Nachmittag sah man die beiden, wie sie die Karten schrieben und versandfertig machten.

»Schau mal, findest du den Text so gut?« Andrea hielt der Mutter eine Karte hin.

Liebe Mädels!
Fast ein Jahr ist seit unserer Kalendergeschichte vergangen, und ich frage mich, wie es euch allen so ergangen ist in den letzten Monaten. Bei mir hat sich einiges getan, und ich glaube, auch ihr habt viel zu erzählen. Wollen wir uns nicht wieder einmal zu einem Mädelsstammtisch treffen? Ich schlage den ersten Donnerstag im Dezember, unseren traditionellen Termin, vor im »Il Girasole«.
Meldet euch doch per E-Mail oder telefonisch bei mir. Ich würde mich sehr freuen, euch alle wiederzusehen!
Eure Andrea

»Ja! Das finde ich gut so! Ich bin gespannt, wie viele sich melden! Darfst aber deine Telefonnummer, die Adresse und die E-Mail-Adresse nicht vergessen!«

»Mama! Für wie bescheuert hältst du mich denn?« Andrea schüttelte den Kopf. »Ich bin neugierig, was draus wird! Ist ein Versuch!« Sie steckte die Kuverts in ihre Tasche, um sie zum Postkasten im Ort zu bringen.

***

Im Laufe der nächsten Wochen trudelten die Antworten ein, meist per Mail oder SMS. Nur Elisabeth meldete sich telefonisch bei Andrea, um sich zu dem Treffen anzumelden.

»Elisabeth! Das freut mich, dass du mich anrufst! Ich hab ein schlechtes Gewissen, weil ich mich nicht mehr bei dir gemeldet hab, aber weißt …«

»Brauchst ned haben, Andrea!«, fiel ihr Elisabeth ins Wort. »Ich hätt mich auch melden können, aber es ist immer so viel los und so viel zu tun. Manchmal weiß ich gar ned, wo mir der Kopf steht!« Sie lachte, es klang glücklich.

»Wo wohnst du denn jetzt, Elisabeth? Ich hab den Brief an dich vorsichtshalber an die Barbara geschickt. Ich hab nicht gewusst …«

Wieder unterbrach sie Elisabeth. »Ja, ich weiß, sie hat ihn mir gegeben.« Laute Geräusche und Hundegebell im Hintergrund und Elisabeths beruhigende Stimme, die zu jemandem sprach. Dann: »Andrea, ich muss auflegen. Hier gibt's ein kleines Problem. Aber ich komme auf alle Fälle an dem Donnerstag zum Stammtisch! Ich freu mich schon, und es gibt viel zu erzählen.« Wieder lachte sie ein kleines, glückliches Lachen.

Fast alle Mädchen hatten zugesagt, nur von Anna und Maria war keine Antwort gekommen. Das verwunderte Andrea etwas, gerade die beiden waren relativ unaufgeregt wegen des Sexkalenders, wie sie ihn nannten, gewesen.

Natürlich hatte sie auch Ben und Ramona benachrichtigt, telefonisch.

Ramona hatte keine Zeit, sie arbeitete inzwischen als Maskenbildnerin am Theater und hatte Dienst. »Aber ich finde es schön, dass ihr euch wieder trefft. Vielleicht sehen wir uns mal in München, Andrea? Das würde mich freuen.«

Dann rief sie Ben an, mit klopfendem Herzen. Ihm gegenüber hatte sie das schlechteste Gewissen, weil sie sich nicht mehr gemeldet hatte.

»Ben? Ich bin's, Andrea!«

»Andrea? Hey, gibt's dich auch noch?« Es klang keine Spur vorwurfsvoll, eher erstaunt und erfreut.

Andrea erzählte ihm von dem kommenden Stammtisch. »Hast du denn Lust, auch zu kommen?«

Erst Schweigen am anderen Ende der Leitung, dann: »Du, ich glaub, da solltet ihr Mädchen euch alleine treffen, ohne mich! Aber sag mal, wo treibst du dich denn immer rum?«

»Jetzt bin ich bald wieder für einige Zeit in München. Vielleicht können wir uns mit Ramona treffen?«

»Ach ja! Die sehe ich öfters.« Er lachte leise, und Andrea schoss durch den Kopf, ob Ben etwas mit Ramona hatte? Doch der redete schon weiter: »Das wäre super! Melde dich, wenn du in München bist. Es ist zwar wahnsinnig viel zu tun, aber ich werde es irgendwie einrichten. Ich freue mich, dich mal wieder zu sehen! Also, bis dann!«

Andrea schaute verblüfft auf das Handy in ihrer Hand. Ben klang so ganz anders als früher. So bestimmt, fast geschäftsmäßig, auf jeden Fall sehr beschäftigt.

Was war denn mit dem passiert? Ihrem leicht verträumten, lieben Ben? Es schien sich allerhand verändert zu haben, nicht nur bei ihr!

***

Andrea schnupperte wieder Münchner Luft. Ach, war das schön! Nicht, dass ihr Hamburg nicht gefallen hätte, sie würde sicherlich einen Teil des nächsten Jahres wieder dort sein! Hamburg war eine schöne, interessante Stadt, mit dem großen Hafen, von dem Schiffe auf ihre Fahrt in alle Welt ablegten, der Alster, die durch die Stadt floss, wie die Isar durch München, den Vierteln mit den imposanten, alten Patrizierhäusern. Selbst zu den »steifen« Hamburgern hatte sie, dank Grit, guten Kontakt gefunden, auch wenn sie ganz anders als die Münchner waren. Irgendwie unverbindlicher, distanzierter.

Sie hatte Sehnsucht nach Bayern gehabt. Hier, in München, war alles ganz anders, gemütlicher, auch irgendwie provinzieller, fand sie. Auch wenn die Innenstadt voll ausländischer Touristen war, die alten Viertel, die zu München zusammengewachsen waren, waren immer noch sehr ursprünglich, wirkten fast dörflich.

Sie schlenderte durch die Stadt, bewunderte die weihnachtlich geschmückten Schaufenster und

Plätze und bummelte über den Christkindlmarkt am Marienplatz vor der Kulisse des neugotischen Rathauses.

In der Agentur gab es viel zu tun, gerade jetzt in der Vorweihnachtszeit, da viele der größeren Firmen ihre Weihnachtsfeiern veranstalteten und die Agentur damit beauftragten. Es ging nicht mehr ganz so feudal dabei zu wie in den letzten Jahren, die Wirtschaftskrise zeigte auch hier ihre Auswirkungen. Selbst wenn es den Firmen gut ging, es schickte sich derzeit einfach nicht, mit Hummer und Kaviar aufzuwarten, meist war eher – so wie früher einmal – ein »Bayrisches Büffet« gefragt, was lange Zeit eher verpönt gewesen war.

Es war Ende November, der Stammtisch-Termin nahte. Doch zuerst wollte sich Andrea mit Ben treffen. Was der wohl so alles zu erzählen hatte?

Kurzerhand rief sie ihn auf dem Handy an.

»Andrea!«, wieder klang er erfreut. »Lass mich mal in meinen Kalender schauen. Oder besser, ich rufe dich zurück, muss erst noch die anderen fragen, wann es ihnen passt! Es ist dir doch recht, wenn ich ein paar Leute mitbringe? Du wirst staunen! Bis dann, ich melde mich wieder!«

Er ließ ihr keine Zeit, zu antworten, und im ersten Moment war Andrea etwas enttäuscht, eigentlich hatte sie gedacht, sich alleine mit Ben zu treffen, so wie in alten Zeiten. Wen würde er denn mitbringen? So viele gemeinsame Bekannte hatten sie nicht, und zu den Studienkollegen, die auch Ben gekannt hatte, hatte sie keinerlei Kontakt mehr, war auch nicht interessiert.

Etwas missmutig starrte sie auf das Handy, nachdem er aufgelegt hatte. Na gut, wenn er es so will, dann eben so!

Doch recht erfreut war sie nicht darüber.

Drei Tage später saß sie in einer gemütlichen Kneipe in der Nähe des Gärtnerplatzes, im Glockenbachviertel, die Ben ihr als Treffpunkt genannt hatte. Sie war früh dran und fragte nach dem Tisch, den Ben reserviert hatte.

»Das da hinten ist Bens Tisch!«, die junge Bedienung im knappen T-Shirt mit Tätowierungen auf beiden Armen deutete auf einen Tisch hinten im Lokal. Ben schien hier bekannt zu sein.

Es war ein größerer Tisch mit acht Sitzplätzen. Andrea setzte sich und besah sich das Lokal, das noch halb leer war. Etwas eigenartige Typen saßen da, früher hätte sie sich in dieser Umgebung pudelwohl gefühlt. Heute fand sie das Lokal etwas merkwürdig, ein bisschen verschlampt. Hatte sie sich denn so verändert? In Hamburg hatte sie überwiegend mit gut situierten Leuten Kontakt gehabt, man hatte sich in schicken, angesagten Restaurants getroffen. Hier kam sie sich fast unpassend vor.

Sie behielt die Tür im Auge, neugierig, wer da kommen würde. Es war Ben, und in seinem Schlepptau – Andrea traute ihren Augen nicht – die hübsche, heute blonde, Paulina und Ramona!

»Grüß dich, Andrea!« Ben küsste sie, wie früher, auf die Wange. Auch die zwei jungen Frauen begrüßten sie herzlich.

Ben setzte sich neben Andrea, Paulina neben ihn, und Ramona setzte sich gegenüber. Andrea beobachtete die drei interessiert. Doch da legte Ben schon seinen Arm um Paulina. »Da staunst du, was?«, grinste er und drückte Paulina an sich.

»Was meinst du?«, fragte Andrea unsicher.

»Na, dass Paulina und ich zusammen sind!« Beide strahlten Andrea erwartungsvoll an.

»Ihr zwei?«, entfuhr es Andrea überrascht. »Also ...«, sie fing fast zu stottern an, »da, da bin ich schon überrascht. Und ... Wie machst du das mit den Helmbrechts, Paulina?«

»Ich bin nicht mehr bei den Helmbrechts!«

»Oh je, habt ihr euch verkracht, wegen des Kalenders?«, fragte Andrea ängstlich.

»Nein, im Gegenteil! Mit den Helmbrechts bin ich gut befreundet, sie sind wie meine Familie!«

»Paulina studiert hier in München in einer Mediendesign-Akademie und nebenher arbeitet sie bei uns in der Agentur. Learning By Doing, verstehst du!«

»Was heißt bei uns in der Agentur? Du bist doch nicht etwa noch bei Thilo?«, fragte Andrea entsetzt.

Ben lachte. »Nein, wirklich nicht! Also, du bist echt nicht auf dem Laufenden! Es gab ja ziemlichen Stunk damals, nicht nur wegen des Sexkalenders, auch Lars und Thilo hatten eine heftige Auseinandersetzung.« Er sah auf die Uhr. »Wo bleiben die denn wieder mal?«

»Ach, du weißt doch, dass die beiden nicht die Pünktlichsten sind«, entgegnete Ramona.

»Also, der Herr Helmbrecht hat ja die Sache in die Hand genommen und nicht nur für euch Mädels eine Entschädigung rausgeholt, sondern auch für mich. Und nachdem der Lars und ich dann auf den Schlag gekündigt haben, ist der Thilo ganz alleine dagestanden. Er muss noch irgendwelchen anderen Ärger gehabt haben in München, er war halt ein richtig blöder Arsch.«

Paulina stieß ihn in die Seite. »Ben!«, sagte sie tadelnd.

»Ist doch wahr! Und was wahr ist, darf man sagen! Na ja, er hat seine Lektion bekommen.« Er nahm einen tiefen Schluck aus seinem Bierglas.

»Und dann?« Andrea sah ihn erwartungsvoll an.

»Dann ist er weg, zurück nach Bremen, wo er hergekommen ist!« Er sah grimmig drein.

»Und weiter?«

»Dann haben Lars und ich die Agentur übernommen, haben sie natürlich umbenannt. Lars hatte gute Kontakte zu den Kunden, die meisten sind uns treu geblieben. Es läuft sehr gut, wir können uns vor Aufträgen kaum retten und werden demnächst noch einen Grafikdesigner einstellen, zumindest, bis Paulina so weit ist.«

Er warf Paulina einen liebevollen Blick zu. »Dann wird sie bei uns einsteigen!«

Andrea sah Paulina an. »Und wie seid ihr zwei zusammengekommen, wenn ich fragen darf?«

»Ben war öfter bei den Helmbrechts, wegen der Auseinandersetzung mit Thilo, ja, und da haben wir uns verliebt!«, meinte sie, fast verlegen, und eine leichte Röte stieg ihr ins Gesicht. »Ich hatte auch das Geld von der Entschädigung bekommen, und natürlich wollte ich längst etwas anderes tun, als Haushaltshilfe und Kindermädchen zu sein. Vielleicht wäre ich nach Polen zurückgegangen, doch durch Ben bin ich dann auf die Idee mit der Design-Schule gekommen, ein Studium an der Uni, das wäre mir zu lange und zu wenig praxisorientiert gewesen.«

»Aha! Du, das finde ich toll!« Andrea war perplex.

»Die Schule ist natürlich teuer, aber vorerst bezahlen es die Helmbrechts, das heißt, es ist ein Darlehen, das ich später, wenn ich Geld verdiene, zurückbezahle. Trotzdem ist es eine riesige Hilfe! Und nachdem ich mit Ben zusammenwohne, ist das Leben hier nicht so teuer!« Sie schmiegte sich an Ben.

»Da kommen die anderen!«, Ramona saß mit dem Blick zur Tür.

Zwei Männer kamen an ihren Tisch. Der eine war Lars, ihn kannte Andrea. Der andere war ein großer, dunkelhaariger Typ mit einem Bart, ein Mann wie ein Baum. Er trug einen Lodenjanker und wirkte hier, in diesem etwas schrägen Lokal, einigermaßen unpassend.

»Lars kennst du ja, Andrea, und das da ist der Sepp, Lars' Freund oder sagen wir besser Lebensgefährte!«

Andrea verschlug es fast die Sprache. Da kam ja eine Überraschung nach der anderen! Lars war also schwul! »Grüß euch!«, Sepp setzte sich mit Lars an den Tisch, und Andrea betrachtete die beiden, fast amüsiert. Zwei gegensätzlichere Typen wie Lars und Sepp konnte man sich kaum vorstellen! Na ja, wo die Liebe eben hinfällt, dachte sie bei sich. Das schien bei den Schwulen nicht anders zu sein als bei den Heteros.

Sie wandte sich wieder an Paulina. »Weißt du denn etwas von den anderen Mädels, Paulina?«

»Ehrlich gesagt, wenig, ich bin nicht mehr oft in Gernkofen, außer mal bei den Helmbrechts zu Besuch. Ich glaube, der Stammtisch hat sich ganz aufgelöst. Nur die Sylvia und die Daniela, die treffe ich gelegentlich hier in München.«

»Hier in München? Die Daniela?«

»Ja, und die Sylvia«, Ramona mischte sich ein. »Wir sind befreundet, die Sylvia und ich!«

»Was?« Andrea riss die Augen auf.

»Nein«, wehrte Ramona lachend ab. »Nicht, was du vielleicht meinst«, und sie warf einen versteckten Blick auf Lars und Sepp. »Wir haben beruflich miteinander zu tun!«

»Beruflich?« Andrea erinnerte sich, dass Sylvia in diesem Provinzfriseurladen gearbeitet hatte, wo sie wie ein Paradiesvogel gewirkt hatte mit ihrer manchmal etwas schrägen Aufmachung.

»Ja, beruflich! Aber das sollen dir die Mädels am nächsten Donnerstag alles selbst erzählen. Es gibt eine Menge Neuigkeiten!«

»Noch mehr Neuigkeiten? Macht mich nicht verrückt! Ehrlich gesagt, für heute war das schon eine ganze Menge!«

Ben grinste. »Ja, Thilo hat mit seiner Aktion einiges angestoßen, viel Wirbel gemacht. Freu dich auf Donnerstag!«

Die Tage bis Donnerstag vergingen wie im Flug, und Andrea machte sich, nach langer Zeit, wieder einmal auf den Weg nach Gernkofen.

In der Nacht hatte es zum ersten Mal geschneit, doch in der Stadt bemerkte man nicht allzu viel davon, erst als sie nach draußen, aufs Land kam, sah sie die weiß verhüllte, wie verzauberte Landschaft. Sie war heilfroh, dass die Straßen frei waren, denn sie hatte, nachlässigerweise, noch keine Winterreifen aufziehen lassen.

Einesteils freute sie sich auf das Treffen, andererseits hatte sie etwas Bammel davor. Doch ihre Mutter hatte sie beruhigt.

»Ich weiß nicht, was du hast, Andrea? Das sind erwachsene Frauen, und du bist nicht verantwortlich für das, was passiert ist. Wo ist denn eigentlich dieser Thilo abgeblieben? Betreibt der immer noch seine Agentur?«

Damals hatte Andrea keine Antwort darauf gehabt, hatte nicht einmal gewusst, wie es Ben ging. Doch das hatte sich inzwischen ja geändert.

In Gedanken an das Treffen in der Kneipe vor einigen Tagen versunken, kam sie in Gernkofen an. Schon von Weitem sah sie den hell angestrahlten Kirchturm des Dorfes, das war neu! Schien sich in dem Dorf doch etwas zu verändern?

Sie fuhr langsam zur Dorfmitte, wo neben der Kirche der »Alte Wirt« war und über der Straße, das »Il Girasole«, wo Barbara das Nebenzimmer hatte reservieren lassen. Hier war alles beim Alten geblieben.

Andrea war früh dran, sie wollte möglichst alle einzeln begrüßen. Das Lokal war noch leer, als sie es betrat. Antonio kam aus der Küche, er schien sich aufrichtig zu freuen, Andrea wiederzusehen.

»Ciao, Andrea! Wie geht es dir? Habe dich lange nix gesehen!«

»Ciao, Antonio!« Und mit neugierigem Blick nach hinten, ins Nebenzimmer: »Bin ich die Erste heute?«

»Si. Biste die Erste! Heute Stammtisch, wie in alte Zeit!« Er strahlte über das ganze Gesicht.

»Ja, wie in alten Zeiten!« Andrea sah ihn fragend an. »Kommen denn die anderen gelegentlich noch her?«

»Ah ja, komme schon manche, aber nix mehr zusammen, so wie früher. Komme manchmal die Barbara mit ihre Freund oder die Ursula. Aber kein Stammtisch mehr! Isse schade!« Er zuckte bedauernd mit den Schultern.

Andrea ging ins Nebenzimmer, hängte ihre Jacke an den Garderobenhaken.

»Ich bringe Prosecco, wenn alle da sind, von die Haus! Zu Feier des Tages!« Er zwinkerte ihr zu.

Andrea sah auf die Uhr, es war kurz vor sieben Uhr. Da hörte sie schon helle Stimmen von draußen, und gleich darauf kamen Gerti und Barbara herein.

»Andrea! Lass dich anschauen!« Eine herzliche Umarmung, wie früher üblich. »Gut schaust aus, irgendwie viel eleganter als früher! Die Haare hast auch länger!«

Es stimmte. Seit Andrea in der Agentur fest angestellt war, hatte sie ihr Aussehen verändert, kam nicht mehr so jungenhaft schlaksig und leger daher wie als Studentin. Vor allem in Hamburg legte man Wert auf gepflegtes Äußeres.

»Ihr schaut auch gut aus, habt euch gar nicht verändert.«

»Bei uns hat sich auch nicht allzu viel verändert, oder, Barbara?«

»Wie man's nimmt!« Barbara wandte sich an Andrea. »Ich bin immer noch bei der Polizei. Weißt, ein bisserl Wirbel hat es natürlich gegeben nach dem Foto mit der Polizeijacke«, sie lachte laut, »aber außer einem Rüffel hat es keine Konsequenzen gehabt für mich. Und außerdem – der Bernhard, der hat mich immer verteidigt, wenn mich andere Kollegen aufgezogen haben. Jetzt sind wir endgültig zusammen, der Bernhard und ich!«

»Hieß der nicht Holger oder so?« Andrea grinste ein bisschen unverschämt in der Erinnerung an damals, als Barbara von diesem Kriminaler Holger geschwärmt hatte und den Bernhard Klopfer »stinklangweilig« fand.

Barbara blitzte Andrea an. »Geh, das war doch nur so eine kindische Schwärmerei! Der Holger, der ist übrigens schon längst wieder in Norddeutschland, wo er hingehört. Der hätte nie hierher gepasst, so glatt und geschniegelt, wie der war!«, meinte sie verächtlich.

Andrea lachte. »Und du, Gerti, wie geht's dir?«

»Gut! Ich hab den Absprung geschafft!« Sie atmete wie erleichtert durch.

»Welchen Absprung denn?«

»Na, von daheim halt!«

»Die Gerti ist befördert worden«, spöttelte Barbara.

»Jaah«, meinte Gerti gedehnt. »Mich hat damals mein Chef zu sich kommen lassen, und ich hab echt gezittert vor Aufregung. Ich hab gedacht, der schmeißt mich raus, weil ich, als seriöse Bankangestellte, mich so hab fotografieren lassen. Weißt doch, das Fußballfoto, im Tor!«

»Ja, genau!«

»Aber dann kam die große Überraschung! Er hat mich gefragt, ob ich nicht in die Filiale nach Rosenheim überwechseln möchte, als stellvertretende Filialleiterin, vorerst! Mich hätte es fast gesetzt!«

»Und wegen dem Foto, da hat er gar nichts gesagt?«

»Doch! Er hat gemeint, es wäre vielleicht besser, von hier wegzugehen, denn dort, in Rosenheim, würde mich kaum jemand kennen! ›Sie wissen schon, gell?‹, hat er gemeint und mir so zugeblinzelt. Das war's dann schon. Die Kollegen damals, die haben natürlich süffisant gegrinst wegen dem busenfreien Bild, aber ich habe ihnen dann den echten Kalender unter die Nase gehalten. Da war der Spuk schnell vorbei!«

»Und jetzt bist du in Rosenheim? So weit weg ist das doch gar nicht! Da könntest du doch locker hin- und herfahren.«

»Ja, schon, aber es war höchste Zeit, dass ich von daheim weg bin! Für meine Mama ist es brutal hart gewesen, als ich ihr gesagt hab, dass ich ausziehe. Mir ist es auch schwer gefallen, aber es war nötig! Irgendwann muss man raus aus dem elterlichen Nest! Aber jetzt hat sie es gut gepackt, arbeitet ehrenamtlich in der Kirchengemeinde mit.« Gerti verzog spöttisch das Gesicht. »Jetzt kann sie den neuen, jungen Pfarrer bemuttern, dem tut es ganz gut!«

»Oh! Ihr habt einen neuen Pfarrer?«

»Ja, der alte Pfarrer Klug ist in Ruhestand gegangen, er hat kurz nach der Kalendergeschichte einen Schlaganfall gehabt.«

Andrea schlug sich erschrocken auf den Mund. »Doch nicht deswegen!«

Gerti lachte laut. »Nein, sicher nicht! Es war auch nur ein kleines Schlagerl, und es war eh höchste Zeit für seine Pensionierung, der war gar nicht mehr auf dem Stand der Zeit. Dem seine Predigten! Wisst ihr noch, wie er damals, an dem Sonntag, in der Messe gegen uns gewettert hat?«

»Ja, und die ganze Gemeinde hat für unser Seelenheil gebetet!« Barbara kringelte sich vor Vergnügen.

»Ja, heut lachen wir darüber, aber damals …! Vor allem die Daniela hat es schwer getroffen.«

»Wie geht es ihr denn heute?«, fragte Andrea besorgt.

»Ach, das soll sie selbst erzählen! Übrigens«, sie beugte sich zu den beiden anderen. »Eigentlich darf ich es nicht erzählen, hat meine Mutter gesagt, aber ich finde es so typisch.«

»Was denn?«

»Also: Als der alte Pfarrer ausgezogen und der neue gekommen ist, da hat meine Mutter geholfen, im Pfarrhaus auszuräumen. Und wisst ihr was?« Gerti machte eine Kunstpause.

»Jetzt sag schon, was denn?«

»Im Klo vom alten Pfarrer sind gleich drei von unseren Sexkalendern gehangen, mit verschiedenen Bildern aufgeschlagen!« Sie brüllte vor Lachen, und Andrea und Barbara fielen ein. »Meine Mama hat sie weggelegt, wollte sie daheim verbrennen, aber bis zum Abend waren alle weg. Andere fleißige Helfer vom Pfarrgemeinderat haben sie anscheinend mitgenommen. Diese Pharisäer!« Wieder schallendes Gelächter.

»Und die anderen Mädels? Seht ihr euch gelegentlich noch?« japste Andrea, als sie sich von ihrem Lachanfall erholt hatte.

»Eher selten. Aber horch, da kommen welche!«

Von draußen erklangen wieder Stimmen, und kurz darauf kamen Semra und Viola herein.

Wieder großes Hallo, und schon kamen die Nächsten daher, Ursula, noch rundlicher als früher, aber mit modischerer Frisur, und Lena mit dem kleinen Markus auf dem Arm, der jetzt schon ein Jahr alt war.

Sofort umringten alle die junge Mutter mit ihrem kleinen Sohn, der sich schüchtern an seine Mama schmiegte.

»Brauchst keine Angst haben, Markus. Die sind alle ganz lieb.« Trotzdem versteckte der Kleine sein Gesichtchen am Hals der Mutter und schaute nur gelegentlich, aus sicherer Hut, neugierig auf die Frauen, die ihn umringten.

»Ich wollt euch den Kleinen nur mal zeigen«, meinte Lena voll mütterlichem Stolz. »Der Markus kommt in einer halben Stunde und holt ihn ab, damit ich noch ein bisschen bleiben kann. Mei, ich hab euch seit Ewigkeiten nicht mehr gesehen.«

»Genau, das letzte Mal, als wir durchs Fenster geflüchtet sind!«, lachte Semra und ergänzte: »Du natürlich nicht, Lena, du warst hochschwanger, hättest nie durch das Fenster gepasst!«

»Ja! Das weiß ich noch ganz genau! Ich musste vorne raus, durch die Gaststube mit den gaffenden Männern, und in der Nacht, da ging dann die Geburt los! Ach, war das eine aufregende Zeit!«

»Hat denn der Markus von dem Sexkalender erfahren?«

»Der hat daheim schon auf mich gewartet! Na ja, eine kleine Auseinandersetzung haben wir schon gehabt, aber dann ist es gleich losgegangen mit der Geburt. Da war dann alles wieder gut! Und die dreitausend Euro, die wir dann später gekriegt haben, die haben wir auch ganz gut brauchen können, für die Babyausstattung und so. So ein kleiner Wicht, der kostet ganz schön Geld, kann ich euch sagen!«

»Ja, das kann ich mir vorstellen!«, schaltete sich Ursula ein.

»Hast deinen Laden schon zugemacht, Ursula? Es ist doch noch gar ned Ladenschluss.«

»Den macht heut der Peter! Damit ich rechtzeitig weg kann!«, gab Ursula zurück.

»Wann heiratet ihr denn eigentlich?« Ursulas ohnehin schon rosige Wangen röteten sich noch mehr.

»Was? Du heiratest den Piotr?«, fragte Andrea verwundert.

»Ja! Im Mai!«

»Ah! Damit du ein schönes weißes Brautkleid anziehen kannst, oder?«

Ursula wurde noch eine Spur röter. »Das wird dann nimmer gehen! Eigentlich ist es, damit's Kind nicht unehelich auf die Welt kommt!«

Für einen Moment verschlug es allen die Sprache, dann großes Durcheinander, Gejohle, Glückwünsche.

»Die Ursula! Schwanger!«

Ursula drehte sich kokett, sichtlich stolz.

»Und? Was sagen deine Eltern dazu?«

»Die freuen sich auf das Enkelkind! Und außerdem, der Peter macht bald die Meisterprüfung, und dann übernehmen wir die Bäckerei. Der Papa geht in den Ruhestand.«

»Und dann heißt's Bäckerei Wolinski?«

»Nein!«, wehrte Ursula entrüstet ab. »Schließlich heiratet er ja nur ein, da bleibt der Name Eggl auf alle Fälle bestehen.«

Die anderen zwinkerten sich zu, da würde sich der Piotr, wie ihn alle weiterhin nannten, noch durchsetzen müssen!

»Wo bleiben denn die Münchnerinnen?«, fragte Gerti.

»Wer sind denn die Münchnerinnen?« Andrea erfuhr eine Überraschung nach der anderen.

»Na, die Paulina, die Sylvia und die Daniela! Die kommen sicher zusammen, in der Daniela ihrem Auto.«

Barbara sah aus dem Fenster. »Da kommen s' schon daher! Jetzt kann der Antonio auch den Prosecco bringen. Jetzt sind wir komplett oder zumindest fast!«

Zugleich mit Antonio, der das Tablett mit den Sektgläsern hereinbalancierte, tauchten die drei aus München auf.

Andrea traute ihren Augen nicht, als sie die jungen Frauen sah. Paulina hatte sie bereits in München getroffen, mit Ben. Doch als sie Sylvia sah, konnte sie nur staunen! Die hatte sich komplett verändert! Wenn sie früher stark und meist zu grell geschminkt war, sah sie jetzt umwerfend gut aus. Sie war schlanker, die langen, wasserstoffblonden, zotteligen Haare, auf die sie immer so stolz gewesen war, trug sie jetzt halblang geschnitten, in ihrer schönen, dunkelblonden Naturfarbe, dazu ein perfektes Make-up. Sie hatte ihren Typ völlig verändert!

Andrea staunte. »Mensch, Sylvie, du schaust super gut aus! Ich kann es nicht fassen, wie du dich verändert hast! Wie geht's dir denn so?«

Sylvia lächelte geschmeichelt. »Mir geht's gut! Du wirst vermutlich nicht wissen, dass ich meine Stelle als Friseurin aufgegeben hab. Meine Chefin hat mich damals so was von blöd angeredet, wegen dem Foto«, sie warf den Kopf in den Nacken und lachte lauthals. »Da hab ich prompt gekündigt! Na ja, meine Eltern waren schon schockiert, erst das Foto und jetzt auch noch die Kündigung. Ich hab mich dann erst mal mit Gelegenheitsjobs über Wasser gehalten, in Lokalen als Aushilfsbedienung gearbeitet. Bis dann die Sache mit Herrn Helmbrecht und dem Thilo ausgestanden war und ich die dreitausend Euro gekriegt hab. Dann bin ich durchgestartet. Zuerst hab ich mir meinen Traum von der Kosmetikschule erfüllt, das macht mir echt Spaß! Und dazu arbeite ich mit der Ramona zusammen, die ist ja Maskenbildnerin, und ich bin ihre Assistentin.« Der Stolz in ihrer Stimme war nicht zu überhören.

»Du könntest echt als Model durchgehen«, meinte Andrea anerkennend.

»Ach was! So etwas würd ich nie wollen!« Gerti verdrehte die Augen in Erinnerung an die Flausen, die Sylvia seinerzeit im Kopf gehabt hatte. »Das sind ganz arme Würstchen, dürfen sich überhaupt nix gönnen. Die sind echt zu bedauern! Nein, das wär nix für mich! Und so klapperdürr will ich gar ned sein!«

Antonio öffnete die Tür zum Nebenzimmer. Er hielt einen Brief in der Hand. »Da, Andrea! Hätte ich fast vergessen! Ist vor einige Tage gekommen! Für euch!«

Andrea nahm den Brief entgegen, drehte ihn in der Hand. »An den Mädelstammtisch bei Antonio«, war er adressiert, und ausländische Marken waren drauf. »Aus Amerika!« las Andrea verwundert vor.

»Mach auf!«

»Wer schreibt uns denn aus Amerika?«

Andrea öffnete das große Kuvert. Eine Karte und einige Fotos waren drin.

»Zeig her!« Barbara nahm ihr die Fotos aus der Hand.

»Das sind ja die Anna und die Maria!« Sie zeigte die Fotos in die Runde. Da waren die Zwillinge, lustig und vergnügt wie eh und je, vor der Skyline von New York.

Liebe Grüße an euch alle! Und macht nicht wieder Dummheiten! Wir sind auf einer Reise durch die USA bis zum Frühjahr, dann geht die Maloche an der Uni weiter! Bis zum nächsten Wiedersehen! Eure Anna und Maria

»Die zwei! Haben sie es doch nicht lange ohne einander ausgehalten!« Die Fotos wanderten von Hand zu Hand.

»Wo bleibt denn die Elisabeth?« Andrea hatte bei jedem Öffnen der Tür Elisabeth erwartet. Wie es ihr ergangen war, das lag ihr besonders am Herzen.

»Ach die! Die kommt noch!«, rief Barbara. »Sie hat mir fest zugesagt. Aber die wird mit der Arbeit nie fertig!«

»Ich hab sie neulich mal auf dem Parkplatz vom Supermarkt gesehen in dem Land-Rover, mit zwei riesigen Hunden und den beiden Kindern. Einen Einkaufswagen, brechend voll, hat sie vor sich hergeschoben!«, lachte Gerti. »Ich hab ihr zugerufen, aber die hat keine Zeit gehabt, hat nur zurückgewinkt. Aber sie hat gut ausgeschaut. Ich glaub, sie ist ganz glücklich beim Hannes Huntgeburth da draußen.«

Als hätte sie geahnt, dass über sie gesprochen wurde, schob Elisabeth die Nebenzimmertüre auf.

Sie trug ein Lodencape, ihre Wangen waren rot von der Kälte draußen.

»Huh, ganz schön kalt ist es geworden«, rief sie, streifte ihr Cape ab, und es war für alle unverkennbar: Ein Bäuchlein wölbte sich unter ihrem Pullover!

»Entschuldigt bitte, dass ich so spät dran bin!«

Sie ging zu Andrea hin, umarmte sie herzlich. »Schön, dass ich dich wieder mal seh, Andrea! Tut mir leid, dass ich mich nie gemeldet hab! Echt unverzeihlich ist das!«

Andrea war so überrascht, dass sie kaum etwas herausbrachte. Auch die anderen schwiegen verblüfft.

»Warum schaut ihr denn so erschrocken? Habt ihr noch nie eine werdende Mutter gesehen?«, fragte Elisabeth in die Runde, stemmte die Hände in den Rücken und streckte selbstbewusst ihren Bauch vor.

»Du bist schwanger!«

»Ja, ich bin schwanger«, bestätigte Elisabeth lachend.

»Und wie geht's dir da draußen in der Einöde bei dem Huntgeburth?«, fragte Barbara.

»Es geht mir sehr gut beim Hannes!«, sagte Elisabeth mit Nachdruck. »Es ist viel Arbeit: die Kinder, die Tiere, die wir haben, und die Praxis. Übrigens: Wir heiraten, sobald meine Scheidung vom Schorsch durch ist. Nur im kleinen Rahmen, keine große Feier«, fügte sie schnell hinzu. »Nur für uns, die Kinder und Hannes' Eltern.«

»Hey, super, noch eine Hochzeit!«

»Und wie sind die, die Kinder vom Hannes?«

Elisabeth lächelte wie verklärt. »Die sind ganz lieb, die sind froh, dass sie wieder eine Mama haben.«

»Eine Mama?«

»Ja! Die kleine Tine, die ist jetzt sechs, die hat mich neulich gefragt, ob ich denn jetzt immer bei ihnen bleiben würde. Und als ich Ja gesagt habe, da hat sie die Arme um meinen Hals gelegt und gesagt: ›Dann sag ich jetzt Mama zu dir!‹ Ehrlich, mir sind fast die Tränen gekommen vor Freude.«

Alle schauten gerührt. »Beim Johannes hat es ein bisschen gedauert, aber dann hat er auch irgendwann Mama gesagt. Einfach so! Und damit ist es gut!« Die Freude darüber leuchtete aus Elisabeths Gesicht.

Was für ein Unterschied zu damals, dachte Andrea, als sie die Freundin betrachtete. Wie verbittert und verhärmt sie damals ausgesehen hatte, jetzt war sie eine strahlend glückliche junge Frau!

Endlich brachte Antonio die Getränke und die bestellten Pizzen herein, in Stücke geschnitten, wie früher.

»Das gibt's doch nicht! Zwei Schwangerschaften und zwei Hochzeiten – unglaublich!«

»Und du, Daniela? Ich hab gehört, du wohnst jetzt in München? Wie kommt das denn?«, erkundigte sich Andrea.

Auch Daniela wirkte viel gelöster als früher, viel offener, nicht mehr so angespannt.

»Ach weißt, Andrea, damals, als der Sexkalender rauskam, da hab ich gedacht, die Welt geht unter. Und irgendwie war es auch fast so, wenigstens meine damalige Welt!« Sie sah fast wehmütig drein. »Aber wie das so ist: Manchmal wendet eine Krise das Leben zum Besseren. Die Reaktion vom Sebastian, mit dem ich verlobt war, ihr wisst das alle«, fuhr sie fort, »die war so niederschmetternd für mich, dass ich die Verlobung gelöst habe. Er und seine Leut, die haben nur ans Geld und an ihr Ansehen gedacht. Ich allerdings früher auch, das muss ich zugeben. Auch meine Eltern waren alles andere als begeistert und erst mein Bruder! Der hat glatt befürchtet, dass unser Lagerhaus und die Brauerei in Konkurs gehen werden wegen mir. Es hat viel Streit und Frust gegeben. Aber letztendlich hatte es auch sein Gutes: Dadurch sind mir die Augen aufgegangen, endlich hab ich gewusst, was ich wirklich will, was ich mir schon immer gewünscht habe: Ich will singen!«

»Ja, stimmt, du warst schon immer im Kirchenchor!«

»Damals, das war nur ein Hobby. Mein Vater, der war der Einzige, der mich verstanden hat. Erst hab ich auch, so wie ihr, die dreitausend Euro bekommen, das hat schon geholfen. Aber so ein Gesangsstudium kostet Geld und das Leben in München auch! Da hat mir der Papa einen Teil von meinem späteren Erbe ausbezahlt. Es ist nicht wahnsinnig viel, aber ich komme zurecht. Und jetzt«, sie breitete fast theatralisch die Arme aus, »jetzt bin ich frei! Und ich liebe mein neues Leben!«

»Klar, mit einem Geldsack im Rücken, das tät mir auch gefallen«, wisperte Sylvia Gerti zu, die ihr, wie früher, einen warnenden Puff versetzte.

»Wer hat denn jetzt noch nichts erzählt? Semra, du! Was hat sich denn bei dir getan?«

»Tja, ihr könnt euch sicher noch erinnern, dass ich damals, in Berganger, an unserem letzten Abend, einen Mann mitgebracht habe. Es ist Mario, und unsere Liebe wäre fast an dem Kalender gescheitert. Da waren so viele Missverständnisse, und ich hatte solche Angst, auch vor meiner Familie. Diese Schande! Das wäre für meine Eltern eine Katastrophe gewesen! Mario war auch enttäuscht von mir, und ich muss sagen, ich habe mich ziemlich bescheuert angestellt. Falscher Stolz halt! Aber dann hat sich mein Bruder Mehmet eingeschaltet, und dann wurde alles gut. Es gibt im nächsten Jahr nicht nur Ursulas und Elisabeths Hochzeit, auch Mario und ich werden heiraten!«

Alle klatschten und riefen Beifall.

»Es wird eine große türkisch-deutsche Hochzeit werden, und ihr seid alle eingeladen!«, rief Semra in die Runde. »Übrigens, das war gut, dass wir damals, nach Berganger, so spät gekommen sind, Mario und ich. Mario hatte nämlich eine Stinkwut auf Ben, der wollte ihn glatt verprügeln. Aber bis wir von zu Hause losgekommen sind, da hatte sich bereits alles geklärt.«

»Eine Rauferei, das hätte gerade noch gefehlt!«, kreischte Sylvia. »Da ist mir eine große Hochzeit dann doch lieber!«

Langsam legte sich die Aufregung, die jungen Frauen fielen über die Pizzastücke her, als hätten sie seit Tagen nichts gegessen.

Andrea war glücklich, trotz aller Probleme hatte sich alles zum Guten, für die meisten zum Besseren gewendet.

Nur Viola saß ruhig und schweigsam in der Ecke, beteiligte sich nicht an den Gesprächen. Ganz anders als früher, als sie ein lustiges, wenn auch recht naives Mädchen gewesen war.

»Viola«, fragte Andrea, an ihrer Pizza kauend, »du hast gar nichts erzählt, wie ist es dir im letzten Jahr ergangen? Du hast dich irgendwie verändert. Hast du dein Abitur hinter dir?«

Viola sah ernst drein. »Ja, schon. Ich habe keine so gute Zeit gehabt, aber jetzt wird es langsam besser! Ich bekomme wieder Boden unter den Füßen.«

»Erzähl!« Nicht nur Andrea, auch die anderen schauten betreten drein.

»Zuerst ist meine Oma ganz plötzlich an einem Schlaganfall gestorben.«

»Oh je! Doch ned vor Schreck wegen dem Kalender, oder?« kicherte Sylvia, und Gerti gab ihr unter dem Tisch einen Tritt ans Schienbein. Auch wenn Sylvia jetzt besser aussah, ihr loses Mundwerk im Zaum zu halten, das musste sie noch lernen.

»Nein!« Viola nahm es offensichtlich nicht krumm. »Das hat mich sehr getroffen, ich bin sehr an meiner Oma und auch an meinem Opa gehangen. Meine Eltern waren beide berufstätig, damit sie unser Haus abbezahlen konnten, und so bin ich eigentlich bei meinen Großeltern aufgewachsen.« Sie lächelte wehmütig. »In der Schule hab ich es auch nicht leicht gehabt nach der Kalendergeschichte, auch wenn ich den echten Kalender rumgezeigt habe. Manche Jungs haben gemeint, ich wär jetzt Freiwild, und die Mädels, die waren teilweise richtig giftig. Nicht alle, ein paar haben auch zu mir gehalten, aber schön war es nicht. Ich hab sogar überlegt, die Schule zu wechseln, aber so kurz vor dem Abi wär das doch schwierig gewesen. So hab ich halt durchgehalten und das Abitur so mit Ach und Krach geschafft.«

»Und dann?«

»Nach dem Tod von der Oma hat mein Opa ins Heim müssen, das war sehr traurig! Aber meine Eltern hatten keine Zeit für ihn, mussten beide arbeiten. Er war schon seit einiger Zeit pflegebedürftig, und die Oma hat sich um ihn gekümmert, dabei hat keiner gemerkt, dass es der Oma selber schlecht gegangen ist. Sie hat ja nie gejammert.« Sie seufzte tief, sah zu Boden und hatte Tränen in den Augen, schniefte durch die Nase. Barbara, die neben ihr saß, reichte ihr mitfühlend ein Taschentuch. »Oh je, Viola, das tut uns leid! Da, schnäuz erst mal!«

Viola nahm dankbar das Taschentuch und wischte sich die Tränen ab. »Ohne meine Oma, da hat mein Opa allen Lebensmut verloren, er hat nur noch sieben Wochen gelebt.«

Die Mädchen schwiegen betroffen.

»Und dann ist es erst richtig knüppeldick gekommen!«, fuhr Viola schniefend fort. »Meine Eltern haben sich getrennt, mein Papa hatte eine Freundin.« Sie sah auf, sah die anderen fast trotzig an.

»Oh je, du Arme! Auch das noch! Und dann?«

»Dann bin ich mit meiner Mama weggezogen, nach Nürnberg, wo sie herstammt. Unser Haus hier ist verkauft worden.«

»Ich hab nicht gewusst, dass du nicht mehr hier wohnst!«, sagte Gerti, und Andrea wunderte sich.

Dieses Gernkofen war so ein kleines Nest, sie hatte immer das Gefühl gehabt, hier könne man keinen Furz lassen, ohne dass es jemand hörte. Jeder wüsste alles über jeden, und dann so etwas!

»Wie bist du dann hergekommen heute?«

»Mit dem Zug! Ich wollte euch alle mal wiedersehen.« Jetzt lächelte Viola unter Tränen.

»Und wie kommst du wieder heim heut Nacht?«

»Ich übernachte bei Semra. Sie war die Einzige, die von meinen Problemen gewusst hat und mir geholfen hat.« Sie warf Semra einen dankbaren Blick zu. »Sie hat sich immer Zeit für mich genommen, wenn ich mal reden musste.« Die anderen sahen sich betroffen an.

»Und? Studierst du jetzt in Nürnberg?«, fragte Sylvia neugierig.

»Nein!« Viola schüttelte den Kopf. »Ich mach eine Schneiderinnenlehre!«

»Was? Eine Schneiderlehre, wo du doch Abitur hast?« Es war wieder Sylvia, die für diese Bemerkung erneut einen Puff von Gerti bekam.

»Warum nicht? Ich finde es schön, es ist etwas Kreatives, genau wie du es machst, Sylvia«, entgegnete Viola ruhig. »Vielleicht mach ich später mal ein eigenes Atelier auf. Das wär mein Traum! Aber mal sehen. Ich hab ja erst angefangen mit der Lehre«, meinte sie bescheiden.

Andrea hatte die Schilderung von Violas vergangenem Jahr tief berührt, sie betrachtete die junge Frau, die sie jetzt war, nachdenklich. Vor einem Jahr war sie noch ein junges, fast kindlich-naives Mädchen gewesen. Sie erinnerte sich an das süße Bild im Kalender, Viola auf der Blumenwiese, mit dem Blütenkranz im Haar. Wie hatte das Leben sie gebeutelt und erwachsen gemacht, in diesem einen Jahr! Spontan stand sie auf, ging zu ihr hin und legte den Arm um sie. »Es tut mir so leid, was du alles durchgemacht hast, Viola! Ich wünsch dir alles Gute, dass du wieder glücklich wirst!«

»Das wünschen wir dir auch!« riefen die anderen durcheinander.

Andrea hob ihr Glas, ernst, aber liebevoll sah sie die Freundinnen an.

»Fast zwei Jahre sind vergangen, seit wir die Idee mit dem Kalender hatten. Das heißt, eigentlich habe ich euch auf diese Schnapsidee gebracht«, fügte sie, fast schuldbewusst, hinzu. »Und ihr könnt mir glauben, wenn ich geahnt hätte, welche Verwicklungen für uns alle dadurch entstehen würden, dann hätte ich das nie gemacht! Lange hab ich überlegt, ob ich diesen Stammtisch anregen soll. Bei unserem letzten Treffen, damals in Berganger, da hab ich gespürt, dass ihr keine Lust mehr hattet, das kann ich auch gut verstehen.«

Einige lachten, alle nickten, verständnisvoll.

»Doch jetzt bin ich sehr froh darüber, dass wir uns wieder getroffen haben und dass ihr alle gekommen seid. Sogar du, aus Nürnberg, Viola, das freut uns besonders.« Sie warf dem jungen Mädchen einen lieben Blick zu.

»Was ihr so alles erzählt habt, das hat mich teilweise richtig umgehauen! Jede von euch hat durch die Sache mit dem Kalender einiges erlebt. Die eine mehr, die andere weniger. Doch wenn ich euch so anschaue«, sie streifte Elisabeth mit einem schelmischen Blick, »dann geht es euch allen gut! Fast glaube ich, manchen von euch geht es sogar besser als vorher. Wie Daniela gesagt hat: In mancher Krise steckt eine Chance zum Besseren, wenn man den Mut hat, sie zu ergreifen! Für einige von euch hat sich das bewahrheitet, ja eigentlich für alle auf irgendeine Art und Weise. Aber ich will mich hier nicht zur großen Rednerin aufschwingen«, meinte sie plötzlich verlegen. »Ich wollte eigentlich nur sagen, dass wir eine tolle Truppe sind und dass wir irgendwie zusammengehören!« Jetzt hatte sie tatsächlich Tränen in den Augen. »Also, dann auf uns!« Sie prostete der Runde zu, setzte sich und kramte umständlich in ihrer Handtasche nach einem Taschentuch, wollte den anderen ihre Rührung nicht zeigen.

Nach Andreas Worten war es still geworden in der Runde, bis sich, zur Überraschung aller, Elisabeth zu Wort meldete.

»Ich möchte auch etwas sagen, auch wenn ich keine große Rednerin bin. Die Andrea hat recht, für uns hat sich viel verändert. Wenn ich da an mich denk ...« Sie machte eine kleine Pause. »Aber auch vielen von euch ist es ähnlich ergangen. Was mich nachdenklich macht, ist, dass wir, nachdem wir so viel miteinander erlebt haben, den Kontakt ganz haben einschlafen lassen. Jede hat nur noch an sich gedacht. Die Geschichte von der Viola, dass dieses Mädel von uns keine Unterstützung bekommen hat, außer von der Semra, das macht mich traurig.

Klar, jede von uns hat viel zu tun, muss ihr Leben meistern. Aber ist es wirklich richtig, dass wir uns so wenig umeinander kümmern? Freundschaften sind so wichtig, das hab ich selbst erfahren. Wenn ich damals die Andrea nicht gehabt hätte, ich weiß nicht, was aus mir geworden wär, wie es weitergegangen wär.« Sie warf der Freundin einen innigen Blick zu. »Ich bin dafür, dass wir weiterhin in Kontakt miteinander bleiben. Ob mit einem Stammtisch – vielleicht nicht monatlich, das wär zu viel – oder durch einen Rundbrief per E-Mail, Internet hat doch heute jede. Also«, sie sah in die Runde, »ich fände es gut, wenn wir weiterhin voneinander wissen, wie es uns so geht!« Sie räusperte sich verlegen, sie hatte noch nie eine Rede gehalten, doch heftiger Applaus bestätigte ihr, dass sie allen aus dem Herzen gesprochen hatte.

»Einen Stammtisch, einmal im Jahr, vielleicht immer am ersten Donnerstag im Dezember, das werden wir doch schaffen, oder?« Barbara war aufgesprungen, voller Eifer. »Ich kann das in die Hand nehmen, damit ihr es nicht vergesst. Ich hab bei der Polizei genug Zeit, zwischendrin mal eine E-Mail an alle loszulassen.«

Spontan hatten sich alle erhoben, standen um den Tisch herum. Plötzlich war eine feierliche Stimmung entstanden. Einige der Freundinnen hielten sich an den Händen.

»Ja! So wollen wir es halten! Freundinnen bleiben für alle Zeit! Durch dick und dünn!« Es war Semra, die das sagte.

»Aber erst mal kommen die drei Hochzeiten und die zwei Babys«, quietschte Sylvia in die feierliche Stimmung.

Und als wäre damit der Bann gebrochen, plapperten und lachten alle durcheinander, so laut, dass Antonio erschrocken den Kopf zur Tür hereinsteckte. »Isse etwas passiert? Kann ich etwas helfen?«

»Ja! Bring noch zwei Flaschen Prosecco, damit wir unseren Bund besiegeln können!«

»Und für die werdenden Mamas eine große Flasche Wasser!«

Spät löste sich die Runde auf, und vor dem Haus dauerte es eine geraume Weile, bis sich alle voneinander verabschiedet hatten.

Bis endlich der Gruber-Girgl das Fenster aufriss und schimpfte: »Seid's wieder da, ihr Ratschweiber!«

»Jaha! Wir sind wieder da!«

»Bis zum nächsten Jahr!«

Sie winkten dem alten, grantigen Mann vergnügt zu.

»Dann kommen wir wieder!«

»Auf alle Fälle!«

Von Viktoria Schwenger bereits erschienen

Dunkle Wolken über Altdorf
272 Seiten
ISBN: 978-3-475-54077-6

Beim Dorffest lernen sich Bauernsohn Michael und Lehramtsstudentin Nicole kennen und lieben. Die Beziehung steht jedoch auf dem Prüfstand, denn ihre Familien könnten kaum unterschiedlicher sein: Michaels Eltern wünschen sich für den künftigen Hoferben ein Mädchen vom Land. Nicoles Vater hat für seine Tochter große Pläne und stellt sich als Schwiegersohn nicht gerade einen Bauern aus dem Dorf vor. Als ein Bauprojekt beide Familien gegeneinander aufbringt, gerät das junge Glück in Gefahr.

Die Frauen vom Oberholzer-Hof
288 Seiten
ISBN: 978-3-475-54062-2

Eine junge Frau löst die Wohnung ihrer verstorbenen Mutter auf – und entdeckt auf dem Dachboden einen Truhe mit Familienunterlagen. Fasziniert beginnt sich Katharina mit der Geschichte ihrer Vorfahren zu beschäftigen. Alles fing mit ihrer Urgroßmutter Magdalena an, die als niederbayerische Bauerntochter einen Ungarn heiratete. Viktoria Schwenger erzählt die außergewöhnliche Geschichte einer Familie im 20. Jahrhundert.

Weitere moderne Heimatromane

Doris Strobl
Das Geheimnis vom Birkental

256 Seiten
ISBN: 978-3-475-54144-5

Korbinian Leitner sieht für seinen Hof keine Zukunft mehr. Seiner Tochter Bärbl möchte er den Hof nicht übergeben. Der geplante Autobahnanschluss des Dorfes scheint ihm einen Ausweg zu bieten, denn sein Land würde einen guten Preis erzielen. Bärbl schließt sich jedoch dem Protest an. Sie verliebt sich in den Sägewerkbesitzer Leo Burger, ohne zu ahnen, dass ihre Familien durch ein dunkles Geheimnis miteinander verbunden sind.

Brigitte Märker
Eine Alm als Schicksal

208 Seiten
ISBN: 978-3-475-54100-1

Eine Alm ist alles, was Kathi von ihrer Mutter bleibt, nachdem diese durch einem tragischen Unfall viel zu früh stirbt. Als Kathi sich in den neuen Tierarzt Dr. Bernhard Stein verliebt, kehrt wieder neues Glück in ihr Herz ein. Doch schon bald ziehen dunkle Wolken auf: Sie soll den Sohn der Luchtners heiraten, um den elterlichen Hof vor dem Ruin zu retten. Doch wird sie ihre Liebe wirklich kampflos aufgeben?

Gabriele Raspel
Das Zaubertal

256 Seiten
ISBN: 978-3-475-54099-8

Toni Angerer hat mit einem Schlag alles verloren: Ehemann, Wohnung und Arbeitsstelle. Sie möchte völlig neu beginnen und bewirbt sich als Hauswirtschafterin auf einem Bauernhof. Doch obwohl ihr der Sohn des Bauern Ferdinand zunächst skeptisch gegenübersteht, wird sie im »Zaubertal« nicht nur schnell heimisch, sondern findet in Ferdinand auch die große Liebe – doch diese wird bald auf den Prüfstand gestellt.